Ullstein

ÜBER DAS BUCH:

Joe Lederers Roman *Die törichte Jungfrau* entführt seine Leser ins sommerliche Italien. Unter dem südlichen Himmel Positanos entfaltet sich die Geschichte einer zauberhaften Urlaubs-Romanze. Das junge Mannequin Trixi spielt darin die »törichte Jungfrau«. Gezielt, fast verbissen begibt sie sich auf Männerfang. Ein netter, zuverlässiger Ehemann – das scheint ihr die einzige Gewähr für eine sichere und ruhige Zukunft. Doch diese fixe Idee durchkreuzt auf geheimnisvolle Weise Clemens Müller, ein Herr mit ergrauten Schläfen und weißem Cadillac... Joe Lederer erzählt mit der ihr eigenen Lebensklugheit eine Liebesgeschichte, deren heiterer Ton durch Leichtigkeit und Charme besticht.

DIE AUTORIN:

Joe Lederer, geboren am 12. 9. 1907 in Wien, hatte bereits als Zwanzigjährige mit ihrem ersten Roman *Das Mädchen George* einen großen Erfolg. Sie lebte als Journalistin in Berlin, bereiste zahlreiche europäische Länder und ging 1933 für längere Zeit nach China. 1936 emigrierte sie nach London. Erst in den fünfziger Jahren fand sie in München wieder einen festen Wohnsitz; dort starb sie am 30. 1. 1987. Joe Lederer schrieb zahlreiche erfolgreiche Unterhaltungsromane, die ihr den Ruf einer »deutschen Colette« einbrachten, Reportagen, Reiseberichte, Jugendbücher und Drehbücher.

Joe Lederer

Die törichte Jungfrau

HEITERER ROMAN

Ullstein

ein Ullstein Buch
Nr. 23071
im Verlag Ullstein GmbH,
Frankfurt/M–Berlin

Ungekürzte Ausgabe

Umschlagentwurf:
Hansbernd Lindemann
Illustration: Annie France Giroud –
The Image Bank

Taschenbuchausgabe mit freundlicher
Genehmigung der F. A. Herbig
Verlagsbuchhandlung GmbH,
München · Berlin

Printed in Germany 1993
Druck und Verarbeitung:
Clausen & Bosse, Leck
ISBN 3 548 23071 7

August 1993
Gedruckt auf alterungsbeständigem
Papier mit chlorfrei
gebleichtem Zellstoff

Von derselben Autorin
in der Reihe
der Ullstein Bücher:

Von der Freundlichkeit der
Menschen/Ich liebe dich (22625)
Unter den Apfelbäumen (40141)
Blumen für Cornelia (22922)

Die Deutsche Bibliothek –
CIP-Einheitsaufnahme

Lederer, Joe:
Die törichte Jungfrau: heiterer Roman/
Joe Lederer. – Ungekürzte Ausg. –
Frankfurt/M; Berlin: Ullstein, 1993
(Ullstein-Buch; Nr. 23071)
ISBN 3-548-23071-7
NE: GT

Erstes Kapitel

Der Betrunkene sah nochmals hin und sagte laut: »Das gibt es nicht!«
Am Rand des Gehsteigs, direkt unter der Tafel mit den Verkehrszeichen, stand eine junge Dame und blickte interessiert zu einem Schutzmann auf, der ihr augenscheinlich eine Auskunft erteilte.
Die junge Dame trug ein sehr schickes Hütchen, helle Wildlederhandschuhe, eine elegante Handtasche und dazu eine reizende Kostümjacke, die gerade noch ihre Hüften bedeckte. Aber das war auch alles. Sie hatte keinen Rock an.
Ganz ungeniert stand sie da, in tadellosen hochhakkigen Schuhen, mit hauchdünnen Strümpfen, die bis zum Jackenrand reichten.
War sie verrückt? Wo war ihr Rock geblieben? Weder der Polizist noch die junge Dame selbst schienen etwas Ungewöhnliches daran zu finden, daß sie sich am hellichten Nachmittag in diesem Aufzug auf die Straße begeben hatte.
Der Betrunkene betrachtete das Phänomen zuerst als Ganzes und dann, der Sicherheit halber, in zwei Etappen: vom Hut, mit dem dazugehörigen, lächelnden und unschuldigen Gesicht, bis zur Kostümjacke

hinunter. Darauf nahm er die koketten Schuhspitzen aufs Korn und ließ die Augen langsam, in Richtung Handtasche, nach aufwärts wandern. Bei der Vorstellung, daß sich der Jackenrand auch nur um Millimeter verschieben und dadurch neue Blickpunkte freigeben könnte, brach dem Betrunkenen der Schweiß aus. Die Beine, die da zur Schau gestellt wurden, waren von aufreizender Schönheit. Gerade deshalb hätte der Polizist eingreifen müssen.
Aber vielleicht war das Ganze nur eine Sinnestäuschung auf alkoholischer Grundlage? Seine Schwester hatte ihm schon oft prophezeit, er würde eines Tages weiße Mäuse sehen. Von jungen Damen, die ohne Rock spazierengingen, war allerdings nie die Rede gewesen.
»Sehen Sie auch, was ich sehe?« fragte der Betrunkene einen dicklichen jungen Mann, den er neben sich bemerkte.
Der gab keine Antwort, sondern holte schnaufend Atem. Dann starrte er in den Sucher seiner Kamera und rief: »Gut!«
Der Auslöser klickte. Während der dickliche junge Mann geschäftig die Filmspule weiterdrehte, wandte er sich zu dem Betrunkenen und erklärte:
»Es ist ein Traum! Es ist ein *Perlona*-Strumpf!«
Der Betrunkene ließ den Blick grübelnd zwischen dem Fotografen und der halbbekleideten jungen Dame hin und her wandern. *Perlona*-Strumpf? Er dachte angestrengt nach, das Wort klang bekannt. Plötzlich begriff er: Hier wurden Fotos für eine Strumpfwerbung gemacht. Das Mädchen mit den

schönen Beinen war keineswegs eine besondere Art von weißer Maus, sondern ein Mannequin. Wenn ihm die Nerven nicht durchgegangen wären, hätte er sich gleich an die Tatsache gehalten, daß sie weder vier Beinchen noch einen Mäuseschwanz hatte. Säuferwahn kam also nicht in Frage. Ein lebendiges Mädchen, das fotografiert wurde – das war alles. Trotzdem gelobte sich der Betrunkene, den hochprozentigen Himbeergeist aufzugeben und sich auf Bier umzustellen. Das Erlebnis hatte ihn erschreckt. »Ab morgen nie wieder Schnaps!« sagte er laut und setzte sich schwankend in Bewegung, um eine Gaststätte aufzusuchen, wo er seinen Entschluß mit einem kräftigen Schluck begießen konnte.

Niemand kümmerte sich um den ungebetenen Zuschauer, der sich auf unsicheren Beinen entfernte. Der Fotograf hob die Kamera und machte noch eine Aufnahme. Dann rief er: »Erledigt!«

Das Paar am Straßenrand löste sich aus seiner Pose. Mit einem tiefen Atemzug richtete sich der Polizist zu seiner ganzen Höhe auf. Die junge Dame hingegen ergriff das teure Hütchen an der Krempe, lüftete es dreimal mit steif abgewinkeltem Arm und sagte mit unbewegter Stimme: »Hurra, hurra, hurra.«

In dem roten verbeulten Sportwagen, der nur ein paar Schritte entfernt geparkt war, lag ihr Mantel. Sie lief hin und zog ihn schnell über.

Als der Polizist und der Fotograf ihr folgten, war sie schon wieder ein korrekt bekleidetes Mädchen, das soeben den schicken Hut in einen runden Pappkarton verstaute.

Über den Pappeln der Leopoldstraße leuchtete der blaue Junihimmel. Der Sommer stand München gut zu Gesicht. In der hellen, linden Luft hatten die Häuser etwas Lächelndes. Wie mit einem zierlichen Lineal gezogen, stiegen die Türme der Ludwigskirche hinter dem nahen Siegestor auf.
»Das war sehr freundlich von Ihnen, Herr Wachtmeister, daß Sie sich für die Aufnahmen zur Verfügung gestellt haben!« sagte der Fotograf, »ich weiß wirklich nicht, wie ich Ihnen danken soll.«
»Gern geschehen! Das Vergnügen war ganz auf meiner Seite. Man hat nicht jeden Tag Gelegenheit, sich mit einem so hübschen Fräulein fotografieren zu lassen. Außerdem, Sie wissen ja: Die Polizei – dein Freund und Helfer! Und da wir gerade bei diesem Thema sind, muß ich Sie darauf aufmerksam machen, daß Sie Ihren Wagen falsch geparkt haben. Darf ich um Ihren Namen und die Papiere bitten?«
»Aber Sie wissen doch, wer ich bin«, sagte der junge Mann.
»Das schon«, antwortete der Polizist gemächlich, »Sie sind der mir seit längerem bekannte Modefotograf Xaver Jäger. Aber deshalb muß ich trotzdem vorschriftsmäßig Ihre Personalien verlangen.«
Nachdem der Freund und Helfer den Führerschein begutachtet und den Strafzettel ausgestellt hatte, verabschiedete er sich mit einem herzlichen »Auf Wiedersehen!« Er marschierte ohne Hast auf die nächste Straßenkreuzung zu, wo ihn seit einer halben Stunde ein Kollege erwartete.
»Nichts wie unvorhergesehene Geschäftsunkosten!«

sagte Xaver. »Die Strafmandate werden mich noch ruinieren, Trixi.«
»Setz sie von der Steuer ab!« Sie stieg ins Auto und ließ sich flink auf dem Fahrersitz nieder.
»O nein, verehrte Baronesse!«
»Laß mich fahren, Xaver! Nur das kleine Stückchen bis zu deinem Atelier. Was nützt mir denn die ganze bestandene Prüfung, wenn mich niemand üben läßt!«
Ihr honigblondes Haar glitzerte in der Sonne. Trixi hatte lustige grünlich-blaue Augen, einen großgeschwungenen Mund und eine winzige Nase mit ungezählten Sommersprossen. Man hatte das Gefühl, daß dieses Gesicht den Duft einer frischgepflückten Frucht haben müßte. Trixi war einundzwanzig Jahre.
An den Wagen gelehnt, versank Xaver sekundenlang in ihren Anblick. »Farbig müßte man dich aufnehmen«, erklärte er verträumt. »In Schwarz-Weiß geht das beste an dir verloren.«
»Du bist ein lieber Mensch«, sagte Trixi und streckte die Hand aus. »Aber jetzt gib mir bitte den Zündschlüssel.«
»Um keinen Preis!« sagte Xaver. »Nie im Leben! Oder du erhörst mich endlich.«
Trixis Antwort bestand darin, daß sie wortlos vom Fahrersitz in die rechte Ecke hinüberrutschte.
Xaver – er hatte trotz seiner Jugend die Figur eines wohlgenährten Seehundes — zwängte sich mit einiger Mühe hinter das Steuer und trat auf die Kupplung.

Nach der Staubschicht zu urteilen, mußte der rote DKW entweder wasserscheu sein oder eine Fahrt durch die Wüste hinter sich haben. Auch hätte er dringend neubezogene Sitze und frischen Lack gebraucht. Aber Xaver hielt ihn für eine tolle Kiste, trotz des verbogenen Kotflügels und einer leicht eingebeulten Seitenwand.

In allen Fugen ratternd, mit aufjaulendem Motor, schoß der Wagen die Leopoldstraße entlang.

»Wann hast du denn deinen Führerschein gemacht, Trixi?«

»Vorgestern.«

»Na siehst du!« sagte er begütigend. »Hat doch keinen Zweck, daß du ihn gleich wieder verlierst. Wie schnell ist eine Pappel entwurzelt oder eine Straßenbahn zertrümmert. Kennst du dich denn überhaupt mit einem DKW aus? Du hast doch sicher in einem VW gelernt.«

»Mit Verlaub!« sagte Trixi. »Wenn der Herr gestatten, ist es ein Opel Rekord gewesen.«

Xaver wurde immer nervös, wenn Trixi kunstvoll gedrechselte Redensarten hervorholte. Sie hatte einen erstaunlichen Vorrat an merkwürdigen Floskeln, die sie mitten in einem ganz normalen Gespräch, aus heiterem Himmel, dem Partner plötzlich an den Kopf warf.

»Opel Rekord!« schnaufte Xaver. »Der berühmte Zukunftstraum! Du und deine fixen Ideen!«

»Irgend etwas muß der Mensch haben, wenn er schon kein Bankkonto hat«, sagte Trixi voll süßer Bescheidenheit. »Ich hab' mir eben einen Lebensplan

zurechtgelegt. Wie es einem armen, jedoch strebsamen und sich noch im Stande der Unschuld befindlichen Mädchen geziemt.«
Sie streckte die kleine kapriziöse Nase in den Fahrtwind und setzte in natürlichem Tonfall hinzu: »Ich will einen soliden Mann, der eine gute Stellung hat und mir einen Ehering, eine schöne Wohnung und ein Auto gibt. Ein Opel ist genau, worauf ich meiner Meinung nach Anspruch habe, trotz Sommersprossen und der Unfähigkeit, Skat zu erlernen. Dafür besitze ich eine mehr als durchschnittliche Halbbildung, seh' ganz ordentlich aus, und falls Mecklenburg einmal wieder zur Bundesrepublik gehören sollte, werde ich mein Erbe antreten können, das Gutshaus mit zwölfhundert Morgen Land und der See von Alt-Kuhlen gehören auch dazu.«
Sie schwieg. Xaver betrachtete sie von der Seite.
Er konnte es nicht ertragen, wenn ein Mensch traurig war. Schon überlegte er, ob er Trixi abends das Auto borgen sollte, da sagte sie bereits mit heller Stimme:
»Als Köchin bin ich perfekt. Warum sollte ich nicht einen passenden Mann finden? Der Opel Rekord muß schwarz sein, mit einem elfenbeinfarbenen Dach.«
»Und sonst hast du keine Wünsche?«
Mit kühnem Schwung bog Xaver am Nikolaiplatz ein.
»Der Gemahl dürfte höchstens dreißig sein und soll keine blauen Augen haben, Männer mit blauen Augen gefallen mir nicht.«

»Weißt du, was du hast?« fragte Xaver. »Du hast keine Ahnung vom Leben! Was du dir da alles zusammengeträumt hast in deiner jungfräulichen Unschuld ...«

»Von Träumen ist überhaupt nicht die Rede! Es ist das Resultat von vernünftigen Überlegungen«, sagte Trixi leidenschaftlich. »Ich hab' doch gesehen, wie viele meiner Kolleginnen sich alles verpfuschen. Laufen mit irgendeinem armen Teufel aufs Standesamt und wissen nachher nicht, wie sie die Lichtrechnung und den Bäcker zahlen sollen. Oder sie nehmen sich einen reichen Liebhaber, der sie sitzen läßt. Ich bin nicht so dumm, wie ich ausschaue!«

»Nein«, sagte Xaver. »Du bist dümmer! Du hast den Kopf voll romantischer Rosinen!«

»Das hat nichts mit Romantik zu tun, wenn ich mir für meine Zukunft einen Plan zurechtgelegt habe.«

»Du hast die Wirklichkeit vergessen, du hast nicht einkalkuliert, daß du ein junges, unerfahrenes Mädchen bist, dem eines Tages ein unwiderstehlicher Mann über den Weg laufen wird, der ...«

»Du hättest Wahrsagerin werden sollen«, unterbrach ihn Trixi.

»Dazu muß man kein Prophet sein, um zu wissen, daß du dich früher oder später verlieben wirst.«

Xaver sauste empört in eine kleine Sackgasse hinein, die auf der einen Seite aus ein paar alten Häusern und auf der anderen aus einer Gartenmauer bestand, die von Linden und Kastanien überragt wurde. Mit einem Ruck, daß die Bremsen aufkreischten, brachte er den DKW zum Stehen.

»Euer Liebden kutschieren wie ein gesengtes Wildschwein!«, sagte Trixi huldvoll.
Xaver setzte schon zu einer Entgegnung an, aber da wandte sie ihm ihr lachendes Gesicht zu, und er konnte nur noch seufzen. Diesem Mädchen war er nicht gewachsen.
Trixi sprang aus dem Auto. Sie nahm den Hutkarton und lief voran.
Xaver bewohnte das Gartenhaus einer alten Schwabinger Villa. Im Erdgeschoß hatte er sich ein geräumiges Atelier eingerichtet, von dem eine schmale Holztreppe zu einem Junggesellen-Apartment hinaufführte.
Das Schönste an seinem Quartier war der wildwuchernde Garten, in dem es nach Wiese, Blumen und sommerlicher Erde roch. Von der rostigen, schmalen Gittertür des Hintereingangs führte ein Kiespfad zwischen hochaufgeschossenem Gras und vernachlässigten Rosensträuchern, an gelben und dunkelvioletten Schwertlilien vorbei auf das einstöckige Häuschen zu. Durch zwei riesige Glasfenster strömte Licht ins Atelier.
Trixi, die mit beiden Armen den Hutkarton umschlungen hielt, drückte mit dem Ellenbogen die Klinke nieder. Das Gartenhaus war nie versperrt, denn Xaver hatte ein Paar Neufundländer, zwei schwarze, zottige Brüder, Max und Moritz, die er für scharfe Wachhunde hielt. Es war ihm noch nie aufgefallen, daß sie jedes menschliche Wesen, das über die Schwelle trat, mit überströmender Freude begrüßten.

Auch jetzt sprangen sie, nachdem sie Xaver eilig willkommen geheißen, an Trixi hoch. Daß sie ihr dabei den Hutkarton aus den Händen schlugen, war unvermeidlich.
»Ruhe, Max!« rief Trixi. »Benimm dich, Moritz! Oder habt ihr genug Geld, um ein ruiniertes Modell der Firma ›Exquisit‹ zu bezahlen?«
Offensichtlich waren die Brüder mittellos, denn sie ließen sofort von dem Hut ab, den sie bereits mit Interesse beschnüffelt hatten.
Das kostbare Gebilde hatte glücklicherweise keinen Schaden genommen, es war durch die Berührung mit dem Fußboden nur etwas staubig geworden. Doch das ließ sich wegpusten.
Die Unordnung, die in dem Atelier herrschte, war sehenswert. Über einen Notenständer war ein fraisefarbenes, durchsichtiges Nachthemd hingeworfen. Ein Gartenstuhl aus weißlackiertem Schmiedeeisen stand zwischen einem dickbäuchigen dunklen Fauteuil und einer atlasglänzenden Chaiselongue. Auf einem hölzernen Podium waren ein mit Blumen gefüllter Vogelkäfig und eine Reihe offener Schachteln deponiert, aus denen hochhackige Sandalen, zerknülltes Seidenpapier, Pelzstiefelchen und straßverzierte Abendschuhe herausquollen.
Die fahrbaren Gestelle der Scheinwerfer standen überall im Weg, und über die Lichtkabel, die sich kreuz und quer durchs Atelier schlängelten, waren schon viele Besucher gestolpert. Die kompakten Gehäuse der Elektronenblitze sahen wie plumpe Meilensteine aus.

Trixi steuerte auf die Ecke zu, wo ein kleiner Schminktisch, ein Hocker und ein altmodischer Paravent standen. An einem Haken hing ihr hübsches blaues Leinenkleidchen, das sie hiergelassen hatte, und daneben ein verwaschener Morgenrock, der nach den Parfüms aller Mannequins roch, die ihn schon getragen hatten.
Sie schob den zweiteiligen Paravent auseinander und schlüpfte dahinter schnell aus Mantel und Jacke. Trixi hatte bis jetzt nur Kleider und Pelze vorgeführt. Aber Xaver hatte sich plötzlich, fotografisch gesprochen, auf ihre Beine gestürzt.
Die Straßenaufnahmen waren ein erster Versuch gewesen, Trixi als Modell für die bekannte Serie »Es ist ein Traum – es ist ein *Perlona*-Strumpf!« zu starten. Er wollte mit ihr die Bilder für den Wettbewerb machen, den die Frankfurter *M.H.-Strumpf-Werke* ausgeschrieben hatten. Der erste Preis brachte dreitausend Mark für den Fotografen und für das Modell eine feste Anstellung bei der Firma.
Trixi nahm den Morgenrock um und bürstete ihre zerzausten Locken. Die helleren Streifen, die das Honigblond durchzogen, stammten nicht vom Friseur, sondern von der Sonne.
»Nur den Mund schminken«, rief Xaver vom anderen Ende des Ateliers. »Mach dich auf ganz natürlich zurecht!«
Er stieß einen auf Rädern laufenden, weitflächigen Wandschirm beiseite, der sich prompt in Bewegung setzte und erst zum Stillstand kam, nachdem er krachend das Notenpult niedergekegelt hatte.

Max und Moritz beobachteten aufmerksam, wie ihr Herr den Vogelkäfig weghob und mit einer einzigen Armbewegung sämtliche Schuhkartons vom Podium hinunterfegte. Dann legten sie sich hechelnd neben die Tür, um nur ja als Empfangskomitee zur Stelle zu sein, falls noch andere Gäste erscheinen sollten.

Es war schwül, und nachdem Xaver die dichten Vorhänge an den riesigen Glasfenstern zugezogen hatte und die Beleuchtung einzustellen begann, nahm die Luft allmählich die Temperatur eines Backofens an.

Trixi sagte:

»Und das alles für ein Preisausschreiben, das ich ohnehin nicht gewinnen will, weil ich gar nicht daran denke, nach Frankfurt zu übersiedeln.«

Von der Decke und von den Seiten stürzten weißgleißende Lichtströme auf sie ein.

Sie stand auf dem Podium, in der Pose eines lachenden Gassenjungen, Beine gegrätscht, Arme in die Hüften gestemmt, den Kopf im Genick. Sie trug zarte Strümpfe, die wie ein Hauch von Sonnenbräune auf der Haut lagen und bis zu dem winzigen, eng anliegenden, schwarzen Traininghöschen reichten. Dazu hatte ihr Xaver ein bißchen schwarzen Jersey umgewickelt, wie ein knappes Mieder, aus dem Arme und Schultern frei hervorkamen.

»Bieg das Kreuz mehr nach vorn durch, schmissig und ungezwungen, sonst krieg' ich die Verkürzung nicht heraus, die ich brauche. Heiliger Himmel, bring doch ein bißchen Schwung hinein! Ich will deine Beine von den Fußspitzen bis zum Ende der Schenkel!

Oberhalb der Hüfte fliehst du steil zurück. Du mußt wie ein umgedrehtes Ypsilon wirken. Ein lebendiger Buchstabe, schlank und mit Pfiff! Kannst du nicht fröhlicher lachen?«

Trixi tat bereits jeder Muskel weh, aber sie ließ sich nichts anmerken.

Schwitzend, fluchend und schnaubend vor Begeisterung, rollte Xaver einen Scheinwerfer eine Handbreit zurück. Er wußte genau, wie er die Beleuchtung haben wollte: Hüfte, Schulter, sogar die lausbübische Nasenspitze sollten nur einen Klecks von Glanz abbekommen, das ganze Licht mußte auf die langen Beine konzentriert sein, die frech, anmutig und zugleich kraftvoll dastanden.

Endlich war es soweit.

»Achtung, Trixi!«

Nach einem halben Dutzend Aufnahmen sagte Xaver: »Genug! Ich hoffe, du weißt dein Glück zu schätzen. So einen Fotografen wie mich gibt's nur einmal. Die anderen werden sicher mit sinnlichem Klimbim anmarschiert kommen. Aber ich hab' aus dir einen Hymnus auf die Jugend gemacht!«

»Wie leicht man sich täuschen kann!« meinte Trixi und stieg vom Podium herunter. »Jetzt habe ich mich die ganze Zeit als Ypsilon mit Pfiff empfunden, und dabei war ich ein Hymnus!«

Sie verschwand hinter dem Paravent, der den Schminktisch abschirmte.

Xaver drehte die Scheinwerfer aus und zog die Vorhänge zurück. Das Tageslicht strömte wieder klar und sonnig ins Atelier.

»Unter welchem Kennwort sollen wir die Fotos einschicken, Trixi?«
»Wie soll ich das wissen? Zuerst schleppst du mich auf die Straße, dann schmorst du mich unter Scheinwerfern, und jetzt verlangst du noch geistige Darbietungen von mir! Alles, was mir einfällt, ist ›Schwimmbad‹ oder ›dreißig Grad im Schatten‹. Ist es wahr, daß es in New York heiß genug ist, um auf dem Asphalt ein Spiegelei zu braten?«
»Möglich«, sagte Xaver.
Trixis Hand erschien über dem Paravent und hing den breiten, schwarzen Jerseystreifen über die Holzkante.
»Man müßte die Welt kennenlernen!« Von Trixi war nichts mehr zu sehen, wahrscheinlich zog sie sich die Schuhe an. »Sonnengebratenes Spiegelei in New York, Walfischsteak in Grönland, von Museen und Antiquitäten ganz zu schweigen. Die Sphinx, Hindu-Tempel, das Spielkasino in Monte Carlo! Reisen bildet!«
Trixi, von Rechts wegen Baronesse Adelheid Beatrice Clothilda von Zinnewitz, Mecklenburgischer Abstammung, doch in Schwaben geboren und dann nach Schwabing abgewandert, war zu ihrem Kummer noch nicht über die Grenzen Deutschlands hinausgekommen.
»Spanische Stierkämpfe, die Niagarafälle! Ich hätte meinen Willen durchsetzen und Flug-Stewardeß werden sollen!«
»Deine alte Gardedame war doch dagegen.«
»Tante Friedchen war nie meine Gardedame. Sie ist

die Gesellschafterin meiner Mutter gewesen. Du merkst dir aber auch gar nichts. Friedchen hat nichts gegen Stewardessen gehabt, sie wollte nur nicht, daß ich eine Uniform trage.«

»Aha!« sagte Xaver. Sein Ausruf konnte sowohl der alten Dame als auch den beiden nackten Armen gelten, die sich über dem Paravent hochreckten, um in ein blitzblaues Leinenkleid zu schlüpfen.

Solange er Trixi fotografierte, kam ihm nie zu Bewußtsein, daß sie ein Mädchen war. Nur wenn er die Kamera weggelegt hatte, sah er in ihr ein aufregendes Geschöpf.

»Wahrscheinlich ist es eine Ausrede gewesen«, sagte Trixi. »Wahrscheinlich wußte sie bereits, daß sie nicht mehr lange zu leben hatte und wollte mich, wenn schon nicht bei sich in Ulm, so doch wenigstens in erreichbarer Nähe haben.«

»Du kannst doch noch immer Stewardeß werden.«

»Ach«, sagte Trixi, »in meinem Alter ist es zu spät, den Beruf zu wechseln.« Sie trat hinter dem Paravent hervor. »Ich bin nicht mehr die Jüngste!« sagte sie und stand schlank und süß in dem blitzblauen Kleidchen da. Ihre Haut hatte den Goldton einer frischen Aprikose. »Ich bin schon über einundzwanzig«.

»Jugend!« rief Xaver begeistert. »Ich schicke die Fotos unter dem Kennwort ›Jugend‹ ein.«

»Davon halte ich überhaupt nichts.« Trixi rümpfte die Nase, als würde sie einen Nerzmantel vorführen. Bei Modellen, die zehntausend Mark oder mehr kosteten, nahm sie immer einen hochmütigen Ausdruck an, um den Damen im Publikum klarzumachen, daß soeben ein Vermögen an ihnen vorüberschwebte. Trixi hielt zehntausend Mark für eine bedeutende Summe. Sie selbst besaß ein Postsparkassenbuch mit einem Guthaben von zweitausendsechshundert Mark und elf Pfennigen. »Jugend! Daß ich nicht lache! Da wär' ›Max und Moritz‹ noch besser.«

Die schwarzen Brüder, die ihren Namen gehört hatten, kamen wedelnd herbei. Trixi tätschelte ihnen liebevoll den Nacken, dann griff sie nach ihrem Arbeitsköfferchen und nahm den Mantel über den Arm.

»Es bleibt bei ›Jugend‹«, erklärte Xaver. »Das ist ein Wort, das hinhaut.«

»Wie der Herr meinen. Ganz nach seinem Belieben. Was meine bescheidene Person anbetrifft, so muß sich dieselbige sputen. Ich will noch aufs Reisebüro, Prospekte holen.«

»Wozu?« erkundigte sich Xaver zerstreut. Trixi stand dicht neben ihm, und er versuchte, herauszufinden, ob er die Sommersprossen zählen konnte. Ihre Augen waren entschieden grünlich. Zumindest im Sonnenlicht, das mit dem Widerschein der Laubwipfel vermischt durch die großen Atelierfenster fiel. Xaver kam sich vor wie einer seiner Neufundländer, dem man ein Stück Zucker auf die Nase legt und ihm befiehlt, es nicht anzurühren.

»Weil ich diese Woche auf Urlaub fahre. Auf Wiedersehen, Xaver! Laß es dir gutgehen!«

Bevor er noch antworten konnte, war sie schon durch die Tür und davon.

Er hatte sie zum Dämmerschoppen einladen wollen, oben in der Küche stand eine Flasche Mosel im Kühlschrank.

»Trixi!«

Die beiden Neufundländer, die Trixis Abschied verschlafen hatten, erwachten und blinzelten ihrem Herrn nach, der, so schnell er konnte, über den Kiesweg lief. Aber da ihnen klar war, daß er das blitzblaue Kleidchen, das bereits an der Gartenpforte vorbeigeweht war, nie im Leben einholen würde, ließen sich die Zottelhäupter wieder auf die mächtigen Pfoten sinken und schnarchten weiter.

»Trixi!« Xaver blieb atemlos stehen. Weg war sie!

Trixis Wohnung lag in der Leopoldstraße, in der achten Etage eines modernen Gebäudes. Es gab im ganzen Haus, das für Bürozwecke errichtet worden war, nur zwei Apartments. Der Architekt hatte sie wie Schwalbennester über den sieben Stockwerken hingeklebt. Die Mauern waren angeblich aus echtem Baumaterial, doch der Akustik nach hätten sie auch aus Pappe sein können.

Aber die Wohnung hatte ihre Vorteile. Man konnte das Panorama von München überblicken und an Föhntagen sogar die Alpen sehen. Die Aussicht war unbeschränkt – im Gegensatz zur Größe des Apartments: knappe dreißig Quadratmeter mußten für Zimmer, Diele und Bad ausreichen. Doch daraus ergaben sich auch gewisse Annehmlichkeiten: Sie konnte sich zum Beispiel waschen und, falls sie die Tapetentür offenließ, gleichzeitig die Kochnische in

der Diele im Auge behalten. Um einen überbrutzelnden Topf vom Feuer zu ziehen, mußte sie nur einen einzigen Schritt machen. Eine nicht zu unterschätzende Bequemlichkeit für ein Mädchen, das fast immer in Eile war.
Ein weiterer Vorteil war auch der eingebaute, zwar schmale, aber bis zur Decke reichende Wandschrank in der Diele. Allerdings hatte er den Nachteil, daß seine oberen Fächer nur einem Riesen zugänglich waren.
Nachteilig war auch das dünne Mauerwerk, das jeden Schall durchließ, doch das hatte wiederum den Vorteil, daß Trixi nur leicht an die Wand pochen mußte, um sich mit ihrer Nachbarin Monika zu verständigen.
Dem Grundriß nach waren die beiden Wohnungen völlig gleich, jede hätte das Spiegelbild der anderen sein können: kleine Diele, Miniaturbad, ein Zimmer mit Alkoven. Jeder Nagel, jede Holzleiste, jede Schranktür hatten hüben wie drüben ihren Zwilling. Keinerlei Ähnlichkeit hingegen hatte das Mobiliar. Monika, eine zierliche, rothaarige Tänzerin, der im Verlauf ihres jungen Lebens viel schiefgegangen war, hatte ihr Heim in apartem Stil eingerichtet. Die riesige Couch war mit imitiertem Leopardenfell bespannt, und auch die Vorhänge waren erstaunlicherweise aus demselben, etwas borstigen Material. Monika war, als sie einzog, beinahe mit einem Mantelkonfektionär verlobt gewesen, der mit einem Restposten dieses billigen Stoffes sitzengeblieben war. Ganz abgesehen davon, daß Monika nicht in der La-

ge war, wählerisch zu sein, fand sie den gefleckten Pardelplüsch »sagenhaft schick!« Sie hatte ihn nicht nur großzügig in sämtlichen Räumlichkeiten verwendet (im Badezimmer lag er als Fußmatte auf dem Boden), sondern ihn auch im Fasching auf ihrem schlanken Körper getragen, als Bacchantin, mit Weinlaub im Haar.

Die sündhafte Leopardenpracht stand in krassem Gegensatz zu der Sammlung von Nippfiguren, die sich überall breitmachten und durchweg Dackel darstellten, in allen Variationen, sogar mit Trachtenhüten oder bunten Zahnwehtüchlein ums Ohr. Nach Monikas Meinung waren sie ebenfalls sagenhaft schick.

An der Wand hing eine Reihe von Fotografien, die Monika im Badeanzug, auf dem Motorrad, beim Arc de Triomphe (das war aus der Epoche des Mantelkonfektionärs), vor einer Skihütte und sogar auf einem Karusselpferd zeigten, immer in Begleitung eines anderen Kavaliers.

Von jedem dieser Herren war Monika fest überzeugt gewesen, daß er sie heiraten würde, und immer wieder war sie schwer enttäuscht worden. Sie hatte sich die Fotos nicht zur Dekoration, sondern als Warnung an die Wand gehängt; aber kaum war der Nagel eingeschlagen und das bißchen Mörtel, das dabei aus der Mauer rieselte, weggefegt, hatte die rotlockige Monika bereits alles vergessen und blickte vertrauensselig der nächsten Katastrophe entgegen.

Sie war immer verliebt und nie verzweifelt, auch

wenn beruflich ein Fehlschlag dem anderen folgte. Im letzten Jahr hatte sie nur ein einziges Engagement gehabt, vierzehn Tage lang in einem Konzertcafé in Laim, ansonsten schlug sie sich als Filmkomparsin durch, als Baby-Sitter, und bis vor kurzem hatte sie den Königspudel einer Koloratursängerin täglich im Englischen Garten spazieren geführt. Es war eine bescheidene, aber feste Anstellung gewesen. Das einzige, was sie daran gestört hatte, war die Rasse gewesen. Sie hätte einen Dackel vorgezogen.

Das sorglose Durcheinander ihres Daseins äußerte sich in allem und jedem: Im Küchenschränkchen in der Diele hatte sie eine alte Bratpfanne und Schuhbürsten verstaut, neben dem Kochtopf lag ihr Nähzeug und eine geplatzte Salztüte, und zwischen Weingläsern, Tellern und Besteck fand sich eine halbleere Dose Leichners Abschminke.

Bei Trixi erfüllte das gleiche Schränkchen nur den ihm zugedachten, konventionellen Zweck: Sie hatte ihr Küchengerät darin untergebracht. Blitzblank standen die Pfannen und Töpfe an ihrem Platz. Trixi konnte nicht anders, Ordnung lag ihr im Blut.

Ihr Zimmer, mit seinen weißen Mullgardinen und dem schönen, alten Kristallüster an der Decke, mit zwei gepolsterten Sesseln und dem schönen Biedermeiersekretär, hätte aus dem Gutshaus von Alt-Kuhlen stammen können. Der Teppich hatte die Farbe von jungem Buchenlaub. Und grün war auch die Couch, die im Alkoven stand, auf geschwungenen Füßchen und mit geschwungenen Seitenteilen aus poliertem Kirschholz.

Es war ein Raum, der Behaglichkeit und eine ungezwungene Eleganz ausstrahlte. Er wäre jeder großen Dame würdig gewesen, und auch die pedantischste Hausfrau hätte vergeblich nach Staub gesucht.
Trixi kam nie nach Hause, ohne den Blick durchs Zimmer schweifen zu lassen. Das Öffnen der Tür hatte die Luft unmerklich erschüttert; die geschliffenen Tropfen des Kristallüsters schwankten ein wenig und stießen mit zartem Klingeln aneinander.
Es war, als nähmen der grüne Teppich, der runde Tisch in der Ecke und die gefältelten Mullgardinen Trixis Gegenwart zur Kenntnis.
Der Spiegel, der seit vielen Stunden nur das Sonnenlicht, einen Teil des schmalen Alkovens und eine Stereoanlage wiedergegeben hatte, fing nun Trixis Gestalt ein, ihre grazilen Bewegungen, als sie sich umsah.
Trixi ließ eine reiche Ernte auf die Tischplatte niederflattern: Sie war von Xaver aus in die Stadt gefahren und hatte in einem halben Dutzend Reisebüros wahllos alle Prospekte eingesammelt, die ihr in die Hand gefallen waren.
Jetzt zog sie einen Sessel an den Tisch und machte sich begeistert daran, dreiviertel Pfund bedrucktes Papier zu sichten.
Salzburg, Griechenland und sein Inseln. Wangerooge, das gepflegte Familienbad. Oder sollte sie nach Paris fahren? Sie studierte die Ankündigung einer Schwarzwälder Pension – Kneippkur im Hause, würzige Waldesluft – und die buntbebilderte Schilderung der Küste von Andalusien. Am vernünftig-

sten wäre es, das wußte sie, vier Wochen in einem billigen bayerischen Dorf zuzubringen und sich richtig auszuruhen. Das mühsam zusammengesparte Geld reichte entweder für einen längeren Aufenthalt in einem kleinen Nest oder für eine kurze Reise ins Ausland. Montecatini, Wunder wirkend bei Erkrankungen der Leber und des Magens, wurde trotz seiner fünfhundertfünfzig Hotels, Schwimmbäder und Theateraufführungen von Trixi als erstes beiseite gelegt. Auch der Hiaslwirt, eigene Metzgerei, Zimmer mit kaltem fließendem Wasser und voller Verpflegung, ab 17,– DM, Bahnstation Agathenzell, Oberallgäu, hatte bei ihr kein Glück.

Amerang am Chiemsee, idyllisch gelegen, eine Oase der Erholung, stellte sie mit einem kleinen Seufzer in die engere Wahl, allerdings neben dem *Belle Plage* in Cannes und dem Lido in Venedig.

Die »Charterflugreisen« boten zwei Wochen Portugal, eine Reise nach Lappland an.

Trixi war so aufgeregt, daß sie sich eine Flasche Coca-Cola aus dem Eisschrank holte.

Da sie schon in der Diele war, setzte sie gleich Reis auf fürs Abendbrot.

Seit Monika auch die feste Stellung bei dem Königspudel verloren hatte und nur noch aus riesigen Augen und der wildroten Lockenmähne zu bestehen schien, lud Trixi sie häufig zum Essen ein. Sie wäre oft viel lieber allein gewesen, aber irgend jemand mußte Monika durchfüttern.

Als der Reis zu gluckern begann, ging Trixi ins Zimmer zurück. Vor allem, stellte sie fest, mußte sie die

Frage lösen, ob sie den Urlaub in Deutschland verbringen oder ins Ausland fahren wollte.
Am praktischsten war es, ein Orakel darüber entscheiden zu lassen. Trixi holte ein Fünfzigpfennigstück aus ihrer Börse und beschloß: Zahl bedeutet »Bleib im Lande«. Aber sollte die Mädchengestalt nach oben weisen, dann ging es im Flug nach Venedig oder Spanien, vielleicht an die Côte d'Azur.
Trixi ließ das Geldstück erst eine Weile in ihrer hohlen Hand hüpfen, bevor sie es plötzlich hochwarf. Die Münze schnellte in die Luft, funkelte im Licht der sinkenden Sonne, fiel zu Boden und rollte mit Schwung unter die kleine Kommode. Trixi kniete nieder, tastete unter dem Holzgestell herum und fand nichts. »Wo bist du?« fragte sie empört. Das Fünfzigpfennigstück, wie zu erwarten, gab keine Antwort.
Wie hatte das Orakel entschieden? Ein Dorfgasthaus in Bayern – oder acht Tage unter Palmen in mondäner Gesellschaft, mit Blick über das unendliche, wellenblaue Meer? Venedig im Mondschein, von spanischen Spitzenmantillen ganz zu schweigen. Trixi hatte gerade die Kommode zur Seite gerückt, als es klingelte.
Sie lief zur Tür, öffnete – und starrte ganz verblüfft in ein fremdes und doch irgendwie bekanntes Gesicht.
»Da staunst du, was?« sagte Monika. Weg war die lockige wildrote Mähne. Sie hatte ihr Haar silberweiß gefärbt und so kurz geschnitten wie ein Knabe. »Toll, nicht?«

»Toll!« bestätigte Trixi und versuchte, sich zu fassen. Die Frisur hatte ihr einen Moment lang den Atem geraubt. »Komm doch herein, Monika, das Abendbrot ist gleich fertig.«

Aber Monika war in Eile, sie wollte nur schnell erzählen, dann mußte sie sich umziehen und wieder ausgehen.

»Ich hab' ein Engagement, Trixi! Heute mittag hab' ich unterschrieben, nachmittags war ich beim Friseur, morgen abend geht es los! Eine Skandinavien-Tournee für zweieinhalb Monate! Warum steht deine Kommode schief?«

»Eine Revue? Oder eine Tanzgruppe?« erkundigte sich Trixi schnell, ohne auf die Kommode einzugehen.

»Nein, nicht als Hupfdohle. Partnerin bei einer Solo-Nummer. Ich springe für ein Mädchen ein, das sich gestern das Fersenbein gebrochen hat! So was von Glück! Für mich, meine ich. Und er – er sieht genau aus wie Yul Brynner, nur älter. Mit echter Glatze, nicht bloß den Schädel rasiert. Ich hab' auch schon mein Kostüm probiert, ein Bikini aus weißen Pailletten, das Ideale für meinen Teint, findest du nicht?«

»Bikini?« fragte Trixi mißtrauisch.

Obwohl sie fünf Jahre jünger war als Monika, war sie seit Anfang ihrer Bekanntschaft bemüht, ihrer Nachbarin einige allgemeine Grundbegriffe, wie Staubwischen, Kochen und Vorsicht im Umgang mit Männern, beizubringen. Dieser Bikini aus weißen Pailletten erfüllte sie mit Besorgnis.

»Sagenhaft schick!« erklärte Monika »Ich bin nämlich die Assistentin, die ihm die Requisiten zureicht. Jussuf, der Geheimnisvolle. Ein Illusionsakt. Zum Schluß steige ich in eine Kiste – mit Scheinwerferlicht direkt auf mich! – Jussuf lädt drei Herren aus dem Publikum ein, die Kiste zu versperren, und wenn sie geöffnet wird, bin ich verschwunden. Übrigens, der Scheinwerfer bleibt die ganze Zeit auf der Kiste, auch nachdem sie versperrt ist. Schön, man sieht mich zwar nicht, aber das Publikum weiß, daß sich das Ganze um mich dreht. Außerdem hab' ich gleich darauf einen Auftritt durch die Kulisse. Mit Trommelwirbel! Trixi, weißt du jemanden, der meine Wohnung mieten würde, während ich in Skandinavien bin? Wär' doch ein Jammer, wenn diese Pracht leer stünde, anstatt mir einen Batzen Geld einzubringen!«

»Ich weiß im Moment niemanden«, sagte Trixi mit aller Energie, denn die Leopardenvorhänge und sämtliche Dackel standen ihr vor Augen. »Und ich werde auch später niemanden wissen. Außerdem fahre ich selber morgen oder übermorgen auf Urlaub.«

»Mit wem?« erkundigte sich Monika begeistert.

»Allein.«

»Allein in den Ferien? Trixi, ich will mich ja nicht in dein Leben einmischen, aber ich mache mir Sorgen um dich!« Monika schüttelte den Kopf, mit einer heftigen Gebärde, die sonst die rote Mähne in den Nakken hatte fliegen lassen. Diesmal flog nichts. Sie griff sich erschrocken ans Haar. »Was – ach richtig, die neue Frisur! Trixi, was soll aus dir werden, wenn es so

weitergeht? Also schön, du bist was Besseres und mit Idealen und sittenstreng, aber irgendwo muß doch die Grenze sein! Meine Großmutter hat immer gesagt: ›Alles was recht ist, lobt Gott, doch was zuviel ist, ist zuviel.‹ Schau mich an ...«
Genau das war es. Trixi hatte Monika nur zu oft angesehen, diesen einsamen, ewig hungrigen, zerzausten, leicht zu ködernden Großstadt-Spatzen. Sie sah sie auch jetzt an: neue Frisur und neue Hoffnungen. Illusionsakt! Skandinavien-Tournee mit Pailletten-Bikini! Woher nahm sie nur den Mut zu ihren Abenteuern?
»... ich nehme meine Chancen beim Schopf!« vollendete Monika den angefangenen Satz. »Einmal muß es ja glücken. Vielleicht diesmal. Ein Mann um die Fünfzig ist was Seriöses. Jussuf, eigentlich heißt er Richard, hat mir zwar gesagt, er wär' erst vierzig, aber da hat er sicher ein paar Jahre weggezaubert. Ich hab' das Gefühl, er interessiert sich für mich auch privat, nicht nur als Künstlerin. Bevor ich abreise, bring' ich dir noch die Schlüssel herüber. Aber laß nur jemanden einziehen, der solid ist, was nützen mir die Piepen, wenn einer mir meine Dackel kaputtschmeißt.«
»Ich kenne keinen einzigen Menschen, der ein Zimmer sucht!«
»Das ergibt sich schon. Wetten, daß du die Wohnung für mich vermietest?«
Monika hatte ausnahmsweise recht.
Trixi vermietete wirklich die Wohnung. An einen sehr netten jungen Mann, der einen Opel Rekord

fuhr. Aber davon hatte sie an diesem Abend noch keine Ahnung.

Kaum hatte sich Monika verabschiedet, lief Trixi auch schon zur Kommode.

Die Münze lag ganz hinten an der Wand. Aufgeregt beugte sich Trixi nieder. *Zahl!* Es war nicht zu fassen, die Zahl wies nach oben: »Bleibe im Lande!« Ein Glück, daß sie nicht abergläubisch war, sonst hätte sie sich womöglich danach gerichtet. Aber von einem ganz gewöhnlichen Geldstück ließ sie sich noch lange nicht herumkommandieren.

»Dich geb' ich aus!« sagte Trixi und hob das Fünfzigpfennigstück vom Fußboden auf. »Dich laß ich morgen wechseln, dann kannst du sehen, wo du bleibst!«

Sie war empört. Sie knallte die Münze auf die Kommodenplatte. Dann wandte sie ihr mit einem einzigen Schwung den Rücken und war schon wieder beim Tisch.

Trixi nahm, was sie an ausländischen Prospekten fand, legte sie zusammen wie einen Fächer, schloß die Augen und fischte blindlings aus der Mitte ein Blatt heraus.

Sie hatte das *Grand Hotel al Mare* in *Posa* gezogen.

»Posa«, sagte Trixi. »*Va bene!* Warum nicht?«

Und dann warf sie mit leidenschaftlicher Entschlossenheit den ganzen anderen Papierkram, Inland und Ausland, von Montecatini bis zum Hiaslwirt, in den Papierkorb. *Posa.* Das Schicksal hatte entschieden.

Zweites Kapitel

Leuchtend blau spannte sich der Himmel über das sonnenbeglänzte blaue Meer. Die Oliven hatten silbrige Blätter, dunkel ragten die Zypressen auf, die Orangenbäume trugen Blüte und Frucht zugleich – und das alles hatte Trixi bis jetzt nur im Film oder auf buntkolorierten Ansichtskarten gesehen. Der Unterschied war überwältigend!

Auf schmaler, kurvenreicher Straße sauste der Autobus die Küste entlang. Schwindlig durfte man nicht sein. Tief unten, am Fuß der steilen Klippen, schlug die Brandung schäumend gegen die Felsen. Wenn schon jetzt der Urlaub zu Ende gewesen wäre, bevor sie Posa überhaupt erreicht hatte, hätte Trixi bereits mehr von ihrer Reise gehabt als mancher Globetrotter, den weder spielende Delphine noch Balinesische Tempeltänze aus der Ruhe bringen können.

Dabei hatte Trixi nichts Ungewöhnlicheres erlebt als eine lange Eisenbahnfahrt. Aber schon am Münchener Hauptbahnhof hatte sie die Aufschrift auf dem Waggon »Neapel via Rom« mit tiefem Wohlgefallen gelesen. Die Flugzeuge, die sie zu Modevorführungen nach Hamburg oder Frankfurt gebracht hatten, konnten damit nicht verglichen werden.

Sie hatte natürlich schon öfter in einem Speisewagen gefrühstückt, aber an diesem klaren Morgen, nach der schlaflosen, sitzend verbrachten Nacht, während die letzten rosa Wölkchen des Sonnenaufgangs verwehten und verblaßten, war der Zug den sieben Hügeln von Rom entgegengejagt, und der Kellner hatte ihr nicht Kaffee mit Milch, sondern caffè latte vorgesetzt, und das war wie fremdländische Musik gewesen, auch wenn die bis zum Rand gefüllte Tasse, genau wie in Deutschland, durch das Rütteln und Schwanken übergeschwappt war und das blütenweiße Tischtuch befleckt hatte.

Der Expreß hatte München am Sonntag mittag verlassen, und am Montag vormittag war Trixi in Neapel eingetroffen, eine Reisende, die bereits mit Landesgrenzen, den Facchinos von Rom und internationalem Umsteigen Bescheid wußte, von caffè latte ganz zu schweigen.

Aber auf Neapel war sie trotz alledem nicht gefaßt gewesen. Hier hatte ihre Phantasie sie im Stich gelassen, denn bis zu dem Moment, wo sie den Bahnhof verließ, war diese Stadt für sie nur eine Landkartenerinnerung gewesen, ein schwarzer Punkt, eingezeichnet auf der linken Seite des italienischen Stiefels und vom verwaschenen Türkis des Tyrrhenischen Meeres umgeben, mit einem Tintenfleck auf dem gegenüberliegenden Sardinien, denn Trixis Schulatlas war zu herabgesetztem Preis im Antiquariat erstanden worden.

Während Trixis Neapel nur aus sechs winzigen, enggedruckten Buchstaben bestanden hatte und absolut geruchlos gewesen war, roch Napoli aus allen Poren nach Fisch und Knoblauch, wimmelte von Menschen und dröhnte vom Lärm der Autos und Motorräder.

In den engen Gassen, zwischen den verwitterten Häusern waren bis hoch zu den Dächern hinauf Wäscheleinen gespannt, mit bunter Unterwäsche, Laken, Kleidern und Lumpen, die sich im Winde blähten. Jedes Gäßchen sah aus wie ein Schiff im vollen Flaggenschmuck.

Kinder kreischten, Autohupen blökten, nach dem schwarzen Ameisenstrom der Fußgänger zu schließen, war ganz Napoli unterwegs.

Der Lärm und die sengende Hitze wirkten auf Trixi beinahe wie die Spritze, die sie vor ihrer Blinddarmoperation bekommen hatte.

Völlig berauscht und benommen war sie mit einem komischen Bähnchen, der Circumvesuviana, nach Meta di Sorrento gefahren und dort in den Autobus gestiegen.

Die Luft war weich wie Seide, und aus der Tiefe kam das träge rollende Rauschen der See.

Wenn der Autobus mit selbstmörderischer Geschwindigkeit, knapp am Rand des Abgrunds, eine Kurve nahm, unterbrach Trixi vorsichtshalber ihre innige Anbetung des Meeres – würde ein abstürzender Autobus zuerst an den Klippen zerschellen oder direkt in den Fluten versinken? – und betrachtete lieber die anderen Fahrgäste.

Da waren zwei ältere Engländerinnen, mit Kamera, Staffelei und unzähligen Reisetaschen. Sie hatten unmittelbar hinter dem Chauffeur Platz genommen. Nur durch den schmalen Seitengang von Trixi getrennt, saß ein gut anzusehender, breitschultriger junger Mann und neben ihm eine zierliche Dame unbestimmten Alters, die nach »*Ma Griffe*« duftete. Ihr Parfüm wehte wie ein zarter Hauch durch die herzhaften Gerüche von erhitztem Metall und Schmieröl, die der Autobus in der grellen Sonnenglut von sich gab. Die Dame hatte dunkle flinke Augen und teuer gefärbtes Haar, teebraun mit flachsfarbenen Strähnen. Das Gesicht sah aus, als sei es kaum vierzig. Aber die Hände, mit ihren an den Gelenken verdickten Fingern, waren sicher an die Fünfzig, darüber konnten weder die korallenrotlackierten Nägel noch die glitzernden Brillantringe hinwegtäuschen. Die Ringe waren echt. Ob es eine amerikanische Luxusgattin auf Europa-Rundreise war? Oder eine erfolgreiche Geschäftsfrau von Übersee? Eine Dame aus Europa, eine wirkliche Dame, stellte Trixi mit leicht gerümpfter Nase fest, würde lieber sterben als tagsüber klotzigen Schmuck tragen.
Der junge Mann hätte Bankbeamter auf Urlaub oder auch Rechtsanwalt sein können, er war schwer einzuschätzen. Das burgunderrot und dunkelblau gestreifte Sporthemd aus dünnem Jersey, das er trug, besagte gar nichts, außer daß er diskrete Farben liebte. Gedämpfte Farben, teurer Jersey – zu teuer für einen Bankbeamten. Vielleicht der Privatsekretär eines Industriemagnaten? Oder möglicherweise Pri-

vatsekretär dieser Dame, falls sie wirklich eine große Geschäftsfrau war.

Jedenfalls, ein merkwürdiges Paar; in Sorrent eingestiegen, ohne Gepäck. Wahrscheinlich waren sie unterwegs, um einen Besuch zu machen. Der Junge war ganz hübsch, und er hatte etwas Treuherziges, Redliches.

»*Isn't it lovely!*« rief die eine Engländerin, und die andere stimmte ein: »*Lovely!*«

Trixi blickte sofort neugierig auf die Straße. Ein barfüßiges zerlumptes Weib trieb eine Ziegenherde vorbei. Sollte es in England keine Ziegen geben? Trixi verstand den Begeisterungsausbruch nicht ganz. Das ungleiche Paar nebenan hatte eine leise Unterhaltung begonnen, das heißt, die Dame flüsterte eifrig, und der junge Mann sagte von Zeit zu Zeit sehr beflissen: »Ja, Madame Chaeseli«, oder »Ganz wie Sie meinen, Madame Chaeseli.«

Die gnädige Frau war also Deutsch-Schweizerin. Das Rätsel ihrer Nationalität und des nicht der Tageszeit angemessenen Schmucks war gelöst. Die Arme, sie wußte es eben nicht besser. Aber das mit dem Sekretär schien zu stimmen. Das merkte man an seinem eifrig-höflichen Ton.

Trixi war zufrieden, wie pfiffig sie doch alles ausgerechnet hatte. Sie blickte wieder aus dem Fenster. Ein Motorboot zerschnitt sausend das blaue Meer und zog die aufschäumende Kielspur hinter sich her wie eine riesige, gekräuselte weiße Pleureuse.

»Mäuschen, manchmal bist du lästig!«

Der junge Mann hatte nicht sehr laut gesprochen,

aber gerade in diesem Moment war das Ächzen und Rattern des Motors gedämpfter gewesen.
Mäuschen! Also doch nicht der Sekretär. Der Neffe? Trixi hatte noch nie einen Neffen getroffen, der seine Tante »Mäuschen« nannte. Es gab natürlich noch eine andere Erklärung, und das war wahrscheinlich die richtige, aber bei dem Altersunterschied zwischen beiden war es eine Schande. Mäuschen – und dabei hatte er ein so ehrliches, sauberes Jungengesicht!
Die Dame sagte:
»Mein lieber Herr Hofer, ich fürchte, man wird Sie im *Al Mare* in die Ecke stellen müssen!«
Madame Chaeseli, Herr Hofer, und anscheinend wohnten sie im *Al Mare*. Trixi drehte sich nicht auffällig zur Seite, um die beiden genau zu mustern, das hatte ein Mannequin, das seine Bewegungen nuancieren konnte wie eine Tänzerin, nicht nötig. Eine kaum merkliche Wendung, aus der Hüfte heraus, dann glitt eine Schulter ein wenig zurück, der schlanke Hals streckte sich – Trixi hatte ihre Haltung kaum verändert, aber das Paar kam in ihr Blickfeld.
»Natürlich war es Ihnen lästig, daß mir der Impasse geglückt ist«, sagte Madame, die vorher doch nur getuschelt hatte, auf einmal mit voller Stimmstärke. »Deshalb müssen Sie mich nicht necken. Außerdem liegt mir diese Art von Humor nicht – aber das nur nebenbei. Wenn Ihre Partnerin die Coeur-Zehn ausgespielt hätte ...«
Madame Chaeseli beendete den Satz nicht. Sie lehnte sich in ihren Sitz zurück und schloß die Augen.

Vielleicht war ihr heiß. Ihr Mund war korallenrot wie ihre Fingernägel. Auch ihr Leinenkleid hatte die gleiche Farbe. Sie mußte schon länger an der See sein als Herr Hofer, denn sie war von der Sonne dunkelbraun gebrannt wie Ton.

Jetzt war Trixi alles klar: eine Hotelbekanntschaft. Sie fragte sich, wieso sie auch nur einen Moment geglaubt hatte, daß zwischen dieser Dame unbestimmbaren Alters und einem so netten Jungen eine Privatbeziehung bestehen konnte. Er war höchstens Ende Zwanzig, adrett und vertrauenerweckend. Ein Typ, zu dem eine Opel Rekord gepaßt hätte.

Zwischen Felsen und Orangenhainen, in sonnengetränktem Glast, sauste der Autobus die Küstenstraße entlang.

Zur Rechten streckte sich das Meer, ein gleißend blauer Spiegel, der in der Ferne mit dem Horizont verschmolz. Zur Linken kam ein Berg in Sicht, der langsam näher rückte und wuchs.

Dann tat sich plötzlich eine hufeisenförmige Bucht auf. Aus der Tiefe, dicht am Strand, blinkte eine Kirchenkuppel.

An die abschüssigen Klippen geschmiegt, dem Halbkreis der Bucht folgend, auf schmalen Terrassen lag Posa da, mit seinen verwitterten Mauern und großen Hotels, mit sarazenischen Rundbogen, Kuppeln und flachen Dächern.

Die Häuser kletterten hügelan, kalkweiß, gelb, rosenfarben und in verwaschenem Blau.

Der Autobus, der bis jetzt der Höhenstraße gefolgt war, ratterte nun in den Ort hinein und einen geschlängelten Weg hinunter. Es war, wie Trixi später herausfand, die einzige Straße von Posa. Es gab kaum Seitengäßchen, nur steile, schiefgetretene Steintreppen, die von Haus zu Haus, von Terrasse zu Terrasse führten, bergauf und bergab, Tausende von uralten, steinernen Stufen.

Den Engländerinnen verschlug es die Stimme. Als der Bus auf der Piazza Mulino hielt, hopsten sie japsend hinaus, als befürchteten sie, etwas zu versäumen.

Trixi blickte sich um. Vor dem Postamt und den kleinen Läden flanierte die große Welt. Die große Welt trug vor allem nackte, nußbraune Haut, dunkle Sonnenbrillen und dazu ein Minimum an Kleidung. Die Frauen sahen aus, als hätte man sie soeben, funkelnagelneu, aus der Fifth Avenue oder der Faubourg St. Honoré geliefert. Die Männer waren übertrieben salopp. Das schien elegant zu sein.

In den Taschen ihrer zerknüllten Leinenjoppen hatten sie wahrscheinlich dicke goldene Füllfederhalter, um Schecks zu unterschreiben. Diese Art von Männern gab sich nicht mit Kleingeld und Geldbörse ab. Außer der internationalen Hautevolee lungerten Kinder und einige Hoteldiener herum, und auf einer weißen Kappe entdeckte Trixi die Aufschrift *Al Mare.*

Die beiden Engländerinnen wurden von einem grinsenden, schweißtriefenden Hausknecht in Empfang genommen und verschwanden im bunten Schwarm. Nach ihnen stieg der junge Herr Hofer aus.

Er hinkte.

Trixi dachte, daß er sich den Knöchel verknackst haben mußte, doch dann bemerkte sie, daß er Schnürstiefel trug und die Sohle des einen Schuhs gute vier Zentimeter dicker war als die andere.
Hofer half zuerst Mme. Chaeseli herunter, dann streckte er auch Trixi, die in der offenen Autobustür stand, die Hand entgegen.
»Danke schön!« sagte Trixi und lächelte ihn sehr freundlich an.
Armes Hinkebeinchen! Er tat ihr leid. Außerdem hatte er ganz besonders liebe, kastanienbraune Augen.

Das *Grand Hotel al Mare* war von einer schneeweißen Mauer umgeben. Es war mehr als elegant: es war exklusiv. Sein Garten und seine Gesellschaftsräume waren ausschließlich für die Hotelgäste reserviert. Die Besitzerin, Donna Anna, war eine alte, hochgewachsene Frau mit schlohweißem Haar, dichten schwarzen Brauen und schwarzen Augen. Nicht nur das Personal, auch Tochter und Schwiegersohn hatten ihr aufs Wort zu gehorchen. Den Gästen gegenüber war sie von einer gemessenen Liebenswürdigkeit, die einschüchternd wirkte. Aber sie kamen immer wieder, denn das Haus war erstklassig geführt. Seine Stille war vorbildlich. Man sprach in Posa noch immer von dem Küchenmädchen, das entlassen worden war, weil es gewagt hatte, nach dem Mittagessen, beim Geschirrspülen, laut zu singen! Die Siesta ihrer Gäste war Donna Anna heilig. Das Hotel, schneeweiß wie die Mauer, die es umgrenzte und seine Distanz betonte, lag an der Straße, die sich zur Piazza hinunterschlängelte; aber alles, was ein Vorübergehender erblicken konnte, war die kiesbestreute Auffahrt und die parkenden Wagen der Gäste, ein paar Stufen, die zum Hoteleingang führten, und die weißlackierten Balkontüren. Die Vorderseite des Gebäudes war dem Meer zugewandt. Donna Anna hatte Trixi gleich in der Halle in Empfang genommen. Die Baronesse hatte telegrafisch Zimmer mit Frühstück bestellt. Wahrscheinlich war ihr die volle Verpflegung zu teuer. Auch war sie mit dem Autobus angekommen. Donna Anna hielt es für richtig, sich mit eigenen Augen über den neuen Gast zu orientieren.

»War die Reise anstrengend?« erkundigte sich Donna Anna mit unbewegtem Gesicht. Sie hatte ein enges, billigeres Zimmer im dritten Stock frei, das nach der Straße hinausging, und eines, das auf der Terrasse lag, mit Blick aufs Meer.

»Die Reise war herrlich!« Trixi erklärte verlegen lachend: »Ich bin zum ersten Mal im Ausland.«

Donna Anna schien einen Moment zu zögern.

Dann sagte sie:

»Zufällig ist in dieser Woche eines unserer schönsten Zimmer frei.« Sie setzte hinzu: »Auch ich war einmal so jung wie Sie«, was Trixi vollständig zusammenhanglos erschien.

Sie konnte nicht wissen, daß Donna Anna ihr soeben ein Geschenk gemacht hatte, denn die alte Frau hatte beschlossen, ihr nur den Preis einer Mansardenkammer zu berechnen. Ein Geschenk – wenn man wollte auch die Rückzahlung einer Dankesschuld aus jener längstvergangenen Zeit, in der eine bettelarme Anna sich in Amerika durchgeschlagen und dort von wildfremden Leuten viel Freundlichkeit empfangen hatte.

Donna Anna zog ihre dichten schwarzen Brauen hoch, und schon nahm der Hausdiener, der Trixis Gepäck auf den tiefroten Steinfliesen niedergesetzt hatte, Koffer und Reisetasche wieder auf.

»Wenn Sie mir bitte folgen würden, Baronesse!«

Von einem Ende der Terrasse bis zum anderen erstreckte sich ein Kreuzgang mit gewölbter Decke, Rundbogen und hohen Säulen. In seinem Schatten reihten sich zehn Balkontüren aneinander. Ihre weißlackierten Flügel, mit den schmalen, schräggestaffelten Querleisten, glänzten und hoben sich anmutig und sommerlich von dem stumpfen Kalkweiß der Mauern ab.

»Kommen Sie, Baronesse«, sagte Donna Anna. Sie trat aus dem Schatten der Säulen und schritt über die dunkelroten, in Sonnenlicht gebadeten Fliesen der breiten Terrasse auf die Brüstung zu. Mit Besitzergeste wies sie nach links, auf den Monte Petuso, den Sant' Angelo. »Unsere Berge!«

Das Meer funkelte vor Hitze. Auch die Steinbrüstung glühte. Der tiefer liegende Garten war leer und verlassen. Die Wipfel seiner Orangenbäume reichten bis zur Balustrade hinauf. Trixi hätte nur die Hand ausstrecken müssen, um ihnen ins grüne Laub zu fassen.

Aber Trixi konnte sich nicht bewegen. Sie konnte

nur schauen. Nach links und nach rechts, zu den Bergen hinauf und zur Küste hinunter. Von kristallklarer Luft umgeben, hatte sie plötzlich das Gefühl der Erdenschwere verloren. Die Terrasse schien im Blau, zwischen Himmel und Meer zu schweben.
Der süße, schwere Duft der Orangenblüten schlug ihr entgegen.
»Dort fährt ein Boot!«
Donna Anna deutete auf ein Stäbchen, nicht länger als ein Streichholz, das weit draußen, auf offener See, einem unbeweglichen, fast veilchenfarbenen Streifen zusteuerte.
»Die Inseln der Sirenen!«
Als Trixi nur stumm nickte, wurde Donna Anna wieder an ihre eigene Jugend erinnert. Genauso stumm hatte sie selbst einmal dagestanden und die Wolkenkratzer von New York angestarrt.
Sie gab sich einen Ruck. Wenn sie sich weiter der Rührung überließ, die dieses schöngewachsene Kind in ihr erweckte, das sich keine volle Verpflegung leisten konnte, würde sie den Preis womöglich weiter reduzieren. Was unnötig und sentimental wäre. Auch Käse und Apfelsinen machen satt, dachte Donna Anna. Mit solchen grünblauen Augen und schlanken Armen, diesem lustvollen Mund und der kapriziösen Nase wird sie bald genug Hommard à l'americaine, Filet Stroganoff, Trüffel und Hühnercurry vorgesetzt bekommen. Von Orchideen und Perlenketten ganz zu schweigen. Trixi begriff nicht, warum Donna Anna sie so streng musterte.

»Schenkt man heutzutage schönen Frauen noch Perlenschnüre?«

»Ich habe keine Ahnung«, sagte Trixi. »Aber was man so in den Illustrierten liest, die Filmstars bekommen meistens Autos von ihren Maharadschas.«

»Filmstars!« sagte Donna Anna verächtlich. »Autos!« Dann sagte sie: »Wieviel dachten Sie für Zimmer mit Frühstück auszugeben?

Trixi errötete, aber sie sagte tapfer:

»Allerhöchstens 40 Mark. Bitte, es kann selbstverständlich ein ganz kleines Zimmer sein.«

»Bei 45 Mark wäre auch das Abendessen mit eingeschlossen.«

Donna Anna drehte sich um. Trixi warf dem Meer noch einen Blick zu, dann lief sie beglückt hinter ihr her. Das »*Al Mare*« war ja wahnsinnig billig!

Das Zimmer hatte weiße Schleiflackmöbel, einen eingebauten Schrank und eine mit grünem Chintz überzogene Sitzgarnitur. Sogar ein Telefon stand auf einem niedrigen Tischchen. Auch das Telefon war weiß.

Die breite Balkontür ließ eine Fülle von Luft und Licht ein.

»Ich hoffe, Sie werden sich hier wohl fühlen«, sagte Donna Anna schnell. »Sie sehen, es hängt kein Bild an der Wand, mit dem Bild, das sich vor der Veranda ausbreitet, verträgt sich kein gemalter Schnickschnack. Im übrigen muß ich Sie warnen, unser Haus ist sehr ruhig. Es gibt keinerlei Belustigungen, wie Tanzkapelle oder Langspielplatten. Nur idyllischen Frieden.«

Nachdem Donna Anna gegangen war und Trixi sich von ihrem Erstaunen über die niedrigen Preise des *Al Mare* erholt hatte, begann sie, ihren Koffer auszupacken.
Sie hing ihre beiden Abendkleider, Röcke, Hosen und ein helles englisches Kostüm in den Schrank.
Auf der Terrasse war es wirklich totenstill. Die Gäste waren anscheinend alle noch am Strand.
Erst als sie aus dem spiegelblanken Waschkabinett, das zu ihrem Zimmer gehörte, zurückgekommen war, frisch geduscht und frisiert, und gerade nach ihren neuen weißen Schuhen griff, hörte sie draußen Schritte.
Die Türflügel waren zugezogen, und um zu sehen, wer da vorüberging, hätte sie nur durch die Spalten der Holzleisten spähen müssen, die wie die Streifen einer Jalousie übereinandergestellt waren. Aber Trixi erkannte an dem unregelmäßigen Aufstapfen, daß es Herr Hofer mit den treuherzigen Augen und dem armen Hinkebeinchen war.

Trixi machte an diesem Nachmittag einen kurzen Erkundigungsgang durch den Garten, merkte sich eine mit Wein umrankte Pergola vor, guckte in den Speisesaal und den Salon hinein, ließ sich dazu hinreißen, an der Bar einen Vermouth-Soda zu trinken, und wußte nach einer Stunde, in der sie sich mit dem Kellner Beppino, dem Stubenmädchen Benedetta und dem Portier Carlo unterhalten hatte, so ziemlich über alles Bescheid.

Der Rolls Royce vor dem Hotel gehörte der geschiedenen Lady Hester Cranbrook, einer geborenen Miss Parker aus Ohio, die mit ihrer alten Mutter hier war. Madame Chaeseli, seit einem Monat in Posa, und Herr Hofer, vor einer Woche eingetroffen, waren die beiden einzigen Gäste, die keinen Wagen hatten. Der zitronengelbe Citroen kam aus Holland, Frau van Haafen fuhr ihn selbst, trotz ihrer hohen Jahre. Seine Exzellenz Graf Oedelny, ein ehemaliger österreichischer Diplomat, hatte diesmal einen Sekretär mitgebracht, um an seinen Memoiren zu arbeiten. Eine englische Tänzerin, die mit einem römischen Prinzen liiert war, hatte im *Al Mare* absteigen wollen, aber Donna Anna hatte abgelehnt. Was von Weisheit zeugte, denn das *Syrenuse*, wo die Dame sich schließlich einquartierte, war von Reportern und Fotografen umlagert worden – unglaublich, was sich dort alles wegen einer ganz gewöhnlichen Tänzerin abgespielt hatte! Dabei hatte schon vor Jahrzehnten Greta Garbo in der *Mostra* Tee getrunken; der alte Postbote, der Mesner und zwei Cocchieri, die sie mit eigenen Augen gesehen hatten, konnten es beschwören!

Beppino erklärte ihr auch, wieso sie das Hotel zur ebenen Erde betrat, und, ohne eine Treppe zu steigen, nur dem Flur folgend, der von der Halle abzweigte, auf die Terrasse kam, die bereits in der ersten Etage und ein Stockwerk höher als die Gesellschaftsräume lag.

Diese kuriosen Nivellierungen waren in ganz Posa üblich und ergaben sich aus dem abschüssigen Terrain. Auch das *Al Mare* hatte sich den Klippen anpassen müssen. Donna Anna war früher einmal in Amerika gewesen. Ihr Schwiegersohn war bei der Polizei und Stellvertreter des Maresciallo. Noch einen Vermouth?

»Nein, danke«, sagte Trixi.

Sie war nicht gewohnt zu trinken, auch jetzt fühlte sie sich bereits in gehobener Stimmung.

An der Rezeption ließ sie sich von Carlo ein halbes Dutzend Ansichtskarten geben und zog sich ins Schreibzimmer zurück.

Es war ein schöner Raum, neben dem Speisesaal gelegen, mit schweren, gediegenen Möbeln, jeder Politiker hätte hier auf und ab gehen und eine gewichtige Wahlrede diktieren können.

Auch hier sah man durch die weitoffenen Türen auf den Garten und das besonnte Meer hinaus. Das hätte der Rede vielleicht versöhnliche Ausblicke gegeben.

Trixi hatte die üblichen Kartengrüße hinzukritzeln. Sie wollte diese lästige Aufgabe gleich am ersten Tag erledigen und hinter sich haben.

Sie schrieb eine Karte an Xaver Jäger und die zweite an *Hélène*, den Münchener Modesalon, wo sie vor über einem Jahr als Mannequin und Verkäuferin begonnen und sich vor ihrer Abreise ein Abendkleid, zum Selbstkostenpreis und auf Raten, geholt hatte – und dann lagen noch vier weitere Karten da, mit denen sie nichts anzufangen wußte.

Monika stieg bereits irgendwo in Skandinavien, von Scheinwerfern beleuchtet, in eine Kiste, Adresse

unbekannt. Aber auch das wäre nur eine dritte Ansichtskarte gewesen.
Trixi legte den Kugelschreiber auf die Schreibtischplatte, langsam, als wäre sein Gewicht für ihre Hand zu schwer.
Sie hatte bis jetzt nicht gewußt, wie allein sie war. Es gab keine sechs Menschen in ihrem Leben, die einen Feriengruß von ihr erwarteten.
Die Mutter war gestorben, als Trixi noch ein kleines Kind gewesen war, der Vater längst schon tot. Auch Tante Friedchen, die einst im Krieg mit der Mutter vor den einmarschierenden Russen nach Ulm geflüchtet war, lebte schon seit einem Jahr nicht mehr.
Die lockere Verbindung mit Schulfreundinnen hatte sich gelöst, als Trixi nach München ging. Von ihren Kolleginnen, mit denen sie die Herbst- und Frühlingskollektionen vorführte, wußte sie nicht einmal, wo sie wohnten. Es gab ein paar Firmen, bei denen man sie kannte; aber den Chefs eine Karte zu schikken, wäre aufdringlich gewesen.
Trixi nahm die vier unbeschriebenen Ansichtskarten und drehte sie erschreckt hin und her. So mußte es einem reichen Mann zumute sein, der seinen Bankauszug vorgelegt bekam und plötzlich entdeckte, daß er arm war.
Sie schrieb noch eine Karte an ihren Friseur. Dann ging sie in ihr schönes Zimmer und weinte.

Das Abendessen wurde von halb sieben bis halb neun Uhr, sowohl im Speisesaal als auch im Freien, serviert.

Trixi erschien um halb acht, das schien ihr die richtige Zeit zu sein. Da der festlich erleuchtete, aber fast leere Saal sie nicht lockte – in einer Ecke saßen ein zittriger Greis und ein kahlköpfiger Fünfziger, in einer anderen ein altes Ehepaar –, nahm sie im Freien Platz.

Auf jedem der Tische, die ein kleines Karree vor den Fenstern des Speisesaals bildeten, brannte ein Windlicht. Die Kerzenflammen in den bauchigen Glaszylindern regten sich kaum, so still war die Luft.

Zu beiden Seiten des Tellers war schweres Silberbesteck ausgebreitet, eine erstaunliche Anzahl von Gabeln und Messern. Drei verschiedene Gläser, zierlich angeordnet, warteten darauf, benutzt zu werden. Trixi warf einen Blick auf die Speisekarte, die ihr der Kellner feierlich überreichte, als wäre sie eine Urkunde, und sah, daß sie französisch geschrieben war.

Trixi hatte Englisch als Nebenfach gehabt. Aber die Speisekarte schien nur die vier Gänge des Diners aufzuzählen. Trixi nickte daher geistesgegenwärtig, sagte freundlich: »Grazie« und gab dem Kellner die Karte zurück.

Madame Chaeseli, in verhauchendem Fliederlila, speiste mit einer majestätischen Dame, die mit Brillanten behängt war und wie ein Christbaum glitzerte. An einem anderen Tisch saß eine gemütliche, alte, starkgefärbte Blondine mit einer nur leichtgefärbten Blonden, die jünger und der Ähnlichkeit nach zu schließen, die Tochter war. Mrs. Parker und die geschiedene Lady Hester.

Ganz in Trixis Nähe saß Herr Hofer. Allein.
Alle anderen Tische waren leer. Trixi vermutete, daß sie zu früh gekommen war, aber der Kellner, der eine Platte mit prosciutto crudo und geeister Melone vor sie hinstellte, sagte, die meisten Herrschaften hätten schon vor einer Stunde gespeist, da sie sich gewöhnlich nach neun zur Ruhe begaben.
»Und was wünschen Baronessa zu trinken?«
Sie wünschte ein Mineralwasser.
Nach der Vorspeise gab es ein Brathuhn, an dem einige Tannennadeln zu kleben schienen; aber nach dem ersten Bissen stellte sich heraus, daß es ein italienisches, etwas befremdlich schmeckendes Gewürzkraut sein mußte.
Das Dessert nannte der Kellner latte inglese und wäre daheim ein Karamelpudding gewesen.
Trixi aß, trank, blickte in den Himmel, der langsam schwarzblau geworden war. Die Sterne glitzerten, und von der schattendunklen Bucht schimmerten viele Lichtpünktchen her.
Die Orangenblüten dufteten stärker als bei Tag, ihr Duft mischte sich mit dem salzigen Atem der See.
Der Kellner brachte, sich tief verneigend, auf einem runden Silbertablett einen kleinen Teller an, auf dem ein diskret zusammengefaltetes Papierblatt lag. Die Rechnung für das Mineralwasser.
»Wenn Baronessa unterschreiben würden, das genügt.«
Die Baronesse, sehr beeindruckt von dem Aufwand, mit dem die Rechnung für eine halbe Flasche Mineralwasser präsentiert wurde, unterschrieb.

»Soll der Mokka im Salon serviert werden?«
»Grazie«, sagte die Baronesse. Ihr italienischer Wortschatz war klein.
Auch im Salon ging es nicht sehr lebendig zu.
Trixi hatte sich den Abend in einem Luxushotel ganz anders vorgestellt. Abgesehen von den dekolletierten Kleidern, den weißen Smokingjacken der Herren und von dem Schmuck, mit dem die Frauen behängt waren, hätte es sich um eine stille Gedenkfeier handeln können, die hier abgehalten wurde, so gelangweilt waren die Gesichter.
Trixi blätterte die neuesten Nummern von *Harpers Bazar, Home and Garden* und *Annabelle* durch.
Nachdem sie auch eine deutsche Illustrierte von der ersten bis zur letzten Seite durchgesehen hatte, kam das Nachtleben im Salon etwas in Schwung. Mme. Chaeseli, die majestätische Dame, die eine Bemerkung über ihren neuen Citroen machte und Frau van Haafen sein mußte, ließen sich mit Mrs. Parker und Lady Hester zu einer Bridge-Partie nieder. Sie gackerten eifrig, aber mit gedämpften Stimmen. Wenn sie die Karten ausspielten, blitzten die Brillanten an ihren Fingern.
Dann erschien der junge Herr Hofer, und obgleich unzählige leere Sessel und Fauteuils herumstanden, setzte er sich an das kleine Tischchen, wo Trixi saß.
»Ich will Sie nicht stören, gnädiges Fräulein«, sagte er. »Ich will Ihnen nur die Gründung eines Vereins vorschlagen, ›Bund der noch nicht Fünfzigjährigen im *Hotel al Mare*‹, was halten Sie davon? Ich fürchte allerdings, wir beiden werden die einzigen Mitglie-

der sein. Mein Name ist Klaus Hofer, geboren in Lindau am Bodensee, unbescholten, katholisch, Abitur, siebenundzwanzig Jahre alt. Generalvertreter von *Jolie Madame,* Bijouterien en gros, derzeit auf Urlaub – und Sie?«

»Ebenfalls auf Urlaub, evangelisch, jünger als Sie, aus München und fest überzeugt von der absoluten Notwendigkeit der von Ihnen vorgeschlagenen Vereinsgründung. Unterschrift: Beatrice von Zinnewitz.«

»Nach der Dame aus der *Göttlichen Komödie* benannt?« erkundigte sich Klaus Hofer mitleidig.

»Nein, nach drei Tanten. Ich heiße eigentlich Adelheid Beatrice Clothilda, aber das verschweige ich gern.«

»Spielen Sie Bridge?«

»Nein.«

»Das ist großartig!« sagte Klaus Hofer. »Fräulein Adelheid Beatrice Clothilda von Zinnewitz, Sie hat mir der Himmel geschickt! Sehen Sie dort diese Bridge-Hyänen? Jetzt kann ich mich jederzeit darauf ausreden, ich müßte Ihnen Gesellschaft leisten. Kavalierspflicht. Man kann ein Mädchen mit drei Vornamen nicht allein herumsitzen und sich langweilen lassen.«

»Warum sollte ich mich langweilen?« sagte Trixi und zog die zart geschwungenen Augenbrauen hoch. »Ich kann lesen.«

»Das habe ich nie bezweifelt«, entgegnete Klaus. »Wir können ja gemeinsam lesen. Die Hauptsache ist, daß ich nicht Bridge spielen muß.«

»Gute Nacht«, sagte Trixi und stand empört auf.
»Ich bin, falls Sie das nicht bemerkt haben sollten, ein ernsthafter Mensch«, erklärte Klaus friedlich. »Und deshalb gegen jede Art von Reiseflirts. Noch dazu mit Schönheitsköniginnen. Sie sind doch sicher Miss München oder zumindest Miss Germering bei München?«
»Sie sind ein ganz frecher Mensch! Sie waren auch schon zu Madame Chaeseli im Autobus frech!«
»Ich habe mir gleich gedacht, daß Sie das bemerkt haben. Obwohl Sie so angestrengt aus dem Fenster blickten. Im übrigen sollte meine Bemerkung über die Schönheitskönigin nur eine Huldigung sein!«
»Ich bin nicht schön«, sagte Trixi. »Ich bin bloß hübsch und gut gewachsen. Und jung. Und das alles hat nicht sehr viel zu bedeuten, weil es nur ein paar Jahre vorhält. Ich bin nämlich, im Gegensatz zu Ihnen, wirklich ein ernsthafter Mensch.«
»Fein!« antwortete Klaus. »Ich sehe, daß wir nicht auf gemeinsame Lektüre angewiesen sein werden, wir können uns genauso unterhaltsam streiten.«
Als Trixi in ihrem breiten Bett lag, das nach in der Sonne getrocknetem Leinen duftete, überlegte sie, warum sie so schnell bereit gewesen war, Klaus Hofers Bekanntschaft zu machen. Weil sie sich im Autobus eine Weile den Kopf über ihn zerbrochen hatte? Weil er ein hübscher Junge war? Oder einfach deshalb, damit es im nächsten Jahr, wenn sie wieder auf Urlaub ging, vielleicht einen Menschen mehr gab, an den sie eine Ansichtskarte schicken konnte?

DRITTES KAPITEL

Am nächsten Vormittag, als Trixi glühend und zerzaust vom Schwimmen zurückkam und, den nassen Badeanzug überm Arm, durch den Garten lief, saß Klaus Hofer unter der Pergola und las. Er legte das Buch weg und fragte:

»Ist es schön gewesen?«

Da saß er, in langen Leinenhosen, den Fuß mit dem Schnürstiefel unbequem abgestreckt.

»Wie man's nimmt«, sagte Trixi und setzte sich. »Sie haben nichts versäumt!«

Das war eine fromme Lüge. Sie war weit hinausgeschwommen. Die breit ziehenden, starken Wellen hatten sie getragen, und als außerhalb der Bucht mächtige Wogen angerauscht kamen, hatte sie sich von ihnen ducken, in die Tiefe drücken und herumrollen lassen, um spuckend und atemlos wieder aufzutauchen. Wenn sie müde wurde, hatte sie sich auf den Rücken gelegt und war fast bewegungslos hingetrieben, bis sie, geblendet von der grellfunkelnden blauen Fläche und dem Glanz der ungeheuren Himmelskuppel, sich von neuem zur Seite warf und mit weitausholenden, übereinandergreifenden, schaufelnden Armen die Wellen durchschnitt. Am liebsten wäre sie noch Stunden und Stunden im Wasser geblieben. Sie hatte bis jetzt nur Flüsse und Seen gekannt. Das Meer war eine einzige Seligkeit. Es war, als würde man sich mit einer jungen verspielten Löwin balgen. Die anderen Gewässer waren Kätzchen gewesen. Das Meer schien glatter und geschmeidiger zu sein, aber seine zärtlichen Tatzenhiebe konnten selbst einem Mädchen wie Trixi den Atem verschlagen. Scherzend warf es die Schwimmerin auf die Wogenkämme, sprang sie in ungestümer Freude an und ließ sie wieder los. Ein Raubtier, das sich in der Sonne voll Wohlbehagen wälzte. Sein Geifer zerstäubte in weißglitzerndem Schaum.

Sie hatte mit der Löwin gespielt und sich gut gehalten. Noch jetzt, im Garten unter der Pergola, spürte es Trixi in allen Muskeln und auf ihrer Haut.

Sie leckte sich blitzschnell die Lippen. Die schmeckten nach Salz.

»Zigarette?« Hofer hielt ihr ein Päckchen Virginia hin.

»Gern«, sagte Trixi. Sie rauchte nur selten. Sie war auch keine Trinkerin. Schon zwei Gläser Wein genügten, um sie in lautes Gelächter ausbrechen zu lassen, nach dem dritten schlief sie ein.

»Kann ich Ihnen ein Glas Vermouth bestellen?« Klaus Hofer sah sich nach Beppino um, der vor dem Speisesaal bereits die Tische deckte. Manche Gäste aßen trotz der Hitze gern im Freien.

»Danke, nein«, sagte Trixi, und blies den Rauch, ohne ihn eingeatmet zu haben, in die Luft. »Ich habe eigentlich nur für ganz scharfe Getränke etwas übrig.

Whisky oder Wodka. Aber ich habe mir vorgenommen, mit dem Alkohol für eine Weile auszusetzen.«
Sie spürte, daß Klaus Hofer sie anstarrte und blickte rasch auf. Aber das beirrte ihn nicht. Er saß da und studierte ihr Gesicht, als wäre es ein Schaufenster, in dem er etwas aussuchen wollte.
Trixi hätte ihn gern abgelenkt.
»Was lesen Sie?« fragte sie und deutete auf das schmale Reclam-Heft, das er zugeklappt hatte, als sie kam.
»*Maria Stuart*«, sagte Klaus. Er schien in ihrem Gesicht nichts Passendes gefunden zu haben, denn er musterte nun ihre Beine. Vielleicht sagten ihm die schmalen Fesseln und die Zehen, die aus den Sandalen hervorspitzten, mehr zu.
»Das ist aber eine merkwürdige Lektüre«, meinte Trixi.
»Wenn Sie sich nicht einölen, werden Sie einen fürchterlichen Sonnenbrand bekommen. Es hat Sie nicht nur im Gesicht, sondern auch an den Schienbeinen erwischt. Und tüchtig noch dazu!«
Jetzt war wenigstens klar, warum er sie so eingehend betrachtet hatte.
»Armes Mädchen, heute abend werden Sie wie ein gekochter Hummer aussehen.«
Trixi hatte das Gefühl, daß sie ihm im nächsten Jahr keine Ansichtskarte schicken würde, auch wenn ihr Bekanntenkreis so klein bleiben sollte, wie er war.
Sie tat, als hätte sie nichts gehört und griff nach dem Buch. »Sie erlauben ...«
»Nein«, sagte Klaus, nahm den schmalen Band und

steckte ihn in seine Jackettasche. »Ich erlaube nicht.«
»Was ist denn los? Warum kann ich das Buch nicht ansehen?«
»Darum!« sagte er.
Trixi zuckte die Schultern, mehr war ihr sein schulbubenhaftes Gehabe nicht wert.
»Wie spät ist es?« erkundigte sie sich. »Ich muß mich umziehen.«
»*Colazione, le déjeuner* oder der *lunch* wird erst um ein Uhr serviert, Sie haben noch Zeit.«
»Ich esse nur abends im Hotel«, erklärte Trixi lässig. »Mittags gehe ich aus. Ein paar Apfelsinen, das genügt mir. Ich muß auf meine Linie achten.«
»Ich bin überzeugt, daß heute vormittag am Strand jedermann Ihre Linien beachtet hat«, sagte Klaus. »Sie sind ein Film-Starlet, nicht wahr?«
»Ich bin Mannequin.«
»Aha!« sagte er. »Das also ist des Pudels Kern.«
»Sie müssen nicht mit Zitaten protzen. Ich hab' ebenfalls in der Schule den *Faust* gelesen.«
»Ich habe ihn auch nach der Schule noch ein paarmal gelesen. Eins zu null für mich. Wie wird man ein Mannequin?«
»Man macht einen Kurs.«
»Nachdem man schon bei der mittleren Reife den Drang in sich gefühlt hat, dicken, reichen Hexen, die in kein Korsett mehr hineinpassen, köstliche, hautenge Kreationen vorzuführen?«
»Alles falsch!« sagte Trixi. »Es gibt auch reizende Kundinnen, und manchmal sind sie schlank wie Tulpenstengel. Außerdem arbeite ich nicht nur für die

Haute Couture, sondern auch für die Konfektion. Zu den Hauptmusterungen der Herbst- und Frühjahrskollektionen schicken die Modehäuser ihre Einkäufer, und das sind fast durchwegs Männer. Was die mittlere Reife anbetrifft, so hab' ich Abitur und habe einen Kurs als Sprechstundenhilfe gemacht. Die Mode hat mich leider erst vor kurzem erwischt!«

Es stimmte. Trixi hatte in Ulm einige Zeit bei Ärzten gearbeitet, aber damit Schiffbruch erlitten. Schuld daran war ihre Figur gewesen. Sowohl ein Kieferchirurg als auch ein Augenarzt in Ulm hatten ein heftiges Interesse für anatomische Studien entfaltet, die keineswegs im Bereich ihrer Fachgebiete lagen. Trixi war nach München übersiedelt. Dort hatte die eifersüchtige Gattin eines Röntgenologen auf Trixis Entlassung bestanden. Nachdem Trixi in einem Jahr und zwei Städten drei Mal die Stellung gewechselt hatte, wurde ihr klar, daß sie eine Betätigung finden mußte, bei der ihre langen Beine und ihre langen Wimpern kein Hindernis waren. Sie war Mannequin geworden, wie ein Schmetterling eine Schutzfarbe annimmt. In einem Beruf, der nur gutgewachsenen, hübschen Mädchen zugänglich ist, konnte sie sicher sein, daß ihr Aussehen keine Komplikationen hervorrief.

Für die meisten Männer, mit denen ihre Arbeit sie zusammenbrachte, waren ihre schmalen Hüften und die kecke Wölbung ihrer kleinen Mädchenbrüste etwas so Selbstverständliches wie eine Schreibmaschine oder ein Leitzordner im Büro.

»Wie lebt man denn als Mannequin?« fragte Klaus.

»Ich meine, bevor man einen weltberühmten Schauspieler oder Dirigenten heiratet.«
»Schlecht und recht«, sagte Trixi. »Falls man nicht bei einer Firma fest angestellt ist, so ...«
Klaus Hofer unterbrach sie. »Liebes, liebes Fräulein von Zinnewitz, könnten wir gemeinsam Apfelsinen zu Mittag essen?«
»Ich verstehe nicht«, sagte Trixi.
»Es ist nicht notwendig, daß Sie es verstehen.«
Klaus Hofer erhob sich mit großer Behendigkeit. Am Ende der Pergola war Madame Chaeseli aufgetaucht.
»Schnell«, sagte er, »diese Frau schwätzt mich sonst zu Tode. Lieber Rohkost mit Ihnen als vier Gänge und Mme. Chaeseli am Nachbartisch!«
»Wenn Sie glauben, daß ich von diesem Kompliment hingerissen bin ...«
»Es war kein Kompliment«, sagte Hofer, nahm sie unterm Arm und humpelte, so schnell er konnte, den Kiesweg entlang.
Aber es war zu spät. Mme. Chaeseli rief freudig: »Hallo!«
Und schon kam sie angelaufen, munter, braungebrannt, schlank, diese Dame unbestimmbaren Alters. Diesmal war sie in Dunkelblau gekleidet, und Lippenstift und Nagellack waren ziegelrot. Es war nicht zu leugnen, daß sie eine ganz attraktive Frau war.
Attraktiv. Aber schon lange nicht mehr die Jüngste.
»Wie reizend!« rief Mme. Chaeseli. »Das nenn' ich einen glücklichen Zufall. Schon gestern abend wollte

ich Ihnen sagen, daß ich bereits im Bus gehofft hatte, Sie würden im *Al Mare* absteigen! Herr Hofer, warum sehen Sie so verdrossen aus? Wollen Sie uns nicht miteinander bekannt machen?«
Klaus Hofer stellte die Damen einander vor.
»Fräulein von Zinnewitz und ich waren gerade dabei, spazierenzugehen«, fügte er hinzu.
»Ich will Sie keineswegs aufhalten!« sagte Mme. Chaeseli. »Warum setzen wir uns nicht? Ich habe mir bei *Capiello* ein paar entzückende Sandalen gekauft. Waren Sie schon in der Boutique der Contessa Caraffa? Ich fürchte, meine Nase glänzt. Traumhafte Strandkleider, mein Wort darauf!«
Es blieb ihnen nichts anderes übrig, als sich zu setzen. Während Mme. Chaeseli von einem berückenden Majolikakrug erzählte, den sie im Antiquitätenladen entdeckt hatte, kramte sie eifrig in ihrer Handtasche. Es war eine dieser ganz besonders schicken Taschen, aus dickem, weichem Stoff, mit einem altmodischen Bügel und groß wie ein Fußsack.
Nach der Bemerkung über ihre glänzende Nase zu schließen, suchte Madame wahrscheinlich ihre Puderdose, Sie brachte ein Taschentuch, einen goldenen Füllfederhalter, ein Parfümflakon, ein großes und ein kleines Notizbuch zum Vorschein und warf alles achtlos auf das Klapptischchen. Es folgten drei Lippenstifte, eine Geldbörse, ein Brillenfutteral. Eine runde, mit einem Rubinknopf gezierte Golddose.
Trixi dachte, daß nun endlich Ruhe sein und Mme. Chaeseli ihr Gesicht in Ordnung bringen würde. Aber aus der Golddose – Mme. Chaeselis ungelen-

ke, rheumatische Finger hatten sie vielleicht etwas zu hart angefaßt – ertönte plötzlich, zu Trixis Erstaunen, eine zarte, gläsern klingende Melodie.

Es war eine Spieldose.

»Schon wieder!« sagte Madame. »Ich muß sie reparieren lassen, der Knopf ist locker oder die Feder; wenn man nur drankommt, geht das Uhrwerk los.«

Aus der Spieldose klang, ein wenig zittrig, Kreislers *Liebesleid*.

Trixi hatte die Melodie sofort erkannt. Sie spürte, daß ihr die Tränen in die Augen schossen, und senkte schnell die Lider.

Einen Moment lang sah sie ganz deutlich ihre Mutter am Klavier sitzen und hörte sie die Melodie summen.

»Dein Kuß hat mir den Frühling gebracht,
ich denk' an dich bei Tag und Nacht.«

»Vielleicht ist Sand hineingekommen!« Mme. Chaeseli schob die runde Golddose, die mit dünnem Harfenstimmchen weitertönte, zu den übrigen Dingen auf dem Klapptischchen.

Die Liebe kommt, die Liebe geht,
so lang ein Stern am Himmel steht –,
an mehr konnte sich Trixi nicht erinnern.

»Kreisler«, sagte Mme. Chaeseli und fischte aus den Tiefen der Handtasche endlich ihre Puderdose heraus, ebenfalls aus Gold, aber flacher als die Spieldose. »Ich bin ein sentimentales Geschöpf. Diese Melodie war überall zu hören, als ich mich in meinen zweiten Mann verliebte.«

»Mme. Chaeseli war viermal verheiratet«, erläuterte

Klaus Hofer. »Geschieden, verwitwet, geschieden, verwitwet. Hab' ich die Reihenfolge richtig behalten, Madame?«
Die Spieldose brach mit einem gläsernen Akkord ab und verstummte.
»Er neckt mich!« klagte Mme. Chaeseli. Sie wischte mit der Fingerspitze ein Puderstäubchen von ihrem Nasenflügel. »Dabei hat das Leben einer Frau doch nur Sinn, wenn sie verheiratet ist. Auch das Leben eines Mannes, für ihn gilt selbstverständlich das gleiche. Wo habe ich nur meinen Lippenstift hingelegt? Ich spreche aus Erfahrung. Zu meiner Zeit hat jeder geheiratet, und wir sind alle sehr, sehr glücklich gewesen!«
Sie konnte einen Moment lang nicht weitersprechen, weil sie ihre Oberlippe übermalte. Aber gleich nachher wandte sie sich triumphierend an Trixi:
»Hab' ich nicht recht?«
Trixi sagte bescheiden:
»Mich wundert nur, daß Sie sich zweimal scheiden ließen, wenn ...«
»Wenn ich glücklich war?« warf Madame ein. »Mein liebes Kind, in beiden Fällen tauchte jemand auf, mit dem ich eben noch glücklicher werden konnte. Aber die junge Generation hat kein Gemüt, keinen Mut, kein Verantwortungsgefühl, keinen Sinn für Stabilität. Mein Sohn – ich habe einen Sohn aus zweiter Ehe – hätte mir schon längst Enkelkinder ins Haus bringen können. Aber er ist ein engherziger Egoist, der nur an sich selbst denkt.«
»Mme. Chaeseli», sagte Klaus. »Verzeihen Sie, daß ich

anderer Ansicht bin. Ein junger Mann heiratet doch schließlich nicht zu dem Zweck, seine Mutter zur Großmutter zu machen!«

»Sie können Ihre Worte sparen«, sagte Mme. Chaeseli. »Ich weiß genau, woran ich mit meinem mißratenen Sohn bin. Ob Familie oder Beruf – er hört nicht auf mich. Selbst wenn er auf meine Wünsche einzugehen scheint, ist es doch nur ein Ablenkungsmanöver.«

Mme. Chaeseli schien nicht daran zu denken, daß familiäre Zwistigkeiten für Fremde nicht sehr interessant sind.

Trixi hörte freundlich zu. Das hatte sie gelernt. Sie kannte die hemmungslose Geschwätzigkeit alleinstehender Frauen. Die Kundinnen im Salon *Hélène*, alte und junge, hatten sie manchmal schwach gemacht mit ihrem Gerede.

»Er glaubt, daß er mich an der Nase herumführen kann«, fuhr Madame triumphierend fort. »Nun, ich werde auch ohne ihn fertig werden! Ich brauche seine Hilfe nicht!«

Klaus Hofer zündete sich eine Zigarette an, machte einen Zug und warf sie ungeduldig fort. »Das kann doch nicht Ihr Ernst sein«, sagte er. »Nach all dem, was Sie mir früher schon erzählt haben, will der Sohn doch nur Ihr Bestes.«

Mme. Chaeseli gab ihm keine Antwort. Sie sagte zu Trixi:

»Und wie es mein Ernst ist! Der Junge wird Augen machen, wenn er sieht, daß ich meinen Weg auch allein gehen kann.«

Sie beugte sich vor und nahm Trixis Hand in die ihre. »Was für schöne Hände!« Sie sagte: »Biegen Sie doch die Fingerspitzen zurück! Ich dachte es mir, Knochen wie ein Vögelchen. Mein Gott, wie gelenkig!«

»Das bedeutet Anpassungsfähigkeit, nicht wahr?« fragte Trixi.

»Wie bitte?«

»Ich hab' einmal ein Buch über Chiromantie gelesen, und da hieß es ...«

»Ich lese nie Bücher!« sagte Mme. Chaeseli und begann, ihren Goldschatz wieder in die gigantische Tasche zu versenken. »Ich halte es für eine Zeitverschwendung. Ein amibitionierter Mensch hat sich mit dem Leben zu beschäftigen und nicht mit trockenen Buchstaben. Herr Hofer wird wieder anderer Ansicht sein, er behält sie nur aus Höflichkeit bei sich. Aber ich will euch beide nicht länger aufhalten, Sie wollten doch einen Spaziergang machen. Ach, ihr beneidenswerten jungen Leute – unterhaltet euch gut!«

Mme. Chaeseli lehnte sich zurück und schloß die Augen. Trixi und Herr Hofer waren offensichtlich entlassen.

Beim Mittagessen, denn obgleich sie zuerst ein Kilo Apfelsinen gekauft hatten, waren sie dann doch bei den *Tre Sorelle* gelandet, wo es neapolitanische Pizza gab, sagte Trixi:

»Mme. Chaeseli ist viel netter, als ich dachte. Aber was hat sie gegen ihren Sohn?«

»Keine Ahnung!«

»Schwindler! Vorhin, im Hotelgarten, haben Sie

doch selbst erwähnt, daß sie Ihnen schon öfter ihr Herz ausgeschüttet hat.«

»Mein Gott«, sagte Klaus, »sie hat mich ein paarmal angeschwätzt auf ihre vage Art. Ich weiß wirklich nichts Genaues. Die alte Familiengeschichte – es scheint, der Sohn weigert sich, das Geschäft zu übernehmen.«

»Was für ein Geschäft,«

»Da bin ich überfragt.«

»Sie könnte eine Bildergalerie haben«, sagte Trixi. »Meinen Sie nicht? Oder einen eleganten Antiquitätenladen, mit Meißner Porzellan und gefälschten Rokoko-Putten und venezianischen Spiegeln – das würde gut zu ihr passen. Vielleicht hat sie ein Juweliergeschäft, sie trägt ein kleines Vermögen an Brillanten und Goldkinkerlitzchen mit sich herum!«

»Wenn Sie mir einen Gefallen erweisen wollen«, sagte Klaus mit gereizter Stimme, »so vergessen Sie für eine Weile diese Mme. Chaeseli. Lächeln Sie mich an, denn erstens ziehen Sie die Nase kraus, wenn Sie lächeln, und zweitens ärgern sich dann diese beiden italienischen Jünglinge, die in der Ecke sitzen und Ihnen die ganze Zeit leidenschaftliche Blicke zuwerfen. Was Sie nicht bemerkt haben, weil Sie mit nichts als Ihrer Pizza beschäftigt sind.«

»Wohl habe ich es bemerkt«, sagte Trixi und biß begeistert in den heißen, salzigen Hefekuchen. »Einer von Zinnewitz entgeht nichts!«

Klaus lächelte etwas bläßlich. Trixi fragte sich, ob er eine eifersüchtige Natur war. Aber sie ließ sich dadurch nicht bei ihrer Mahlzeit stören.

Die Pizza war mit geschmolzenem Käse, scharfen Sardellen, Tomatenscheiben und Majoran bedeckt. Es schmeckte ihr herrlich.

»Sind Sie das erste Mal in Posa?« erkundigte sie sich bei Klaus.

Er nickte.

»Als Generalvertreter kommen Sie sicher weit herum.«

»Quer durch Deutschland, Holland und die Schweiz. Es ist keine sehr große Firma; sie gehört einem Schulkameraden von mir.«

Klaus grinste. »Das ist mein Glück, von einem anderen Chef wäre ich vielleicht schon an die Luft gesetzt worden.«

»Ich hätte mir gedacht, daß Sie tüchtig sind.«

»Tüchtig schon – aber ohne Ehrgeiz.«

Trixi überlegte im stillen, ob sie selbst in ihrem Beruf ehrgeizig war. Natürlich träumte sie davon, einmal bei Chanel zu landen, von New York ganz zu schweigen.

Es ging nicht nur darum, daß man als durchschnittliches Mannequin galt, solange man nur durchschnittliche Kleider vorführte.

Trixi liebte kostbare Stoffe; der sanfte, stumpfe Geruch, der aus einem Nerzmantel stieg, entzückte sie. Ein Kattunkleidchen von der Stange konnte ganz nett und hübsch sein, aber Trixi blühte auf, wenn ein himmlisch geschnittenes Tweedkostüm an ihr abgesteckt wurde. Wie eine verstohlene Zärtlichkeit genoß sie die zarte Rauheit oder die Seidenglätte, mit der ein Gewebe ihre Haut streifte.

Ein kühn komponiertes Dekolleté, die verspielte Anmut einer Cocktailbluse konnte sie vor Vergnügen erröten lassen.
Wenn sie bei den Modeschauen über den Laufsteg schritt, von Hunderten Augen beobachtet, war sie aufgeregt, als hätte sie die Mäntel und Kleider selbst entworfen. Würde der plissierte Rock, seine sinnreich erdachte, fröhlich schwingende Weite, den Beifall finden, den dieses Meisterwerk verdiente?
Es gab Modelle, in die sich Trixi leidenschaftlich verliebte. Sie sagte sich dann vergeblich, daß diese in köstliche Falten zusammensinkenden oder starr um ihre Knie raschelnden Kleider nie ihr gehören würden. Daß sie nichts als ein Mannequin war. Eine Art Hühnerhund, der die Beute den andern zu Füßen legte und selbst nie anrühren durfte. Trotzdem hatte sie einmal ein Abendkleid, einen Traum aus taubengrauen und blaßrosa Tüllwolken an sich gedrückt und stürmisch geküßt.
Aus hoffnungsloser Liebe zum Luxus? Aus ehrgeizigem Berufsinteresse?
Letzten Endes war es kein richtiger Beruf, denn man konnte ihn nur ausüben, solange man jung war. Mannequins waren wie Blumen, die man wegwarf, wenn sie anfingen zu verwelken. Es wäre sicher besser gewesen, Buchhalterin oder Diätköchin zu werden – besser, vernünftiger, aber auch viel langweiliger.
Trixi war so sehr mit ihren eigenen Gedanken beschäftigt, daß sie erst nach einer Weile bemerkte, daß Klaus Hofer schwieg. Sie blickte auf.

Er saß da und starrte finster ins Leere.

»Aufwachen!« rief sie fröhlich. »Aufstehen! Der Wecker läutet. Schnell, sonst versäumen Sie die Straßenbahn ins Büro!«

Klaus lachte, aber er war nicht ganz bei der Sache. Er bemühte sich, Trixi zu unterhalten; aber wenn immer er sich unbeobachtet glaubte, verdüsterte sich sein Gesicht. Er sah erbittert und zugleich ratlos aus.

Schließlich konnte sich Trixi nicht mehr zurückhalten.

»Herr Hofer«, sagte sie. »Drückt Sie etwas?«

Zuerst schwieg er. Dann sagte er sehr freundlich: »Die Pizza drückt mich. In Öl gebackenes Zeug vertrage ich nicht. Und was ich noch weniger vertrage, sind junge Frauenzimmer, die sich in fremde Angelegenheiten mischen.«

»Falls Sie Frauenzimmer als Beleidigung gemeint haben, so kann ich Ihnen mitteilen, daß es noch zu Goethes Zeiten ein vollkommen respektables Wort war.«

»Danke«, sagte Klaus. »Ich weiß, an Ihrer Erziehung ist nicht gespart worden. Warum hat man Ihnen nicht beigebracht, daß man einen launenhaften Mann in Ruhe läßt?«

»Sie sind nicht launenhaft. Sie haben Sorgen.«

»Na schön«, sagte Klaus. »Dann hab' ich eben Sorgen. Auf jeden Fall gehen sie nur mich an und sonst keinen.«

»Oh!« Trixi gab ihm einen wütenden Blick.

»Sehr richtig: oh!« sagte Klaus.

Viertes Kapitel

Trixi war nicht nachträgerisch. Außerdem verstand sie sehr gut, daß Klaus es mit seinem Gebrechen nicht leicht hatte.

Trixi tanzte leidenschaftlich gern, schwamm mit besessener Inbrunst und konnte nie erwarten, daß der erste Schnee fiel, damit sie auf ihren Skiern über die weißen Hänge jagen konnte. Daß ein Junge, dem alle diese Freuden versagt waren, manchmal die Selbstbeherrschung verlor und um sich schlug, war kein Wunder.

Sie glaubte auch, entdeckt zu haben, warum sich Klaus – bewußt oder instinktiv – nüchterner kleidete als andere Leute seines Alters: Er wollte nicht noch mehr auffallen. Aber dieser Versuch, die Aufmerksamkeit von sich abzulenken, half nicht viel. Er fiel immer auf. Schon allein sein mühsamer, holpernder Gang, der von den Steinfliesen des *Al Mare* widerhallte, kündigte ihn jedesmal an wie ein hämischer Herold. Lange bevor man Klaus sah, hörte man bereits, aus welcher Richtung er sich näherte.

Trixi hätte nie sagen können, ob ihre anderen Nachbarn auf der Terrasse, Mme. Chaeseli, Lady Hester, Mrs. Parker oder Frau van Haafen daheim oder aus-

gegangen waren – sie betraten und verließen die Terrasse ohne Aufsehen.
Nur Klaus Hofer konnte keinen Schritt machen, ohne daß jedermann darüber unterrichtet war. Das war nur eine der vielen Unannehmlichkeiten, mit denen er sich abzufinden hatte.
Ob er sehr unter der Verunstaltung litt, war nicht zu erraten. Er ließ sich nichts anmerken. Aber er schleppte an seinem Hinkebein eine unsichtbare Kette mit, deren Klirren unentwegt in seinem Ohr sein mußte.
Trixi hatte ihm seine Grobheit schon längst vergeben, als sie am nächsten Morgen ihren Liegestuhl auf der Terrasse aufstellte und bald darauf hörte, wie Klaus aus seinem Zimmer trat und auf sie zukam.
Er murmelte etwas von »rüden Manieren« und »nie wieder tun!«
»Vereinsmitglieder zanken sich immer«, sagte Trixi fröhlich. »Und wir zwei sind doch ein Verein, lasset uns zu Schutz und Trutze brüderlich zusammenstehn!«
»Sie sind ein braves Mädchen!« sagte Klaus. Er holte verlegen aus seiner Jackentasche eine lange Kette aus grünlich opalisierenden Glaskugeln. »Das Beste, was *Jolie Madame* zu bieten hat. Aus der Musterkollektion, genau zu Ihren Augen passend.«
»Danke!« sagte Trixi und fing mit beiden Händen die Kette auf, die er ihr zuwarf. »Das werte Vereinsmitglied hat sich also die Farbe meiner Augen gemerkt. Viel Ehre für ein junges Frauenzimmer!«
»Ich komme mir nicht so sehr wie ein Vereinsbruder,

sondern wie ein Ehemann vor, der seine tätige Reue manifestieren will. Manche Frauen sollen auf diese Art und Weise zu ihrem ganzen Schmuck gekommen sein. Zu echtem allerdings.«

»Manche Frauen kommen auch auf andere Weise zu Schmuck«, sagte Trixi weise und schlang die Kette ein paarmal um ihren Hals. »Wie sehe ich aus? Bildhübsch?«

Er grinste.

»So wie immer.«

»Also keineswegs zu meinem Nachteil verändert? Geben Sie zu, daß Sie sich mit Ihren gestrigen Sonnenbrandtheorien geirrt haben!«

Trixi drehte den Hals hin und her, damit er ihr Gesicht von allen Seiten betrachten konnte. Von Röte war keine Spur mehr zu bemerken. Ihre Haut hatte einen tiefen, satten Goldton angenommen.

»Es scheint, ich hab' mich gestern nicht sehr beliebt gemacht«, sagte Klaus. »Aber manchmal gehen einem die Nerven durch.«

Er sah über Trixi hinweg, zu der spiegelglatten See hinunter.

»Hier herumhocken zu müssen, wie ein Fisch auf dem Trockenen – und dabei die ganze Zeit dieses Meer vor Augen zu haben ...«

Er sprach nicht wie einer, der sich beklagt. Er war regelrecht empört.

Trixi bewunderte ihn in aller Stille, aber aus ganzem Herzen.

»Wie wäre es mit spazierengehen?« schlug sie vor. Er war gestern ganz zünftig die Straße zur Piazza hin-

untermarschiert, zumindest hatte sie nicht den Eindruck gehabt, daß es ihn allzusehr anstrengte.
»Zu heiß!« murrte Klaus.
»Dann abends. Nach dem Essen. Wollen Sie mich und die schöne Halskette zu einem Espresso ausführen?«
»Es langt auch auf eine Flasche Spumante.«
»Die Dame trinkt nur zu Sylvester und an ihrem Geburtstag.«
Sie hatte noch nicht zu Ende gesprochen, da fiel ihr ein, was sie ihm alles von Whisky und Wodka vorgeschwindelt hatte, um einen mondänen Eindruck zu machen. Aber Klaus schien das glücklicherweise vergessen zu haben.
»Wann ist der Geburtstag?« erkundigte er sich.
»In einigen Wochen.«
»Natürlich!« sagte er. »Das hätte ich mir denken können: grünliche, leicht schräggestellte Raubtieraugen, stumpfe Nase, bernsteinfarbene Mähne, faucht, wenn gereizt – die Löwin, wie sie leibt und lebt!«
»Löwinnen haben keine Mähne. Und mein Geburtstag ist Ende August.«
»Eine Jungfrau?« Klaus zog die Stirn hoch. »Kritisch sind Sie, das stimmt. Aber zielstrebig, praktisch, kühl, pedantisch – hören Sie, da stimmt doch etwas nicht! Außer, die Venus spukt irgendwo in Ihrem Horoskop herum, die Venus oder ein anderes beschwingtes Gestirn!«
»Möglich. Jeder Typ ist variabel. Ich bin ganz froh, daß ich mehr Verstand als Gemüt mitbekommen habe.«

»Was?«
»Wer in diesem Zeichen geboren ist«, erläuterte Trixi, »hat mehr Verstand als Gemüt.«
»Sie sind die törichtste Jungfrau, die mir je begegnet ist«, sagte Klaus. »Alle Aszendenten müssen vor Vergnügen gelacht haben, als Sie auf die Welt gekommen sind.«
Am Ende der Terrasse öffnete sich eine Tür. Mme. Chaeseli erschien und schnupperte die frische Luft ein.
»Guten Morgen, ihr beiden! Schon so früh wach?«
Trixi warf einen Blick auf das zitronengelbe Leinenkleid, das Madame trug, es war eines der gängigsten Givenchy-Modelle, eine reizende, preiswerte Angelegenheit von nicht ganz achthundert Mark.
Störend daran war nur, daß sie selbst genau das gleiche Kleid anhatte, nur in türkisblau und für kaum neunzig Mark, weil sie einem ihrer Mode-Chefs so lange in den Ohren gelegen hatte, bis er sie den Schnitt abpausen ließ.
»Kommen Sie mit zur Marina?« fragte Mme. Chaeseli.
»Leider – ich will zum Fornillo«, sagte Trixi und war schon aufgesprungen, um hinter dem Liegestuhl Deckung zu suchen.
Sie verschwand wie der Blitz in ihrem Zimmer und zog die türkisblaue Kopie aus. Die Knöpfe daran stammten aus dem Kaufhaus. Einer Frau wie Mme. Chaeseli wäre das nicht entgangen.
Trixi nahm einen tief ausgeschnittenen weißen Pullover und dazu ihre weißen Pikeeshorts. Dann stopf-

te sie den Schwimmanzug, Hautöl, einen englischen Kriminalroman, ein Wörterbuch, Kamm und Handtuch in ihre Badetasche und machte sich auf den Weg zum Fornillo.
Sie schwamm mit einem lustigen französischen Ehepaar um die Wette, aß für sich allein Pfirsiche, Brot und Käse zu Mittag und schlief unter dem Strohdach einer Badekabine. Später spielte sie mit südamerikanischen Studenten Fangball, lehnte die Einladung zu einem Autoausflug nach Amalfi ab und stürzte sich beseligt wieder in das tintenblaue Wasser, in die breit anrollenden Wellen, bis sie trotz der Nachmittagsglut zu frösteln begann und ans Ufer zurückwatete, um von neuem hingebungsvoll in der Sonne zu braten.
Als sie aufbrach, war es fünf; und sie hatte die Bücher umsonst mitgeschleppt, denn sie hatte keine Zeit gehabt, auch nur eine einzige Zeile zu lesen. Dafür spürte sie jeden Muskel ihres Körpers und war so braun geworden, daß ihr zerzaustes honigblondes Haar von der dunklen Stirn abstach.
Sie hatte bereits die Einfassungsmauer des *Al Mare* erreicht, als ein schneeweißer Cadillac angejagt kam und die ganze Straßenbreite für sich in Beschlag nahm. Trixi konnte sich nur mit einem schnellen Sprung zur Seite retten.
»Rüpel«, schimpfte sie. »Größenwahnsinniger Verbrecher!«, aber da fuhr er bereits durch die breite Pforte des *Al Mare*, und sie konnte nichts anderes tun, als ihm entrüstet nachzumarschieren.
In der Auffahrt empfing sie ein Hupkonzert.

Der Cadillac stand auf dem Kiesweg, direkt vor den Stufen der Eingangstür. Es war ein funkelnagelneuer Wagen, alles an ihm glänzte.
Sein Fahrer gedachte nicht, auszusteigen. Er ließ die Hupe kurze Rufe ausstoßen. Jetzt kam auch der Portier Carlo herausgestürmt.
»*Buona sera*«, sagte der Cadillac-Flegel mit einer ungemein liebenswürdigen Stimme. »Haben Sie übers Wochenende ein Doppelzimmer frei?«
Trixi war jetzt bei dem Wagen angelangt, und als sich der Portier grüßend vor ihr verneigte, schenkte ihr auch der Kavalier am Steuer, der sie beinahe umgefahren hätte, einen gleichgültigen Blick. Dann sagte er zu Carlo:
»Von Samstag vormittag bis Montag früh. Clemens Müller und Frau. Aus Rom.«
»Ist Post für mich gekommen?« fragte Trixi, und der Cadillac war Luft für sie. Den einen Fuß noch auf dem Kiesweg, das andere Bein schon auf der Stufe, nußbraun und honigblond stand sie da und lächelte Carlo an. Sie wußte, daß kein Brief da sein konnte, sie wollte nur diesen Herrn Müller betrachten, der wildfremde Mädchen einfach zur Seite springen ließ und Hotelportiers mit Hupsignalen herumkommandierte.
Sie bemerkte mit Genugtuung, daß er tiefblaue Augen hatte. Wenn ihr etwas an einem Mann mißfiel, so waren es blaue Augen. Sie gönnte ihm, daß er ihr Anti-Typ war. Ansonsten war er breitschulterig und hatte die lockere Haltung eines Sportlers. Die Hände hielt er noch immer auf dem Steuerrad. Der Herr

war in Eile, so sehr in Eile, daß er ihr nur einen gleichgültigen Blick gegeben hatte. Was erstaunlich war, denn, wie Trixi feststellte, der Jüngste war er nicht. Das Haar, mit zwei tiefen Ecken aus der Stirn gestrichen, hatte an den Schläfen silbergraue Strähnen. Herren dieses Alters hatten sonst eine ganze Skala von Blicken für sie übrig.

»Bei der Nachmittagspost war nichts für Sie dabei, Baronessa«, sagte Carlo.

»Danke vielmals.«

Zuerst hatte sie sich im Profil gezeigt. Nun wandte sie sich um und stieg die Stufen hinauf. Sie bewegte sich edel wie ein Reh und ohne sich zu beeilen. Sie wußte, daß sowohl ihre Kniekehlen als auch ihre braunen Schultern eine Sehenswürdigkeit waren.

Auch Herr Müller war sonnengebräunt. Es ließ sich nicht leugnen, daß ihn manche Frauen attraktiv finden mochten. Sein Hals kam nackt und straff aus dem offenen Hemd hervor, und er machte überhaupt einen kraftvollen Eindruck, dieser Müßiggänger mit den unsympathischen blauen Augen.

Die ihr nicht nachgesehen hatten, das spürte sie.

In der Halle kam Carlo hinter ihr her und nahm das Gästebuch von der Theke.

Trixi blieb einen Moment stehen; sie interessierte sich nicht im geringsten dafür, ob der Cadillac, einschließlich Herrn und Frau Müller, im *Al Mare* Unterkunft finden würde; sie hätte es nur gern gewußt.

Aber sie wollte sich vor dem Portier, der stumm die Voranmeldungen studierte, keine Blöße geben. Es

hätte keinen Sinn gehabt, ihm zu erklären, daß sie sich von Herrn Müller beleidigt fühlte, als Fußgängerin wie als Frau.
Die kleine Nase hoch in die Luft gereckt, begab sich Trixi in ihr Zimmer.
An diesem Abend, und sie hätte nachher selbst nicht sagen können, wie es gekommen war, zerstritt sie sich mit Klaus Hofer.

Vielleicht war die schwüle, stickige Luft daran schuld gewesen, daß sie bei ihrem Spaziergang mit Klaus rastlos und unruhig war. Oder es lag einfach daran, daß sie immer wieder an Herrn Müllers Gattin denken mußte. Sie hatte eine ganz bestimmte Vorstellung von ihr: eine junonische Erscheinung! Das Gesicht spielte keine Rolle dabei, sicher war es gepflegt, massiert, getönt, mit Sauerstoffbädern, Kräutermasken und Hormonöl jung erhalten – eine kosmetische Glanzleistung, aber ansonsten unwichtig. Am deutlichsten sah Trixi das Gepäck der Dame vor sich, einen ganzen Stapel von handgearbeiteten Lederkoffern und darin nichts als Originalmodelle von *Balmain* oder *Balenciaga* und *Emilio Schuberth*.
Trixi stellte sich Frau Müller in einem eleganten Fauteuil vor, wie ihr Mannequins duftige Abendkleider vorführten, aus deren blütenzarten Tüllwolken winzige Pailletten und hingestreute Brillantsteinchen wie Tautropfen funkelten, Kleider, in denen eine junonische Erscheinung fürchterlich aussehen würde. Die italienischen Mannequins, schlanke Göttinnen, machten sich untereinander mit verstohlenen Blik-

ken über die Signora lustig und schwebten lächelnd übers Parkett. Trixi stieß mit der Schuhspitze ein Steinchen vor sich her, als Klaus vorwurfsvoll sagte: »Sehr gesprächig sind Sie heute aber nicht!«
Trixi kam in die Wirklichkeit zurück. Sie spürte die sandige Straße unter ihren Füßen. Am Wegrand standen mannshohe Kakteen, sie sahen grau aus im Mondlicht, wie mit Puder bestäubt.
Es war eine schöne, aber sehr heiße Nacht.
»Tante Friedchen hat mir beigebracht, daß man bergauf nicht sprechen, sondern tief atmen soll.«
Die Steigung, die sie zurückgelegt hatten, war kaum der Rede wert, denn die Fahrstraße wand sich in breiten Schlingen in die Höhe. Aber Trixi war keine bessere Ausrede eingefallen. Sie hatten die Chiesa Nuova erreicht und gingen nun zur Città Morta hinüber, dem ältesten Teil von Posa, wo die Fischer mit ihren barfüßigen, zerlumpten Familien lebten, in kleinen Häusern, die wie plumpe Steinwürfel aussahen und sarazenische Kuppeldächer hatten.
Die Città Morta schlief bereits, nur ein paar magere streunende Katzen waren noch wach.
Am Himmel stand hoch der Mond. Er war fast voll. Die Häuser warfen harte schwarze Schatten.
»Tante Friedchen?« fragte Klaus. »Gibt es denn keine Eltern? Sind Sie einfach vom Himmel gefallen?«
Einen Moment lang war Trixi in Versuchung, ihm zu sagen: »Daß geht Sie nichts an«, aber dann hörte sie sich zu ihrem eigenen Erstaunen von ihrer Familie erzählen.
»Ich stamme aus Mecklenburg, dort hatten wir ein

Gut. Als mein Vater in den Krieg zog, wurde es von einem alten Verwalter geführt. Friedchen, die schon damals als Gesellschafterin meiner Mutter da war, kümmerte sich um den Haushalt. Meine Mutter schrieb Feldpostbriefe und spielte Klavier. Ein paar Tage bevor die Russen kamen, konnten die beiden noch fliehen. Den Familienschmuck im Rocksaum eingenäht, ein Bündel mit den besten Silbersachen, ein paar Lebensmittel und das alte ledergebundene Familienalbum in eine Wolldecke eingeschlagen, sind sie mit einem zweirädrigen Dogcart loskutschiert. Als sie hinter Güstrow in den Graben gedrängt wurden, und die Achse brach, spannten sie den Trakehner aus und ritten auf ihm, ohne Sattel, ohne Gepäck, in Richtung Elbe weiter. Nur den eingenähten Schmuck, das Album, Brot und ein Stück Geräuchertes hatten sie noch bei sich.«

»Das war der große Treck aus dem Osten«, sagte Klaus. »Das muß arg gewesen sein.«

»Ärger als arg. Am Elbe-Trave–Kanal standen schon die Alliierten und haben ihnen das Pferd beschlagnahmt. Sie sind zu Fuß weiter. Nach Ulm – dort hatte Friedchen Freunde. Dort verkauften sie den Familienschmuck, Stück um Stück. Meine Mutter versuchte sich als Flickschneiderin und gab nebstbei Klavierstunden. Friedchen arbeitete als Buchhalterin.«

»Und Ihr Vater?«

»Als der Krieg aus war, kam er heim, stöberte uns in Ulm auf.«

Klaus schwieg, aber er nahm sie fester unterm Arm.

Sie kamen zu einer Steintreppe, die zwischen gekalkten Mauern schnurgerade abwärts führte, schmal und steil und leer, nur vom Mond und dem Duft der Orangenblüten erfüllt. Hinter den Mauern mußten Gärten sein. In Mondlicht gebadet liefen die Stufen in die Tiefe, ohne daß man ihr Ende sah.

Trixi setzte sich, der Stein war lau von der Hitze des vergangenen Tages. Klaus schwieg noch immer. Sie hockten nebeneinander auf der obersten Treppenstufe und blickten zur Bucht hinunter. Wo das Meer den Horizont berührte, war ein Glanz, unbeweglich wie flüssiges Silber.

»Als meine Mutter mit mir schwanger war, verlor Vati seinen Job als Reitlehrer. Wir hatten kein Geld, der Kampf mit den Behörden nahm kein Ende, die beiden Frauen hatten die meisten Dokumente auf dem Gut zurückgelassen, andere unterwegs verloren. Der Schmuck war längst aufgegessen – bis auf zwei wunderbare Perlen, die Friedchen als eiserne Reserve weggesteckt hatte, ohne daß es meiner Mutter aufgefallen wäre. Ich habe mir Ohr-Klipse daraus machen lassen. Eine dunkelgraue, eine blaßrosa Perle. Ziemlich groß. Aber ich trage sie selten. Es wäre besser gewesen, wenn Friedchen den geheimen Schatz herausgerückt hätte. Mein Vater verlor seinen Job als Reitlehrer. Beim Reinigen seiner alten Dienstpistole ging ein Schuß los und traf ihn ins Herz. Ein Unfall? Das war kurz bevor ich auf die Welt kam. Er hat sich einfach gedrückt. Mich im Stich gelassen. Ein Mädchen braucht Schutz. Ich

weiß eigentlich gar nicht recht, wo ich hingehöre.«
»Ihre Mutter? Und Friedchen?«
»Mutti starb, da war ich sechs. Friedchen hat mich aufgezogen, aber vor einem Jahr ... sie ist tot.«
Trixi holte tief Atem. Eine Welle von Neid und Zorn stieg in ihr auf.
»Ich habe eine süße kleine Wohnung in München. Aber ein Zuhause hab ich nicht. Deshalb wird ewige Feindschaft sein zwischen mir und Frau Müller. Sie weiß, daß jemand auf sie achtgibt und sie beschützt, sie muß niemanden bitten, daß er sie einen Givenchy-Schnitt durchpausen läßt. Sie hat keine Ahnung, wie man in der Straßenbahn geschüttelt wird, denn sie gleitet im Luxuswagen dahin, so sanft, daß sie nicht einmal die Geschwindigkeit spürt, und die anderen müssen schnell zur Seite springen. Ich muß nur an ihr Gesicht denken, ein leerer Fleck, in den sich nie eine Sorge eingegraben hat. Sie hat mich um mein Teil betrogen, von Anbeginn an. Sie hat alles an sich gerissen und nichts für mich übrig gelassen. Das verstehen Sie doch, ja?«
»Nicht ganz«, sagte er. »Wer ist Frau Müller?«
Trixi gab keine Antwort. Sie sah zu dem silberglänzenden, unbewegten Meer hinunter, und sie sah gleichzeitig die alten Fotos aus Mecklenburg, und sie sah Herrn Müller, die Hände am Steuer des Cadillacs.
»Haben Sie keinen Freund?«
»Meinen Sie einen Liebhaber? Nein. Ich bin, was man bei uns daheim ein anständiges Mädchen genannt hat.«

»Na«, sagte Klaus mit einem Versuch, zu scherzen. »Das ist ja schließlich keine Schande.«
»Ach, die meisten halten mich für dumm.«
Es war so still, daß ein Steinchen, das in der Nähe zu Boden fiel, Trixi aufblicken ließ.
Auf der Mauerkante kam, vorsichtig Fuß um Fuß setzend, eine magere Katze anspaziert. Sie blieb stehen und miaute. Dann sprang sie mit einem Satz ins Dunkel, das sich hinter der Mauer verbarg.
»Es ist nicht meine Gewohnheit, soviel über mich zu sprechen«, sagte Trixi. »Ich bin sonst nicht wehleidig. Ich weiß nicht, warum ich Ihnen das alles erzählt habe.«
»Instinkt«, sagte Klaus.
»Instinkt? Weil auch Ihre Familie durch den Krieg entwurzelt wurde?«
»Nein«, sagte Klaus, »uns und meiner Familie hat der Krieg nichts angehabt. Aber ich habe den größten Teil meiner Kindheit bei meiner Großmutter in Brasilien verbracht. Meine Mutter hat mich immer bei ihr deponiert, wenn ich ihr im Weg war. Abgesehen davon, daß ich ständig zu hören bekam, wie schade es wäre, daß ich ein Junge bin, ist es mir dort sehr gut gegangen.« Meine Großmutter war eine exzentrische Frau, und meine Mutter ist übrigens genauso. Es war Tradition in der Familie, nur auf Töchter Wert zu legen. Angeblich waren sie immer talentierter als Jungen.
Klaus sagte: »Alles hat seine guten und schlechten Seiten. Seien Sie froh, daß Sie allein sind.«
Er stand auf und zog sie hoch.

»Wollen wir zur *Bucca di Bacco* hinunter und zusehen, wie die anderen tanzen?«

»Das kann Ihnen doch kein Vergnügen machen«, sagte Trixi.

Sie gingen nebeneinander her, zwei gute Freunde. Ihre Schritte tönten durch die Nacht, das Klicken von dünnen Hacken und das ungleiche Stapfen des schweren Stiefels.

»Ich bin genauso gern in einem Lokal, wo es keine Musik gibt«, sagte Trixi. »Wirklich, es macht mir nichts aus!«

Klaus blieb stehen.

»Sie meinen, weil ich nicht tanzen kann? Ich tue Ihnen wohl am Ende leid?«

»Nun«, sagte Trixi etwas verlegen. »Ein wenig vielleicht.«

»Das finde ich gut«, sagte er. »Da haben wir also gegenseitig Mitleid miteinander.«

»Ich weiß wirklich keinen Grund, warum irgendjemand mit mir ...«

»Regen Sie sich nicht auf«, sagte Klaus. »Die Hauptsache ist, daß Sie mir leid tun. Ich würde es mir zehnmal überlegen, bevor ich Ihnen eine einzige unruhige Stunde bereite!«

Es mußte die schwüle Nachtluft sein, die sie ganz durcheinanderbrachte oder der Gedanke, daß es Frauen gab, denen niemand zu sagen wagen würde, sie täten ihm leid.

Trixi war empört. Sie blieb stehen und rief:

»Mitleid! Mit mir! Du bist ja mall!«

»Was?«

»Verrückt!« Sie funkelte ihn mit bösen Augen an, dann stürmte sie die Treppe hinunter.
Klaus stolperte hinter ihr her. »So hören Sie doch!«
Trixi blieb so plötzlich stehen, daß Klaus, der ihr hart auf den Fersen folgte, fast in sie hineinrannte.
»Eigensinnig und arrogant!« sagte er atemlos. Er war wirklich wütend. »Ich will nur Ihr Bestes, und Sie ...«
»Ich bin nicht arrogant, aber Sie sind ein eingebildeter Lümmel«, rief Trixi zurück. »Ich brauche kein Mitleid, ich verlange Respekt. Ich bin genauso gut wie Frau Müller! Lassen Sie mich in Frieden!«
»Darauf können Sie sich verlassen!« sagte Klaus. Er drehte sich um und ließ sie stehen.
Klaus stapfte ingrimmig die Stufen nach oben, und Trixi lief weinend die Treppe bergab.
Am nächsten Morgen, als sie Klaus beim Frühstück im Speisesaal traf, grüßte er sie zwar mit einer überaus korrekten Verbeugung, aber er sagte nicht einmal »Guten Tag«.
Es war das Ende einer schönen, aber kurzen Freundschaft.

Fünftes Kapitel

Donna Anna, die Samstag mittag durch die kühle Halle des Hotelvestibüls wandelte, sah Trixi artig in einem der weißen Korbsessel sitzen, ein Glas Tomatensaft vor sich und ein Buch auf den Knien.
Sie mußte beim Friseur gewesen sein: das Haar, von Sonne und Salzwasser noch streifiger und heller geworden, legte sich in weichen, glänzenden Ringeln um die Stirn. Wie Flachs und Korn, dachte Donna Anna, wie zweierlei Gold, wie heller und dunkler Bernstein.
Zufrieden stellte sie fest, daß dem Kindchen das Meer, das doch eigentlich zehrte, gut anschlug. Vielleicht das Meer, vielleicht das reichliche Abendessen.
»Ist das nicht ein herrlicher Tag, Donna Anna?«
Selbst wenn sie gewußt hätte, daß ihr Zimmer für andere viel teurer und daß ihr die vier Gänge des Diners sozusagen gratis serviert wurden, hätte die Baronesse nicht herzlicher lächeln können. Donna Anna betrachtete wohlgefällig die glatten Wangen, als wären sie ihr eigenes Werk.
»Wenn man achtzehn ist, Baronessa, sind alle Tage herrlich!«

»Ich werde schon bald zweiundzwanzig!«
»Schon!« sagte Donna Anna, »schon bald zweiundzwanzig. Was für ein Alter! Ich bin, als Sie auf die Welt kamen, eine Witwe mit einem Kind gewesen.«
Trotzdem Donna Anna noch gern ein wenig geplaudert hätte, neigte sie voll Würde das weiße Haupt und wandte sich zum Gehen; es schickte sich nicht, einen Gast offensichtlich zu bevorzugen.
Das engelsschöne, brave Mädchen, es trank Tomatensaft. Andere hätten Gin in sich hineingestürzt, dachte Donna Anna. Dann drehte sie sich um.
»Warum nehmen Sie Ihren Aperitif nicht in der Bar, Baronessa? Hat Sie dieser biertrinkende Polizist, der sich darin breitmacht, abgeschreckt? Es ist nur mein Schwiegersohn, der Stellvertreter des Maresciallo, der dort an der Theke sitzt. Sie können beruhigt sein, er weiß, was sich schickt.«
»Oh, danke vielmals«, sagte Trixi. »Ich sitze gern hier, es ist viel luftiger als in der Bar und kühler als im Freien.«
Ein Lächeln, dann ging Donna Anna weiter. Sie ahnte nicht, daß es Trixi weder um Luft noch um Kühle zu tun war und daß auch der Besuch beim Friseur seinen Grund gehabt hatte.
Seit einer Stunde hatte Trixi ihr Standquartier im Vestibül aufgeschlagen. Die Augen auf ihr Buch gesenkt, lauschte sie auf jeden Wagen, der draußen an der Mauer vorüberfuhr.
Miß Estelle, die nymphomanische Blondine, war bereits erdrosselt worden, und ihre Kammerzofe Muriel, eine Agentin des britischen Geheimdienstes, aus

einem fensterlosen, von innen doppelt verriegelten Gemach verschwunden.

Aber sosehr Trixi auch die Ohren spitzte, sie hörte nur das Knattern der Motorräder und lärmende Fiats. Sie las seufzend weiter und notierte gewissenhaft alle Worte und Redewendungen, die sie noch nicht kannte, um sie später in ihrem Zimmer im Diktionär nachzuschlagen. Als die Uhr an der Spiegelwand hinter der Rezeption auf ein Viertel nach zwölf zeigte, stand bereits *cyanose condition*, *tyre-tread* und *sinister cunning* auf ihrer Liste, und Muriel war gefunden worden, nicht nur vergiftet, sondern auch von einem Lastwagen überrollt. Der Detektiv hatte noch keine Spur entdeckt.

Auch von Herrn Müller noch keine Spur. Trixi hatte sich vorgenommen, unauffällig im Vestibül zu sitzen, um die Gattin in Augenschein zu nehmen. Aber wenn man ein kleines Glas Tomatensaft auch nur schluckweise trinkt, einmal geht es zu Ende. Noch fünf Minuten, dachte Trixi, dann geb' ich es auf.

Lady Hester erschien, in Senfgelb und mit Recht verbittert, denn diese Farbe ließ sie noch älter erscheinen, als sie war. Sie verschwand in der Bar, Trixi hörte sie *Gin and Tonic* bestellen, und damit hatte das Präludium zum Mittagessen eingesetzt.

Der zittrige österreichische Graf und sein glatzköpfiger Sekretär wandelten vorbei, grüßten stumm, und Trixi grüßte stumm zurück.

Damit hatte sich das gesellschaftliche Leben im *Al Mare*, das nie an Lebhaftigkeit litt, für eine Weile wieder erschöpft.

Wenn Trixi ganz ehrlich sein wollte, so hatte sie sich ein »Grandhotel« aufregender vorgestellt. Trotz seiner schönen Räume, der französischen Speisekarte und der eleganten Möbel war das *Al Mare* enttäuschend. Vielleicht lag es an den Gästen, die sich gemessen wie Leidtragende bewegten, mit gedämpften Stimmen unterhielten, von ihrem Schmuck und ihren Wagen überhaupt kein Wesen machten und immer gelangweilt schienen.

Von einem Grandhotel hatte Trixi glanzvolle Persönlichkeiten erwartet, die ein rauschendes Leben führten, mit Musik und Kronleuchtern, die bis zum Morgendämmern nicht erloschen, ein wirbelndes Kommen und Gehen von bunten Frauen und großartigen Männern, an diskreten Ekarté-Tischen wurden Nacht für Nacht unter atemlosem Schweigen tolle Summen eingesetzt, und die Hotelpagen hasteten mit Liebesbriefen und Orchideen von Zimmer zu Zimmer.

Im *Al Mare* wurde zwar die Rechnung für ein Mineralwasser auf silbernem Tablett wie eine Urkunde überreicht, aber das machte, wie Trixi sich sagte, das Kraut auch nicht fett. Alles spielte sich auf Zehenspitzen ab, äußerst fein und exklusiv, aber genausogut hätte man in einem Familienmausoleum nach dem Glanz der großen Welt suchen können.

Keine Rede von verführerischen Blicken zu lockender Musik, eine Bridgepartie war schon das höchste, ansonsten legten die Herrschaften Patiencen. Wer hätte wem Orchideen schicken sollen, wenn die Männer entweder verheiratet oder über Sechzig

waren und es sonst nur noch diesen nüchternen Bijouterie-Vertreter Klaus Hofer gab?
Ein Klaus hätte ihr auch in München jeden Tag über den Weg laufen können, und Tante Friedchen hatte zwölferlei verschiedene Patiencen gelegt, das war ebenfalls nichts Neues.
Die Flüsterton-Atmosphäre des *Al Mare* war sicher ungemein distinguiert und wahrscheinlich chemisch gereinigt von allem, was anregend oder belebend sein konnte.
Trixi schrieb es einem dringenden Wunsch nach Abwechslung zu, daß sie auf Herrn Müller und Gemahlin neugierig war. Zum Friseur hätte sie ohnehin gehen müssen. Es war nur ein Zeitvertreib, daß sie, schön zurechtgemacht, im Vestibül auf der Lauer war.
Um halb eins fuhr der Cadillac vor.
Trixi saß hoch aufgerichtet. Ihr Mund war trocken vor Spannung.
Draußen schlug knallend der Wagenschlag zu. Dieser Mensch ging wie ein Wilder mit seinem Auto um.
Trixi sah schnell in ihr Buch.
Herr Müller betrat das Vestibül. Er war allein.
Er stellte den Koffer nieder, einen ganz normalen, vielgebrauchten dunklen Lederkoffer, ging, ohne nach rechts oder links zu sehen, auf die Rezeption zu und drückte auf die Klingel, die auf dem Pult stand.
Trixi starrte über ihr Buch hinweg zur Eingangstür, ob Frau Müller vielleicht doch noch nachkam.
Nichts.

Herr Müller lehnte an der Theke und hatte ihr den Rücken zugewendet. Er trug einen silbergrauen, italienischen Rohseidenanzug, und aus dem zurückgeschlagenen Hemdkragen guckte ein tiefblaues Halstuch.
Eitel! Trixi zog verächtlich die feingeschwungenen Brauen hoch. Ein blaues Halstuch, zu seinen unsympathisch blauen Augen passend!
Sie musterte ihn ungeniert, bis sie plötzlich in der Spiegelwand hinter der Rezeption seinem Blick begegnete.
Herr Müller hatte die ganze Zeit freundlich beobachtet, wie sie ihn betrachtete.
Trixi erstarrte. Sie hatte das Gefühl, daß sich in der nächsten Sekunde der Boden auftun oder das *Al Mare* einstürzen würde. Aber nichts dergleichen geschah.
Statt dessen nickte ihr Herr Müller im Spiegelglas zu, mit einem routinierten Lächeln, als wäre er die Königin von England auf dem Weg zur Parlamentseröffnung.
Trixi wußte nicht, was sie mehr ärgerte, die Routine oder die Keckheit an sich. Wofür hielt er sie? Für die jubelnde Bevölkerung von London? Für eine mannstolle Gans?
Trixi umklammerte das Buch, das auf ihren Knien lag. Es war der einzige Halt, den sie im Moment finden konnte.
Carlo kam im Galopp aus dem Salon angestürzt.
»Signor ...«
»Meine Frau trifft erst im Laufe des Nachmittags

ein«, sagte Herr Müller. »Bringen Sie meinen Koffer aufs Zimmer.«
Und nach dem Bruchteil einer Sekunde, als wäre ihm jetzt noch etwas ungeheuer Wichtiges eingefallen, setzte er mit gewinnender Liebenswürdigkeit hinzu: »Bitte!«

Die Mittagssonne brannte auf die Terrasse herab. Der gewölbte Säulengang hielt nur den flimmernden Glast ab. Seine steinernen Bogen schufen einen dünnen Schatten, aber es war hier kaum weniger heiß als ein paar Meter weiter an der Balustrade, die ungeschützt in der sengenden Glut lag. Es war halb drei. Trixi hätte am liebsten geweint. Inmitten der schönen Möbel, der eleganten, grüngemusterten Chintzsessel, kam sie sich vor wie der Fuchs in der Falle. Ein hungriger Fuchs, das Frühstück war ihre letzte Mahlzeit gewesen.
Aber ob sie die Terrasse über die Steintreppe verließ, die seitlich in den Garten hinunterführte, oder durch den schmalen Gang, der zwischen Zimmer Nr. 5 und Nr. 6 lag und in die Halle mündete, auf jeden Fall mußte sie an Zimmer Nr. 5 vorbeigehen. Daran ließ sich nichts ändern, weil sie selbst das Zimmer Nr. 4 bewohnte.
Warum hatte Donna Anna sie nicht am anderen Ende der Terrasse, neben der Steintreppe, einquartiert oder wenigstens Herrn Müller ein Apartment im zweiten Stock, anstatt des Zimmers Nr. 5, gegeben, und wenn er schon ihr Nachbar sein mußte, warum hatte er den Liegstuhl direkt vor seiner Tür

postiert und lag da wie ein Wachhund und raschelte mit der Zeitung!

Wieder schlich Trixi bis zur Schwelle. Der halb angelehnte Türflügel schirmte sie ab; sie mußte nur durch die Spalten der weißlackierten Querleisten spähen, um die friedlich übereinandergeschlagenen Füße von Herrn Müller zu erblicken.

Die Zeitungen, die er bereits gelesen hatte, häuften sich auf den Steinfliesen. Sein Vorrat mußte unerschöpflich sein, auch jetzt flog mit Schwung ein neues Journal zu Boden; der Größe nach zu schließen, war es die *Times*.

Warum schlief er nicht endlich ein! Menschen seines Alters hielten um diese Zeit ihre Siesta.

Trixi hätte gern festgestellt, ob ihm vielleicht nicht doch schon die Augen zufielen. Aber wie sehr sie sich auch reckte oder duckte, sie sah nur seine Füße. Sie hätte die grauen Wildledermokassins und die blauen Socken bereits aus dem Gedächtnis nachzeichnen können.

Herr Müller hatte schmale Knöchel, und die Socken waren selbstverständlich von dem gleichen Blau wie sein Halstuch und seine Augen.

Dieser eitle Kerl! Trixi hätte ihn umbringen können. Halb drei, und sie hatte noch immer keinen Bissen im Magen.

Nach der Begegnung im Vestibül war sie wie vom Donner gerührt in ihrem Korbsessel sitzen geblieben. Zumindest eine Viertelstunde war sie noch in der Halle herumgehockt. Währenddessen mußte Herr Müller in aller Ruhe nebenan eingezogen und dann in den Garten zum Essen hinuntergegangen sein.

Aber wie hätte sie das wissen sollen! Als sie endlich wieder imstande gewesen war, sich zu bewegen und von der Halle in ihr Zimmer zu laufen, war keine Menschenseele auf der Terrasse gewesen.

Hiner den zehn hohen Flügeltüren hatte sich nichts gerührt. Die weißlackierten Rahmen mit den zierlichen Querleisten, die an Jalousien erinnerten, glänzten friedlich im Mittagslicht.

Manche Türen waren weit geöffnet, andere halb angelehnt.

Trixi war in ihr Zimmer gegangen, um sich von dem Schreck zu erholen und darüber nachzugrübeln, wieso es möglich gewesen war, daß sie, die fast alle Arbeitsstunden zwischen Spiegelwänden verbringen mußte und gelernt hatte, das geschliffene Glas nie außer acht zu lassen, den Spiegel hinter der Rezeption vergessen hatte!

Eine Weile hatte sie versucht, sich einzureden, daß es sich um eine Täuschung gehandelt haben mußte, als sie glaubte, daß ihr Herr Müller im Spiegel zunickte. Aber es ließ sich nicht wegleugnen – er hatte interessiert beobachtet, wie gründlich sie ihn studierte, und schließlich hatte er ihr noch zugenickt, um sie wissen zu lassen, daß ihm nichts entgangen war.

Die einzige Möglichkeit war, ihm die nächste Zeit nicht unter die Augen zu kommen.

Dann waren leichte und dabei feste Schritte über die Steinfliesen gegangen, aber sie hatte sich nicht darum gekümmert.

Sie hatte ein neues Problem, das ihr zu schaffen machte: Die nächsten Stunden war es einfach, Herrn Müller auszuweichen. Aber was würde abends sein? Sollte sie besser auswärts essen, damit er nicht auf sie aufmerksam wurde und womöglich eine Bemerkung zu seiner Frau machte?

Der Gedanke ans Abendessen hatte ihr plötzlich zu Bewußtsein gebracht, wie hungrig sie war.

Aber gerade als sie ihre Handtasche nahm und nach dem großen Strohhut griff, den sie sich am Tage vorher gekauft hatte – gestern, als das Leben noch schön gewesen war und sie sich über nichts den Kopf hatte zerbrechen müssen, nicht einmal über den beleidigten Klaus Hofer, der seit Donnerstag nicht mehr mit ihr sprach –, hörte sie Herrn Müllers Stimme.

Er sagte:

»Stellen Sie mir den Liegestuhl direkt vor die Tür!«

Von diesem Moment an war sie leider eine Gefangene, und nicht einmal bei Wasser und Brot, denn das einzig Eßbare, das sie in ihrem Zimmer gefunden hatte, war ein Weingummi-Bonbon gewesen, nicht viel größer als ein Kirschkern und nur aus Versehen in einer zerknitterten Tüte zurückgeblieben.

Trixi bezog wieder ihren Spähposten hinter dem rechten Flügel ihrer Tür.

Die Situation war unverändert.

Trixi fiel ein, daß ihr Xaver vor der Abreise ein Abschiedsgeschenk gebracht hatte, »Erste Hilfe«, eine kleine Blechdose, in der Leukoplast, Jod, ein Mittel gegen Moskitostiche und Aspirin verpackt wa-

ren. Auch ein hilfreicher Zwanzigmarkschein war dabeigewesen, aber den hatte nicht die Apotheke mitgeliefert.
Vielleicht würde sich der knurrende Magen beschwichtigen lassen, wenn sie ein Glas Wasser mit aufgelöstem Aspirin trank? Zumindest würde sie dann keine Kopfschmerzen vor Hunger bekommen.
Trixi wollte sich gerade ins Zimmer zurückwenden, um diese gesunde, aber kärgliche Mahlzeit zuzubereiten, als das Telefon zu klingeln begann.
Der Liegestuhl rutschte kreischend über die Steinfliesen, so schnell sprang Herr Müller auf.
»Ja?« sagte er. »Bettina? Hallo, Bettina!«
Trixi hätte sich gar nicht so eng an den Türrahmen drücken müssen, der Apparat konnte nur ein paar Schritte weit entfernt sein; sie hörte jedes Wort.
Das heißt, eine Weile hörte sie gar nichts, außer daß Herr Müller mit den Fingern auf eine Holzplatte trommelte. Dann sagte er: »Aber ...«, und verstummte sofort wieder, weil ihn seine Bettina anscheinend nicht ausreden ließ.
Trixi fand es hochinteressant und aufregend.
»Ich verstehe«, sagte Herr Müller plötzlich. Seine Stimme war scharf. In Stahl umgewandelt, hätte man sich mit ihr rasieren können.
»Du mußt mir nicht immer wieder erklären, daß du der Kinder wegen nicht kommst. Ich hab' es bereits das erstemal erfaßt. Was ich wissen möchte, ist nur, warum du mir das alles nicht bereits heute früh mitgeteilt hast!«
Frau Bettinas Gründe blieben Trixi unbekannt, aber

sie mußten zahlreich sein, weil Herr Müller länger zu schweigen hatte.
Aber dann riß er das Gespräch wieder an sich.
»Nein!« erklärte er erbittert. »Ich komme heute nicht zurück nach Rom, und ich habe keine Lust, abends bei *Alfredo* zu essen; ich bleibe bis Montag in Posa. Ich hab' genug von deinen ewigen Ausreden, und ich habe genug von den ganzen Auseinandersetzungen der letzten Wochen. Was? Ob ich ...? Ich bin nicht verrückt geworden. Im Gegenteil.«
Und dann sagte Herr Clemens Müller, trotzdem er einen Cadillac fuhr und dem vornehmen Aussehen nach den gehobensten Kreisen angehörte, voller Wut, so wie es jeder ganz gewöhnliche Mensch gesagt hätte:
»Mir langt's, Bettina! Und zwar reichlich!«
Worauf er den Hörer auf den Apparat knallte.
Trixi war sprachlos. Sowohl über die Tatsache, daß Herr Müller keine glückliche Ehe führte, wie über seine Ausdrucksweise.
Fünf Minuten später trat Herr Müller aus seinem Zimmer, schleuderte den Liegestuhl, der ihm im Weg stand, mit dem Fuß beiseite und ging, vor sich hinpfeifend, zur Balustrade.
Von dort aus betrachtete er nachdenklich das Meer.

Nachdem Herr Müller offenbar auch vom Anblick des Meeres so genug gehabt hatte wie von den ewigen Ausreden seiner Gattin und in den Garten hinuntergestiegen war, hatte Trixi in Windeseile das Hotel verlassen und den Weg hinauf zur Chiesa

Nuova eingeschlagen. Es war nicht anzunehmen, daß Herr Müller hier auftauchen würde, wo es nichts zu sehen gab als die Kavalkade der Vespas und Busse, die auf der Höhenstraße nach Amalfi und Ravello hinbrausten.

In einer kleinen Bar fiel sie heißhungrig über ihren Kaffee her, ließ sich Schinken, Belpaese und einen Berg von Weißbrot kommen und hatte das Gefühl, daß das Leben nicht nur schön, sondern auch abwechslungsreich war.

Sie hätte nicht sagen können, warum sie mit einemmal so unbeschwert glücklich war, vielleicht war es die Genugtuung, daß das Schicksal in seiner unerforschlichen Gerechtigkeit jedem von Zeit zu Zeit eins auf die Nase gibt und auch Herrn Müller nicht verschonte – der Himmel schien jedenfalls blauer als vorher, und alles war wunderbar.

In einem Anflug von Größenwahn sagte sich Trixi, warum sie nicht, da sie doch schon einmal in Italien war, einen Abstecher nach Amalfi oder Capri machen oder auf der Rückreise in Rom Station machen sollte, wer weiß, ob sich je wieder die Gelegenheit bot, die Peterskirche zu sehen und die Fontana di Trevi und die Ruinen des Colosseums. Schade, daß sie niemanden kannte, der sie dort herumführen konnte! Schade auch, daß sie dann ohne Geld in München ankommen würde, aber warum sollte sie nicht einmal unvernünftig sein!

Sie dachte an Monika, die sich, ohne zu zögern, im paillettenbesetzten Bikini nach Skandinavien aufgemacht hatte. Dazu gehörte mehr Mut, als für ein paar

Tage in Rom abzusteigen. Oder in Capri. Auch wenn ihr sonderbarerweise immer wieder Rom einfiel. Aber das alles mußte weder heute noch jetzt entschieden werden. Vielleicht unterbrach sie die Reise in Verona und sah sich eine *Romeo und Julia*-Aufführung an. In der Schule hatten sie eine Arbeit über eine Shakespeare-Gestalt schreiben müssen, und sie hatte sich die Julia ausgewählt.

»Wer bist du, der du von der Nacht beschirmt,
dich drängst in meines Herzens Rat ...
Oh, holder Romeo, wenn du mich liebst,
sag's ohne Falsch ...«

Oh, holder Romeo, klang reichlich übertrieben, aber es war eben Poesie. Trixi konnte sich nicht vorstellen, daß irgend jemand oh, holder Martin, holder Clemens oder holder Ulrich genannt wurde.

»Wenn du mich liebst, sag's ohne Falsch!«

Erstaunlich, wie sich alles immer um Liebe drehte, dabei sah man doch, wohin das Ganze führte, zu Krach am Telefon und messerscharfen Auseinandersetzungen.

Das einzig richtige war, auf den unnötigen Gefühlsaufwand zu verzichten und ohne viel Herzklopfen einen Opel Rekord zu heiraten.

Oder hatte Bettina aus den gleichen Voraussetzungen ihren weißen Cadillac geheiratet?

»Wenn du mich liebst ...« Es war anzunehmen, daß sich die beiden geliebt hatten. Alles in allem war Herr Müller ganz eindrucksvoll.

Als er an er Balustrade gestanden und das Meer betrachtet hatte, war ihr sein schöngeschnittenes Profil aufgefallen.
Er war hochgewachsen, die Silberfäden an den Schläfen sahen gut aus zu dem braunen, frischen Gesicht, und an seiner ganzen Haltung merkte man, daß er ein Mann war, der etwas erreicht hatte im Leben und es leicht erreicht hatte, weil er Kraft und Intelligenz besaß.
Trixi schluckte den letzten Bissen Schinken und dachte an das aufregende Telefongespräch.
Plötzlich fiel ihr ein, daß es gar nicht notwendig gewesen wäre, stundenlang hungernd herumzusitzen. Sie hätte einfach den Hörer abnehmen und sich Essen aufs Zimmer bestellen können.
Trixi spürte, wie sie rot wurde.
Sie kam sich wie eine entlarvte Hochstaplerin vor. Wer mit Pfennigen rechnet und auf Reisen an Pensionen gewöhnt ist, wo es höchstens in der Diele ein Telefon gibt, denkt eben nicht daran, daß man nur die Hand ausstrecken muß, um den Kellner telefonisch herbeizurufen.
Außerdem hätte sie auch klingeln können.
Aber sie war nicht gewohnt, bedient zu werden. Das war der Haken. Sie spielte große Dame und wohnte in einem Hotel, wo sie von Rechts wegen nicht hingehörte, und wußte deshalb mit dem Luxus, der sie umgab, nichts anzufangen.
Lady Hester oder die reiche Holländerin wären nie in die Verlegenheit gekommen, die Hände beschwichtigend auf den knurrenden Magen zu drük-

ken. Frau Bettina Müller hätte sicher, ohne zu zögern, das gesamte Personal in Bewegung gesetzt.
Trixi, die sich bis jetzt über Herrn Clemens Müller nur geärgert oder lustig gemacht hatte, entdeckte plötzlich ein zaghaftes und beinah verwirrendes Gefühl für ihn: Sie hatten heute beide, jeder auf seine Art, eine Niederlage erlitten …

Als sie heimkam und über die Treppe ging, lag Herr Müller wieder im Liegestuhl. Aber diesmal erschrak Trixi nicht.
Herr Müller war es, der stutzte und, als er sah, wie Trixi auf ihre Zimmertür zuschritt, plötzlich aufsprang.
»Baronesse …«
Trixi blieb stehen, mit der gleichen unbefangenen Anmut, mit der sie bei Vorführungen vor einer bevorzugten Kundin stehenblieb, um eine Frage zu beantworten.
Aber das konnte Herr Müller nicht wissen, und auch Trixi kam nicht zu Bewußtsein, daß es ihr in Fleisch und Blut übergegangen war, sich ungezwungen und mit der edlen Grazie eines jungen Tieres zu bewegen.
Sie blieb stehen, mitten im Schritt, nicht aus der Haltung gebracht, aber sehr überrascht.
Herr Müller hatte sie Baronesse genannt. Er war also damals, als er sie aus seinem großen Wagen heraus mit einem gleichgültigen Blick gestreift hatte, genügend aufmerksam gewesen, um ihrem kurzen Gespräch mit Carlo zu folgen.

Das kann ja vergnüglich werden, dachte Trixi. Schlau ist er auch noch! Herr Müller stieg in ihrer Achtung. Auch wenn ihn seine Frau übers Wochenende sitzenließ.

»Ich will mich entschuldigen«, sagte Herr Müller mit der gewinnenden Liebenswürdigkeit, mit der er am Vormittag zu dem Portier »Bitte!« gesagt hatte.

Trixi lächelte, doch um sich nichts zu vergeben, zog sie mit leichtem Erstaunen die Augenbrauen hoch. Eine reizende, junge Dame, etwas verwundert, daß man sie so ohne weiteres ansprach.

Herr Müller hätte wohl kaum mehr gewagt, ihr im Spiegel zuzunicken.

»Ich fürchte, ich habe Sie heute nachmittag, es muß halb drei oder drei gewesen sein, durch ein langes und wahrscheinlich ziemlich lautes Telefongespräch gestört?«

Nicht nur schlau, sondern auch geschickt, stellte Trixi fest. Seine Entschuldigung war eine sorgfältig verkleidete Frage. Er mußte, als sie an ihm vorbeigegangen war, begriffen haben, daß sie seine Nachbarin war und daß er das Telefongespräch bei offener Tür geführt hatte.

»Sie haben mich nicht gestört«, sagte Trixi. Ihr Herz klopfte. Aber nicht nur wegen der kecken Lüge. »Ich bin schon vor Eins aufgebrochen ...«

Sie deutete mit einer leichten Handbewegung ins Weite. »Zum Monte Petuso hinauf. Viertausend Stufen ...«

Hoffentlich war er nun beruhigt. Und hoffentlich erkundigt er sich nicht nach dem Monte Petuso. Das mit den viertausend Stufen hatte ihr das Stubenmädchen erzählt. Jedenfalls war anzunehmen, daß man aus dieser Höhe eine herrliche Aussicht hatte. »Eine herrliche Aussicht!« sagte Trixi. »Aufgebaut so hoch da droben! Ich meine, hinunter zur Küste.« Sie hatte Angst, er könnte hören, wie laut ihr Herz schlug. »Jetzt bin ich müde«, erklärte sie unvermittelt und machte einen eiligen Schritt auf die Tür zu. Keineswegs mehr charmante, überlegene junge Dame, sondern Antilope auf der Flucht.

»Auf Wiedersehen!« rief sie über die Schulter zurück.

»Wann?« fragte Herr Müller, so daß sie gezwungen war, sich wieder umzudrehen. »Sehen wir uns bei Tisch wieder? Oder vorher, auf einen kleinen Drink?«

Herr Müller überließ nichts dem Zufall. Auch schien er gewohnt zu sein, keine Zeit zu verlieren.

»Wohl wahnsinnig geworden!« sagte Trixi.

»Wie bitte?« erkundigte sich Herr Müller gefaßt, aber zuerst war er merklich zusammengezuckt.

Trixi erinnerte sich nun, etwas verspätet, daß er am Telefon gesagt hatte: »Nein, ich bin nicht verrückt!« Jetzt hatten ihn an ein und demselben Tag zwei verschiedene Frauen einen Narren geheißen. Da konnte man schon zusammenzucken. Oder hatte ihn ihre klare Ausdrucksweise gestört? Da er selber mit kräftigen »Mir langt's« herumwarf, konnte er nicht so zart besaitet sein. Nein, die Erinnerung an die gehässige Bettina war wieder in ihm erwacht. In Trixi stieg ein heftiges Mitleid auf.

»Eine dumme Redensart von mir! Kümmern Sie sich

nicht darum. Ich wollte bloß sagen, ich trinke nicht.«
»Es muß ja kein Cocktail sein. Ich bin zu allen Konzessionen bereit. Wir können uns auch geeistes Mineralwasser, Orangensaft, Coca-Cola oder ein Glas Milch auf die Terrasse bringen lassen. Wie lange brauchen Sie, um sich umzuziehen?«
Auch Trixi hatte sich wieder gefaßt. Sie hätte genau fünf Minuten gebraucht, um zu duschen, und weitere zehn Minuten, um sich anzukleiden und ihr Gesicht sorgfältig zurechtzumachen. Ein Mannequin mußte flink sein.
»Dreiviertelstunden«, sagte sie. »Vielleicht ein bißchen länger.« Jetzt würde er sie sicher für eine mondäne Dame halten. Sie freute sich, wie geistesgegenwärtig sie war.
Daß sie soeben eine Einladung angenommen hatte, die sie zuerst entrüstet abgelehnt hatte, entging Trixi.
»Und was für ein Aperitif soll es sein?« sagte Herr Müller nachdenklich. »Sie haben einen langen Spaziergang hinter sich, Sie sind müde – der Tag war heiß …«
Es war neu für Trixi, daß das Problem eines Aperitifs von so vielen Gesichtswinkeln aus betrachtet werden konnte. Vor allem, daß es überhaupt ein Problem war. Sie lauschte andächtig.
»Am erfrischendsten wäre natürlich ein Stückchen Zucker, mit Cognac übergossen, in einem Glas Champagner. Aber das geht nicht, es darf ja kein Alkohol sein!«
Herr Müller war um einen Kopf größer als Trixi. Er

mußte sich ein wenig hinunterbeugen, um ihr näher zu sein.

»Im übrigen bin ich auch kein Trinker«, informierte er sie. »Ein Schluck Bourbon, dann ein guter erdiger Weißwein und zum Mokka einen Remy Martin, das genügt mir vollständig.«

Herr Müller, ein Gentleman mit fast grauen Schläfen und viel Erfahrung, war über die schwierige Hürde der ersten Einladung leicht hinweggekommen, und es war eine Kleinigkeit für ihn gewesen, zwischen Tür und Angel ein Gespräch anzuknüpfen, um die vertrauliche Stimmung zu schaffen, die er brauchte.

Aber wenn er erwartet hatte, daß dieses berückende Mädchen, das mit seinen langen Beinen, den schmalen Hüften und den schräggestellten, grünlichschimmernden Augen wie eine sonnenverbrannte Dryade aussah, nun auch ins Plaudern geraten oder nur einen einzigen Satz einwerfen würde, dann hatte er sich geirrt.

Sie stand da, den Kopf sanft zur Schulter geneigt, und blickte ihn erwartungsvoll an. Herr Müller mußte das Gespräch allein weiterführen.

»In Hongkong habe ich aus Neugierde einmal Kauliang getrunken«, sagte er. »Keinen Reiswein, der es auch in sich hat, wenn man nicht daran gewöhnt ist, sondern Kauliang. Einen Schnaps, der aus einer Kornfrucht gebrannt wird und rötlichviolett ist, wie ...« Er suchte nach einem Vergleich. »Wie Brennspiritus in England«, sagte er schließlich. »Schmeckt auch so ähnlich. Am Morgen danach merkt man nur an den Kopfschmerzen, daß man noch am Leben ist!« »Haben Sie in Hongkong auch Opium geraucht?« Trixi hatte die Sprache wiedergefunden. Sie hatte erst verarbeiten müssen, daß ein Mensch so mir nichts dir nichts die Farbe eines asiatischen Getränks mit der von englischem Spiritus verglich. In den Grenzen ihrer kleinen Welt hatte es bis jetzt keinen Globetrotter gegeben.

»Opium?« wiederholte Herr Müller und lachte ein bißchen. »Ich könnte lügen und ja sagen. Aber ich hab' kein Talent zum Schwindeln. Nein, ich habe nie Opium geraucht.«

Er überlegte einen Moment.

»Auch die Marihuana-Zigaretten in Mexiko haben mich nicht interessiert.«

Er schwieg.

Trixi stieß einen Seufzer aus.

»Violett!« sagte sie ergriffen. Haschisch war nichts besonderes, in jeder Zeitung gab es täglich darüber Berichte. Ihre Gedanken waren über die vielen Länder, die Herr Müller kannte, über Mexiko und England, zu Hongkong und Kauliang zurückgesprungen.

Das Seltsame war, daß Herr Müller sofort wußte, was mit diesem plötzlichen Violett gemeint war, und auch daß Trixi den waghalsigen Wunsch verspürte, exotischen Brennspiritus zu erproben, schien er zu erraten.

»Kauliang wäre nichts für Sie!« sagte er. »Nun – was wollen wir wirklich vor dem Essen trinken? Einen Americano? Alkoholgehalt beinahe unter Null, aber

dieses Gemisch aus Vermouth und Sodawasser schmeckt eigentlich nur am Vormittag. Ich glaube, ein Glas Champagner ist doch das Richtigste. Ohne Zucker, ohne Cognac, damit es nicht zu stark ist für Sie. Nur einen Streifen Zitronenschale hinein, sonst nichts. Sind Sie damit einverstanden?«
Trixi nickte. Sie konnte nicht nein sagen, Herr Müller hatte sich zuviel Mühe gegeben, ein passendes Getränk für sie zu finden.
Aber sie war ein kluges Kind, auch wenn Klaus Hofer sie eine törichte Jungfrau genannt hatte. Sie nahm sich vor, nur ein einziges Glas zu trinken.
Sie traute Herrn Müller nicht übern Weg ...

Trixi hatte einmal mit einem jungen Filmregisseur am Starnberger See zu Abend gegessen – einmal und nicht wieder. So nett sich alles zuerst angelassen hatte – er fuhr einen Opel Kapitän und stammte beinahe aus Mecklenburg, denn eine seiner angeheirateten Tanten war eine geborene von Maltzahn gewesen –, es hatte sehr peinlich geendet. Auf der Rückfahrt nach München war es im Wagen zu einem Ringkampf gekommen, und Trixi hatte ihn in der Hitze des Gefechtes, höchst unsportlich, ins Kinn gebissen, was ihn zwar augenblicklich zur Vernunft gebracht, aber auch den Bruch für immer besiegelt hatte.
Der halbnackte Neger, den sie auf einem Maskenball im Haus der Kunst kennengelernt hatte und der sich nachher als Hamburger Kaufmannssohn und Student an der Kunstakademie entpuppt hatte, war

ebenfalls eine Enttäuschung gewesen. Während die anderen Pärchen tanzten, hatte er für sie Gedichte von Garcia Lorca im Originaltext rezitiert; vielleicht waren es auch nur Sätze aus einem Sprachführer gewesen; Trixi konnte das nicht beurteilen, sie sprach nicht spanisch, aber auf jeden Fall hatte es schön geklungen, und als der Neger Thomas sie küßte – er hieß Thomas –, war er ihr nicht zu Leibe gerückt, weil er abfärbte.

Trixi hatte diese Rücksicht zu schätzen gewußt. Sie traf Thomas wieder, und trotzdem er ein Norddeutscher war, bewies er, als ihn keine Negerschminke mehr hinderte, ein recht stürmisches Temperament.

Doch Trixi gelang es, ihn erfolgreich zu zähmen. Es waren schöne, aber kurze Wochen gewesen, die sie miteinander verbrachten. An einem regnerischen Märzsonntag erschien Thomas mit einem schwarzen und einem gelben Schuh zum Rendezvous. Der Junge mußte über seine Zerstreutheit lachen, als Trixi ihn darauf aufmerksam machte.

Sie hatten sich bei der Uhr am Feilitzschplatz verabredet, und zum Glück wohnte Thomas gleich in der Nähe, so daß sie die Kinovorstellung im *Occam* nicht versäumen mußten, auch wenn er schnell zurücklief, um die Schuhe zu wechseln.

Es goß in Strömen, und Trixi dachte sich nichts dabei, als er sagte: Komm doch mit hinauf.

Später war ihr natürlich klar, daß die Schuhe keineswegs aus Zerstreutheit verwechselt worden waren – er hatte es dick hinter den Ohren, dieser Thomas –

und daß ihre beste Bluse zerfetzt wurde, hatte dem Ganzen die Krone aufgesetzt.
Seit damals war Trixi überzeugt, über alles, was Männer und die Abgründe ihres Charakters anbelangte, reiche Erfahrung zu besitzen.
Da sie vorgegeben hatte, eine Stunde zum Umkleiden zu brauchen, konnte sie in aller Ruhe über Herrn Müller nachdenken. »In Ruhe« war übertrieben, denn ihre schmale Hand zitterte, als sie mit dem Pinsel die Umrisse ihrer Lippe nachzog.
Herr Müller war kein losgelassener Schwabinger und kein Draufgänger, der an den Umgang mit Filmstarlets und solchen, die es werden wollten, gewohnt war.
Herr Müller war gefährlich, weil er eleganter und diplomatischer zu Werk gehen würde, falls er sich für sie interessierte.
Trixi machte sich keine Illusionen über dieses Interesse. Er hatte sich mit seiner Frau gestritten, und jetzt war ihm ein hübsches Mädchen über den Weg gelaufen. Er würde sich um sie bemühen – wenn nicht aus Trotz, dann aus Eitelkeit, und wenn nicht aus Eitelkeit, dann aus Langeweile.
Was auch geschah, für Herrn Müller hatte dieses Wochenende auf keinen Fall viel zu bedeuten. Montag früh würde er sich in seinen herrlichen Cadillac setzen und für immer verschwinden.
Ein Herr Müller paßte keineswegs in ihr Lebensprogramm.
Trixi legte seufzend den Pinsel weg und griff nach den Lippenstiften. Sie malte sich zuerst einen blaßro-

ten Mund, dann nahm sie den milchweißen Lippenstift, um ihrem Werk den sanften, opalisierenden Glanz zu geben, den auch der rosenfarbene Lack an ihren Fingernägeln hatte.
Klotzig reich, ein Casanova, das sah man ihm an – und dazu noch verheiratet und mit Kindern!
Kommt gar nicht in Frage, sagte sich Trixi. Leider. Für solche Herren hat ein Mädchen, das arm ist und sich selbst durchbringen muß, keine Verwendung.
Sie drehte das Gesicht nach rechts und links und betrachtete sich im Spiegel. Es war alles wohlgeraten, sowohl das, was ihr der liebe Gott geschenkt hatte, als auch die Korrekturen, die sie eigenhändig vorgenommen hatte.
Die Kleiderfrage machte keine Schwierigkeiten, denn sie hatte nur zwei Abendkleider mit. Das weiße war zu festlich, sie nahm das kleine Kleid aus flachsfarbener dünner Chinaseide.
Das kleine Kleid hätte nicht einfacher und nicht eleganter sein können. Von den Schultern bis zum Saum durchplissiert, hatte es einen übertrieben breiten, ganz eng gewickelten Gürtel. Trixi konnte darin sogar atmen, aber eine junonische Erscheinung würde wie eine Elefantenkuh ausgesehen haben.
Das Zwielicht war hell genug, trotzdem drehte Trixi alle Lampen an und musterte sich im Spiegel.
Vielleicht war es das schöne Kleid, das sie, wie jede Frau, mit Sicherheit und Stolz erfüllte. Vielleicht war es ihr schöner Körper, der ihr Mut gab. Sie war plötzlich voll Selbstvertrauen und spürte, daß sie aus diesem Abend unversehrt hervorgehen würde.

Möglicherweise – und sie warf dem Spiegel einen schrägen Blick zu – konnte es sogar gelingen, den weitgereisten Casanova ein bißchen verliebt zu machen und ihn nachher auszulachen.
Aber das war vielleicht zuviel erhofft. Er war nicht der Typ, der leicht Feuer fing, auch wenn er sicher andere in Brand steckte, bevor sie noch ahnten, daß ihnen ein Funke ins Herz gefallen war.
Er wird italienischen Sekt auffahren lassen, mir vorschwindeln, daß er Junggeselle ist und daß ihm Dutzende von unbeschreiblichen Mädchen nachlaufen, dachte Trixi. Aber so bekommt er mich nicht.
»So nicht!« sagte sie laut zu ihrem Spiegelbild.
Sie knipste die Lichter aus, stieß die beiden Türflügel auf und trat auf die Terrasse.
Es dämmerte. Das Meer und der Himmel waren ausgeblaßt und von einem durchsichtig zarten Blau.
Herr Müller, der an der Balustrade gesessen hatte, erhob sich. Über dem weißen Smokingjackett sah sein Gesicht dunkel und nobel aus.
An der Brüstung stand ein Tischchen, der Sekt war im Eiskübel.
»Wie schön Sie sind!« sagte Herr Müller.
Er schob Trixi den Korbsessel hin, dann öffnete er den Sekt.
Es war eine halbe Flasche. Sie hatte ihm Unrecht getan, er hatte nicht die Absicht, sie betrunken zu machen.
Die Luft war warm, und aus der Tiefe rauschte das Meer herauf.
Eine Fledermaus flatterte über die Terrasse.

»Auf Ihr Wohl!« sagte Herr Müller. »Sie wissen nicht, wie dankbar ich Ihnen bin, daß Sie mir Gesellschaft leisten. Es ist ein großes Geschenk für mich. Die Frau, mit der ich diesen Abend verbringen wollte, hat es vorgezogen, mich allein zu lassen. Ich glaube, ich durfte Ihnen das nicht verschweigen. Aber lassen Sie uns, bitte, nicht mehr darüber sprechen. Ihr Kleid ist bezaubernd. Sie werden damit heute abend alle Damen im Hotel zum Weinen bringen; die armen Dinger werden diese unerreichbar schlanken Hüften anblicken und in Tränen ausbrechen.«
Trixi konnte kein Wort hervorbringen. Eine halbe Flasche Sekt, und ein Lügner war er auch nicht. Sie mußte sich erst fassen.
»Es ist merkwürdig«, sagte Herr Müller, »je älter ich selbst werde, desto jünger und berückender sind die Mädchen, die man sieht. Ein beinah unerklärliches Phänomen! Sind Sie immer so schweigsam, Baronesse?«
»Ich habe nachgedacht«, sagte Trixi, mit der ernsten Höflichkeit einer Königin, die Audienz erteilt und genötigt ist, den Besucher in die Schranken zu weisen. Sie hatte herausgefunden, daß ein aufrichtiger Herr Müller noch mehr zu fürchten war als ein schwindelhafter und daß sie Distanz bewahren mußte.
Sie nippte an ihrem Glas.
»Dieser italienische Sekt schmeckt gut«, fuhr sie huldvoll fort.
»Es ist französischer Champagner, Veuve Clicquot, brute Réserve«, sagte Herr Müller bescheiden.

Der Pfad lag abseits der Straße, versteckt zwischen bröckligen Mauern und zwei verwilderten Gärten. Von Mondlicht durchflutet, so hell, daß jeder Kiesel zu erkennen war, zog er bis zum Steilrand der Klippen, um an der letzten Felsplatte unvermittelt ans Bodenlose zu grenzen, in die sternenglitzernde Leere hinein.

Sie küßten sich im Schatten eines Ölbaums.

Es war der Kuß, den Trixi immer erwartet und bis jetzt nie bekommen hatte.

Sie zitterte. Sie hatte das Gefühl, daß der Rasengrund unter ihren Füßen zu Luft wurde und daß sie gleich umfallen würde.

Sie hörte ein flüchtiges, trockenes Knistern in den Zweigen, vielleicht war ein Vogel aufgeflogen oder ein Blatt hatte sich gelöst.

Dann war alles ausgelöscht, und es war nichts mehr da als der fremde, beglückende Mund und ihr eigener, irrsinniger Herzschlag.

Ein Kuß ohne Ende, gebend und nehmend, atemlos und unersättlich.

»Liebling«, sagte Clemens, als er sie losließ.

Sie schlug die Lider auf. Sie versuchte zu lächeln, aber es gelang ihr nicht.

Montag fuhr er weg, zurück zu seiner Frau. Für ihn war das Ganze nichts als ein Abenteuer. Wahrscheinlich war er übezeugt, daß es auch für sie nicht mehr bedeutete.

Ich darf mich nicht lächerlich machen, dachte Trixi. Ich will nicht, daß er mich für närrisch hält. Er glaubt, ich bin geübt in Liebschaften, kein Wochenende

ohne Küsse. Ich muß ihm zeigen, wie leicht ich alles nehme, genauso leicht wie er.
Es war eine schwere Aufgabe.
Das Mondlicht sickerte hie und da durch das dichte Blattwerk und zerstäubte wie silbriger Dunst. Es streifte seine Schulter und die schwarze Krawattenschleife, aber sein Gesicht war schon im Dunkeln.
»Ich kann Ihre Augen nicht sehen«, flüsterte sie.
Sie standen sich gegenüber. Er legte die Hände unter ihre Ellenbogen und beugte sich ein wenig hinunter.
»Blaue Augen!« sagte sie, obgleich in der schwebenden Dunkelheit keine Farbe zu erkennen war.
»Merkwürdig, nicht?«
»Ich hoffe, du zählst nicht die Falten an meinen Schläfen.«
Trixi fühlte eine große Erleichterung, daß seine Stimme den heißen, drängenden Ton verloren hatte und wieder normal klang.
»An jeder Seite zwei«, sagte sie, denn sie hatte sie schon längst gezählt. »Aber man sieht sie nur, wenn Sie lachen.«
Dann fiel ihr ein, daß die Fältchen, die ihm doch ein so interessantes Aussehen gaben, wahrscheinlich seine Eitelkeit irritierten.
Sie erklärte tröstlich:
»Erst wenn ein Spinnennetz um die Augen herum ist, ist das arg. Aber das dauert sicher noch eine ganze Weile, bis es soweit ist mit Ihnen!«
»Danke!« sagte Clemens trocken.
Etwas war nicht in Ordnung. Sie war so froh gewesen, daß diese fiebrige, taumelnde Spannung gewi-

chen war und sie wieder gut und freundlich miteinander sprechen konnten, aber jetzt war er, obwohl er sich nicht gerührt hatte, von ihr abgerückt; er hielt noch immer ihre Ellbogen umfaßt, und doch war es anders als vorher.
Sie hörte das Meer, das in der tiefen Stille gegen die Felsen rauschte.
»Wie alt bist du?« Er warf die Frage leicht hin, aber Trixi begriff plötzlich.
Ohne zu überlegen, sagte sie:
»Ich bin siebenundzwanzig.«
Gleich darauf tat es ihr leid, daß sie sich nicht für neunundzwanzig ausgegeben hatte, dann wäre der Altersunterschied zwischen ihnen noch geringer gewesen.
»Ich habe geglaubt, ich wäre doppelt so alt wie du«, sagte Herr Müller. »Ich habe dich für höchstens zweiundzwanzig gehalten.«
»Ich sehe jünger aus, als ich bin«, sagte Trixi. »Wie alle Frauen in unserer Familie.« Sie neigte den Kopf und küßte liebevoll den Ärmel seines Smokingjacketts. Sie hatte gelogen, ja, aber ohne Falsch wie die Tauben. Trotzdem war sie auch klug wie die Schlangen, denn in dem Moment, in dem er sie an sich ziehen wollte, entschlüpften ihre Ellbogen seinen Händen, und mit einem einzigen Schritt war sie auf dem weißen, mondhellen Pfad.
Clemens folgte ihr, nachsichtig lächelnd und ein wenig ungeduldig.
»Angst?« fragte er.
»Nein«, sagte Trixi. »Angst wovor? Euer Liebden

können versichert sein, daß ich ein Mädchen bin, das weiß, was es will, und daß nichts geschehen wird, was ich nicht will – um mich diskret, aber allgemein verständlich auszudrücken.«

»Du sagst immer gerade heraus, was du dir denkst?« erkundigte sich Herr Müller und schien etwas peinlich berührt, aber er bot ihr trotzdem den Arm, und sie gingen langsam den einsamen Pfad wieder zurück, der Straße zu.

»Meistens«, sagte Trixi. »Meine Generation tut nicht so, als wäre sie romantisch. Ich finde es zum Beispiel ungeheuer angenehm, daß wir einander nicht kennen. Es war reizend von Ihnen, mir zu sagen, daß eine Frau Sie versetzt hat, aber das wäre gar nicht notwendig gewesen. Ich will nichts von Ihnen wissen – weder woher Sie kommen noch wie Sie leben, was für einen Beruf Sie haben – nichts! Und ich möchte genau so anonym bleiben wie Sie.«

»Also doch romantisch.«

»Keineswegs. Nur vernünftig. Wo käme man denn hin, wenn man jedes kleine Abenteuer ernst nehmen würde.«

Sie war so stolz auf ihre Glanzleistung, daß sie alle Vorsicht vergaß. »Man sehnt sich womöglich dann danach zurück«, setzte sie unsicher hinzu und lachte schnell, um seine Aufmerksamkeit abzulenken.

»Aber ich bin in dich verliebt.« Herr Müller beugte sich im Gehen hinunter und küßte sehr zart ihre Schläfe.

»Auch ich bin ein bißchen in Sie verliebt«, sagte Trixi. »Bis Montag.«

Sie blickte ihn an und sagte:
»Sie sind der erste Mann mit blauen Augen in meinem Leben!«
»Wenigstens etwas, was mich von den anderen unterscheidet.«
»Ach, noch viele andere Unterschiede! Sehr elegant. Was erfreulich ist. Sehr routiniert, was weniger erfreulich ist.«
Er zog fragend die Stirn hoch.
»Beim Abendessen! Als die beiden Kellner um uns herumstanden«, erklärte sie. »Wie Sie plötzlich von meinem Onkel zu reden anfingen. Ich war so verblüfft, ich wußte nicht, was los war. ›Ihr Onkel Eberhard ist einer der nettesten alten Herren, die ich je getroffen habe – ja, das versteh' ich, daß es Ihr Lieblingsonkel ist! Schade, daß ihm der Rhematismus so zusetzt, er wird die Jagd sehr vermissen!‹ Und die Kellner hörten zu wie die Horchposten. Eberhard – was Netteres konnten Sie sich nicht einfallen lassen?«
»Ein sehr solider Vorname. Ich wollte ...«
»Ich weiß schon, was Sie wollten. So tun, als ob wir alte Bekannte wären und deswegen am gleichen Tisch speisten. Mein guter Ruf im Hotel, nicht wahr? Sie müssen sehr viel Übung haben, um die Eberhards so geistesgegenwärtig aus dem Ärmel zu schütteln!«
»Und wie heißt dein Lieblingsonkel in Wirklichkeit?«
»Jussuf«, sagte Trixi. »Er sieht aus wie Yul Brynner, nur älter und mit einer echten Glatze. Er ist ein Illusionsakt – er läßt junge Mädchen aus dreifach ver-

sperrten Kisten verschwinden und holt aus seinem Zylinder Tauben und Kaninchen heraus. Augenblicklich befindet er sich auf einer Skandinavien-Tournee.«

»Du lügst wie gedruckt.«

»Nein«, sagte Trixi. »Jussuf gibt es. Aber was ich vorhin sagte, hab' ich im Ernst gemeint. Fragen Sie mich nicht aus. Erkundigen Sie sich auch nicht beim Hotelportier, ob ich in Berlin oder Hannover wohne. Auch ich will es nicht tun. Ist das abgemacht, ja?«

Sie drückte seinen Arm an sich.

»Ich hab' Ihr Wort!«

»Ich habe noch nichts versprochen«, meinte Clemens unschlüssig.

Sie lachte ihn an. »Aber es ist Ihnen ganz recht! Keinerlei Verpflichtungen, ist das nicht bequem? Sie müssen mir nicht einmal zu Neujahr eine Glückwunschkarte schicken!«

»Du verwirrst mich«, sagte Clemens. Er holte eine Tabatiere aus seiner Rocktasche. »Ich muß eingestehen, ich kenne mich wirklich nicht aus mit dir. Zigarette?«

»Ja, bitte.«

Sie war um einen Kopf kleiner als er, und als er ihr Feuer gab, hob sie das Gesicht leicht empor.

Er musterte sie mit einem raschen Blick. Sie sah blaß aus im Mondlicht und wie ein trauriges Kind. Daß sie die Zigarette nicht in Brand setzen konnte, weil sie hineinatmete anstatt den Rauch einzuziehen, rührte ihn.

Aber er hatte nicht vergessen, wie leidenschaftlich sie ihn geküßt hatte, und ihr Kleid mußte eine Stange

Geld gekostet haben, und daß sie so strikt auf Anonymität bestand, hatte sicher seine Gründe. Aus gutem Hause, aber leichtsinnig? Oder eine ausgehaltene Frau, trotz aller Unschuld?
»Warum sehen Sie mich so an?«
»Du bist kompliziert.«
»Ich bin ein sehr einfaches Mädchen«, sagte Trixi, »das sich auf morgen freut. Was machen wir morgen?«
»Was machen wir heute abend?«
»Wir gehen schlafen«, sagte Trixi. »Jeder für sich allein in seinem Zimmer. Ohne Gutenachtkuß, wenn Euer Liebden die Güte haben wollen.«
Sie sagte ihr Sätzchen sehr munter, aber das Wort »Güte« hatte Clemens schon lange nicht gehört, und es sank ihm ins Herz.

Sechstes Kapitel

Als sie am Sonntagmorgen miteinander im Garten frühstückten, nickte ihnen Mme. Chaeseli auf dem Weg zu ihrem eigenen Tisch freundlich zu und sagte im Vorbeigehen:

»Zu zweit schmeckt Kaffee besser. Wie hübsch, daß die Welt so klein ist!«

Der Buschtelegraf hatte funktioniert, genau wie Clemens es vorausgesehen hatte.

Auch Donna Anna, von der Frühmesse zurück, schritt durch den Garten. In Weiß wie immer, nur einen kurzen dunklen Spitzenschal über das volle weiße Haar gelegt, kam sie auf die beiden zu und heftete ihre großen schwarzen Augen nachdenklich auf Trixi.

»Ihre Signora ist gestern nicht eingetroffen?« erkundigte sie sich bei Herrn Müller, um sogleich von ihm wegzusehen und den forschenden Blick wieder auf Trixi zu richten. »Sie wird für heute erwartet?«

»Nein«, sagte Clemens in aller Ruhe. »Sie hat in Rom bleiben müssen, das Kindermädchen hat aus heiterem Himmel gekündigt, und sie wollte die Kleinen nicht dem anderen Hauspersonal überlassen. Eine übergewissenhafte Mutter. Könnte ich schon heute abend meine Rechnung haben? Ich will morgen sehr früh aufbrechen, ich muß um halb neun bereits zu einer Besprechung in Rom sein.«

Trixi hatte die Lider gesenkt und starrte auf ihren Teller hinab, ohne etwas zu sehen.

»Vorsicht, Baronessa!« sagte Donna Anna.

Trixi blickte auf. Das ging zu weit! Schon machte sie den Mund zu einer heftigen Antwort auf, da deutete Donna Anna, zwei Finger ausgestreckt, mit der Gebärde einer Barockfigur, auf den Frühstücksteller: Zwischen Brotkrümeln und Honigklecksen saß eine summende, nervöse Wespe.

Trixi wurde dunkelrot.

»Wespen sind viel hübscher als Bienen«, stammelte sie und wußte nicht, wie sie der doppelzüngigen Warnung beikommen sollte. In Eile und ohne Quellenangabe zitierte sie Mme. Chaeselis Morgengruß: »Zu zweit schmeckt das Frühstück besser!«

Von Donna Annas unbewegtem Gesicht ließ sich nicht ablesen, wie sie diese fundamentale Feststellung auffaßte.

»Herr Müller ist ein alter Freund meines Onkels, ich meine, ein Bekannter meines alten Onkels«, sagte Trixi und hoffte, daß es ungezwungen klang. »Jetzt bin ich nicht mehr so allein. Sie sind zusammen auf die Jagd gegangen, als mein Onkel noch nicht leidend war. Wir wollen vormittags zur Marina hinunter.«

Die Sätze stolperten ohne Zusammenhang übereinander.

Clemens lauschte nachsichtig, wie ein Lehrer, der ei-

nem nicht begabten, aber willigen Schüler zuhört.
»Das Wetter ist herrlich!« schloß Trixi etwas lahm. Ihre Beredsamkeit war versiegt.
Donna Anna nickte schweigend, als wäre ihre vorausgefaßte Meinung durch neue Symptome bestätigt worden. Dann lächelte sie mit einem Mal und wurde plötzlich um Jahrzehnte jünger.
Schweigend und lächelnd ging sie weiter.
»Sie glaubt nicht an Onkel Eberhard«, flüsterte Trixi.
»Die Hauptsache ist, daß du bereits an ihn glaubst«, sagte Clemens tröstend. »Fertig mit dem Frühstück?«
Die Marina war dicht bevölkert mit nackten, braunen Leibern. Sportliche Jünglinge jagten mit einem überlebensgroßen, prall aufgeblasenen Gummikrokodil zwischen einer Schar kreischender Mädchen herum.
Die Amerikaner, die es sich viele Travellercheques kosten ließen, die Schönheit Europas zu genießen, waren leicht zu erkennen: Ob sie im Schatten der Pagliarelli lagerten oder schon unter den bunten Sonnenschirmen ihren ersten eisgekühlten Vermouth tranken, sie lasen alle heimwehkrank den *Herald Tribune*, um die letzten Neuigkeiten von daheim zu erfahren.
Die Sonne, in ausgleichender, erhabener Unbeteiligtheit, brannte heiß auf Schöngewachsene und Kümmerliche, Hagere und Dickbäuchige herab, auf das Krokodil und Bikinis, auf angeschwemmte schieferblaue Muscheln, kosende Pärchen, kreischende Bambini, eingeölte Schultern, auf Strandanzüge aus Florenz und Paris und auf die glasigblau

anrollenden Wellen, die am Ufer in milchweißem Schaum zerrannen.
Herr Müller rückte die dunkle Sonnenbrille hoch, als wollte er mit eigenen Augen den ganzen wimmelnden Betrieb überprüfen und schob sie schnell wieder zurück.
»Ausgeschlossen!« sagte er.
Er hakte Trixi unter und steuerte mit ihr zum Molo hinüber. »Wir nehmen ein Boot!«
Trixi merkte, daß bei jedem Schritt interessierte Blikke auf sie gerichtet wurden.
Wenn sie auf dem Laufsteg kostbare Kreationen spazierenführte, echte Juwelen um den Hals und die Zobelstola nachlässig über den Arm geworfen, damit sie wie eine Schleppe über den Boden schleifte, dann wußte jeder, der sie bewunderte, daß diese Prachtstücke nicht ihr gehörten.
Man sah Herrn Müller nicht an, daß auch er sozusagen nur geliehen war. Selbst Trixi versuchte, nicht daran zu denken, daß er aus dem Besitz einer Dame namens Bettina stammte und am Montag wieder zurückerstattet werden mußte.
Einen Mann zur Seite zu haben, um den einen die anderen Frauen beneideten, war eine Erquickung sondergleichen. Trixi ging langsam; sie schlenderte, damit der Triumphzug zum Molo länger dauerte.
Herr Müller, in weißen Shorts und einem lockeren schwefelgelben Strandhemd, machte zweifellos eine gute Figur. Man sah seinen Schultern und den braunen, muskulösen Beinen an, daß er viel Sport trieb.
Trixi träumte sich im Gehen einen kleinen Traum

zurecht, daß sie mit Herrn Müller auf Hochzeitsreise war, nein, nicht auf Hochzeitsreise, sie waren schon seit einem Jahr verheiratet.
Schillernde Seifenblasen begannen zu tanzen: Sie war Frau Beatrice Müller, ganz Rom sprach über diese glückliche Ehe, sie hatten ein reizendes Heim, jeden Morgen, nicht nur am Sonntag, frühstückten sie miteinander.
Einen Moment lang verweilte Trixi liebevoll bei diesem Bild, Herr Müller küßte sie und fragte: »Hast du gut geschlafen, Liebling«, die Vertrautheit vieler Tage und Nächte sprach aus seinem Kuß. Dann war es Winter, sie saßen zusammen am Kamin, und durch die geschlossenen Fenster hörte man, wie von Zeit zu Zeit tief unten auf der Straße ein Auto vorübersauste, es klang jedesmal wie ein anschwellendes und schnell versinkendes Meeresrauschen, sie waren gern in ihrem friedlichen Heim, aber es gab natürlich gesellschaftliche Verpflichtungen, und schon schwebte Trixi an Herrn Müllers Arm die Stufen zum Opernhaus hinauf, er sah, daß der Pelz von ihrer Schulter geglitten war und sagte: »Du darfst dich nicht erkälten, Liebling«, er war besorgt um ihre Gesundheit, seit Tante Friedchen hatte sich niemand um ihr Wohlergehen gekümmert. Aber Trixi wachte ebenfalls über Herrn Müller, zum Beispiel, daß er nicht von den Kindern gestört wurde, wenn er müde von geschäftlichen Konferenzen heimkam.
Gerade, als sie dabei war, sich ihre Kinder auszumalen – die sie in Rom gelassen hatten, um ganz allein miteinander das Wochenende in Posa zu verbringen

–, fiel ihr ein, daß sie erst seit einem Jahr verheiratet waren. Der Ehetraum war falsch angelegt.
Die tanzende Seifenblase zerstob. Trixi nahm zur Kenntnis, daß sie zwar mit Herrn Müller in Posa war, und verheiratet war er auch, aber nicht mit ihr.
In Gedanken verloren, stolperte sie über ein Blecheimerchen, das im Weg lag, und wäre gefallen, wenn Clemens nicht nach ihren Armen gegriffen und sie festgehalten hätte.
»Weh getan?«
»Überhaupt nicht!« sagte Trixi. Der Knöchel schmerzte ganz tüchtig, als sie wieder auftrat.
»Natürlich hast du dir weggetan, du hinkst.«
»Das vergeht gleich.«
Ein flüchtiger Gedanke an Klaus Hofer tauchte auf, und daß sie ihm seit gestern nicht begegnet war. Aber es hätten auch Wochen sein können, so weit lag das schon zurück. Außer Clemens gab es nur vage Schatten. Wenn sie sich erinnerte, wie sie genau vor einer Woche aus München abgereist war, kam ihr dieses Mädchen, das sie damals gewesen, auch wie ein Schatten vor. Sie sah plötzlich, wie sie in ein paar Tagen wieder am Hauptbahnhof aussteigen würde, und auch das war ein fremder Schatten, der nichts mit ihr zu tun hatte.
Wahrscheinlich war es das beste, das einzige, die Rettung, jetzt und auf der Stelle nach München zurückzufahren.
»Schmerzt der Fuß?« fragte Clemens, weil sie stehengeblieben war.
Sie entdeckte, daß er dichte, seidige Wimpern hatte,

viel zu hübsch für einen Mann. Das beschäftigte sie so, daß sie die Flucht nach München vergaß. Sie vergaß auch, seine Frage zu beantworten; er mußte sie wiederholen.

»Ein bißchen!« sagte sie beglückt, weil er sich um sie sorgte.

»Kannst du noch bis zum Molo gehen?«

»Gibt es gegenüber, wo das Meer zu Ende ist, an der anderen Küste eine Stadt?«

»Sicherlich«, sagte Clemens etwas verblüfft.

»Und wie heißt sie?«

»Keine Ahnung. Es könnte Biserta sein.«

Aus dem Stand, ohne jede Anstrengung, schwang Trixi ihr schöngestrecktes Bein nach oben, so daß die Fußspitze über ihren Kopf hinweg elegant in die Luft zielte.

»Damit Sie beruhigt sind! Ich kann bis Biserta marschieren. Mit Leichtigkeit!«

»Ich bin ungeheuer beruhigt«, sagte Herr Müller. »Für deine siebenundzwanzig Jahre bist du noch sehr rüstig.«

Trixi lächelte und schwieg. Sie fragte sich, wie sie über die Begegnung mit Herrn Müller denken würde, wenn sie siebenundzwanzig sein würde.

Schon jetzt hatte er nichts als Verwirrung angerichtet. Als wäre ihr Leben ein Kaleidoskop, das er spielerisch in die Hand genommen hatte, und alle bunten Steinchen waren eilig durcheinandergeglitten, um ein neues Muster zu formen. Sie würden nie wieder auf ihren alten Platz zurückfallen.

Er hatte ihre Vorsätze und Begriffe durcheinander-

geschüttelt, es war nicht abzusehen, wohin das noch führen mochte.
Sie wußte wieder, daß sie abreisen müßte, sofort und in diesem Augenblick, um nicht unglücklich zu werden. Aber gleichzeitig behauptete eine Stimme in ihr, ganz widersinnigerweise und entgegen aller Logik, daß sie hierbleiben mußte, um glücklich zu sein. Welchen Weg sie auch einschlug, sie würde später einmal glauben, daß es der falsche gewesen war.
Sie waren am Molo angelangt, und Clemens winkte eines der kleinen Motorboote heran, die auf dem blauen Wasser schaukelten.
»*Buon giorno!*« rief der Fischer. Es war ein alter Mann, mit einem verhutzelten Gesicht. Begeistert deutete er zum Himmel. »*Una giornata di sole!*«
Clemens sprang ins Boot und streckte die Arme aus, um Trixi hineinzuhelfen.
Einen Moment lang hielt er sie an sich gepreßt; sie spürte seine Arme, seine Hüften. Ihre Augen trafen sich; sie erschrak nicht so sehr über das Verlangen, das aus seinem Blick sprach, wie über die Bereitwilligkeit, mit der alles in ihr der Verführung erlag, die von ihm ausging.
Ein paar Atemzüge später begriff sie, daß er sie losgelassen haben mußte, denn sie saßen nebeneinander auf einem schmalen Holzbänkchen. Während sie aus der Bucht hinaussteuerten, fühlte sie noch immer, wie heftig ihr Herz schlug. Merkwürdigerweise nicht nur in ihrer Brust, sondern auch in ihrem Mund und in ihren Ohren. Die vielen Herzen, die in ihr schlugen, machten sie taumlig.

Clemens schwieg. Sie sah zur Marina zurück; die Häuser hoben und senkten sich und wurden zu kleinen kalkhellen, gelben, rosenfarbenen und blauen Würfeln.
Salziger weißer Gischt sprühte ins Boot und in ihr Haar und über ihr Gesicht. Sie spürte die sengende Glut der Sonne auf ihrer Haut.
Sie sagte:
»Ich bin froh, daß Sie morgen abreisen.«
»Ist das ein Scherz oder eine Beleidigung?«
»Eine Liebeserklärung«, sagte Trixi.
Das Boot wurde vom Kamm einer breit anrollenden Woge hochgetragen, glitt weich in ein Wellental, tauchte auf und jagte, eine glitzernde Schaumspur nachziehend, aufs offene Meer hinaus.

Der ganze Tag hatte etwas Unwirkliches, obgleich er sich aus vielen kleinen realen Dingen zusammensetzte.
Gegen elf hatten sie wieder am Strand angelegt. Clemens hatte keine Lust, in Posa zu bleiben; sie gingen nur ins Hotel zurück, um sich umzukleiden, dann stiegen sie in seinen weißen Wagen.
Donna Annas Schwiegersohn, sonntäglich geschniegelt, neunzig Kilo Lebendgewicht in die Carabinieri-Uniform hineingepreßt, die silbernen Knöpfe spiegelblank, lungerte vor dem Vestibül herum und tätschelte mit seinen kurzen fetten Fingern den Kühler, als wäre er eine Pferdeflanke. »*Che bella macchina!*«
Trixi verstand weder den italienischen Wortschwall, der sich über Herrn Müller ergoß, noch die freundli-

chen, aber lakonischen Antworten, die er darauf gab. Erst als Donna Anna in der Tür erschien und kurz »Emilio!« rief, zog sich der Schwiegersohn gehorsam und enttäuscht zurück, wie ein Kind, dem man den letzten Bissen Kuchen nicht gegönnt hatte. Hinter Donna Anna hatte Trixi eine junge, schmale bucklige Frau entdeckt, das mußte die Tochter sein.
Herr Müller setzte seine Sonnenbrille auf, gab Gas und sagte:
»Endlich allein. Nur du und ich. Von Onkel Eberhards Segenswünschen begleitet.«
Sie fuhren die Küste nach Amalfi entlang. Trixi wurde klar, warum sie sich am Tag vorher vergeblich bemüht hatte, aus all den Autos, die am *Al Mare* vorbeigekommen waren, den Cadillac herauszuhören. Er lief seidenglatt und lautlos; die Straße flog unter ihm hinweg; nur der Fahrtwind, der klatschend vorbeifegte, ließ die Geschwindigkeit ahnen.
»Ich hätte nie geglaubt, daß ich in diesem Wagen fahren würde«, sagte Trixi und drückte, überwältigt von Zärtlichkeit, einen schnellen Kuß auf Herrn Müllers Arm, der in unmittelbarer Nähe war. Ein leichter, vorsichtiger Kuß; sie gab acht, daß kein Lippenrot auf dem weißen Jerseyärmel zurückblieb. Was zurückblieb, war ein törichter, kleiner Schmerz. Das kam davon, wenn man sich einen verheirateten Mann ausgesucht hatte; das war die gerechte Strafe.
»Es wird gebeten, keine Küsse zu verstreuen«, sagte Clemens, »sonst fahre ich uns beide über die Klippen.«
Es war taktvoll, daß er diese Ausrede gebrauchte,

aber er bangte sicherlich vor verräterischen Lippenstiftspuren.
»Ich bin ein Snob!« sagte Trixi hastig, um sich von der Bitternis und Peinlichkeit abzulenken. »Schwere Wagen steigen mir immer zu Kopf.«
»Ich habe ihn erst vorige Woche in Rom gekauft«, sagte Herr Müller.
Wo denn hätte er ihn kaufen sollen, dachte Trixi. Sie fragte sich, warum die pedantische Genauigkeit, mit der Männer nebensächliche Details formulierten, durch die geniale Großzügigkeit ergänzt wurde, mit der sie über wichtige Punkte einfach hinwegglitten. Das wichtigste an einem Cadillac war sicherlich sein Preis. Aber vielleicht wurden in Herrn Müllers Kreisen solche Dinge nicht erwähnt.
Unter den Menschen, die Trixi kannte, spielte Geld eine ungenierte Rolle.
Sie konnte sich genau vorstellen, was ihre Kolleginnen oder Monika sagen würden, wenn sie wüßten, daß sie mit einem reichen Mann in einem Cadillac fuhr. Verheiratet? Na, wenn schon. Menschenskind, halt ihn fest, du hast dir einen goldenen Fisch geangelt; wenn du das richtig organisierst, mußt du dir nicht mehr in den stickigheißen Umkleidekabinen im Fiebertempo die Kleider vom Leib reißen oder dich von den Direktricen anbrüllen lassen. Pleite breitet sich nicht aus, hast du einen Freund im Haus. Trauriges Ende? Auch andere Liebschaften gehen zu Ende, und auf seidenen Kissen weint's sich leichter. Mädchen, ein Cadillac-Prinz!
Trixi warf aus den Augenwinkeln einen raschen

Blick auf Herrn Müller, der das Steuer einschlug und den Wagen um eine Kurve drehte.
Auch ohne Cadillac, dachte Trixi. Nichts würde sich ändern. Selbst wenn er nur ein Fahrrad hätte. Auch zu Fuß. Und bis ans Ende der Welt.
Vor Amalfi fanden sie eine Osteria, die einen winzigen Garten hatte. Auf der weinlaubumrankten Pergola aßen sie zu Mittag, frischgefangene Sardinen, die in heißem Öl gebacken worden waren und bei jedem Bissen knusprig zerknirschten. Die gelb und grün gefleckte Zitrone, die dazu serviert wurde, hatte noch am Baum gehangen, als die Fische zu Tisch gebracht wurden, die dicke Wirtin hatte einfach im Vorbeigehen den Arm hochgereckt und sie aus dem Gezweig gepflückt.
»Das Weib schaute an, daß von dem Baume gut zu essen wäre«, sagte Clemens, »und sie nahm von der Frucht. Wenn mich nicht alles täuscht, sind wir im Paradies.«
Sie waren die einzigen Gäste. Hühner scharrten gakkernd im Sand, und durch das Weinlaub der Pergola fielen Sonnenkringel auf den Tisch.
Morgen um diese Zeit werde ich allein sein, dachte Trixi. Wenn es wieder Mittag wird, ist das ganze nur noch eine Erinnerung, die Sonnenkringel, seine Hand, die nach der Zigarettendose greift, er raucht zuviel. Das glatt zurückgebürstete Haar, an den Schläfen die silbrigen Strähnen – ich muß mir alles genau einprägen, damit ich später einmal davon zehren kann; ich darf nichts vergessen, weder die dicke Wirtin noch die Zitrone, frisch vom Baum gepflückt.

»Woran denkst du?« fragte Herr Müller und zündete sich die Zigarette an.
»An die Zitrone«, sagte Trixi wahrheitsgemäß. Was sonst hätte sie sagen sollen?

Die Luft zitterte vom Geläute der Domglocken, als sie in Amalfi ankamen, aber das Menschengewimmel war unerträglich und nirgends ein Parkplatz frei. Sie fuhren weiter, sie ließen Amalfi und das felsenumrahmte Atrani zurück, die ansteigende Straße zog nun zwischen Weingärten und Zitronenhainen hin.
»Sie kennen die Küste aber gut!« sagte Trixi, der Herr Müller die Namen der Buchten und Täler genannt hatte, an denen der Cadillac vorbeiflog wie ein großer Vogel, vom Fahrtwind umrauscht.
»Ich bin schon einmal in dieser Gegend gewesen«, sagte Clemens.
Er wich einem entgegenkommenden, mit lautsingenden Burschen vollgepackten Fiat aus.
Auf seinen Felsen gebettet, wie ein Lächeln über der Küste schwebend, kam Ravello näher.
»Mit meiner ersten Frau«, sagte Clemens. »Sie erwartete ein Kind. Gib mir eine Zigarette.«
Er deutete mit dem Ellbogen auf seine Jackentasche. Trixi holte die Tabatiere heraus und steckte ihm eine Zigarette in den Mund. Bettina war also seine zweite Frau.
Sie hielt ihm das Feuerzeug hin, die Flamme war kaum sichtbar im grellen Sonnenlicht. Er duckte sich, um die Zigarette anzurauchen.

»Das Kind kam tot zur Welt, und meine Frau ist bei der Geburt gestorben. Wir hatten uns auf der Universität kennengelernt. Sie war eines von diesen Mädchen, von denen man zuerst glaubt, sie wären hübsch, und wenn man genauer hinsieht, begreift man, daß sie schön sind. Ich war überzeugt, daß ich nicht gut genug sei für sie, und hab' nicht gewagt, mich um sie zu bemühen. Aber ein paar Jahre später haben wir uns bei einem Konzert getroffen, im Februar, und zu Ostern waren wir verheiratet. Ein kurzes Glück, fünf Jahre, alles in allem.«
Er drückte die halbgerauchte Zigarette in dem Aschenbehälter am Armaturenbrett aus.
»Nun, vielleicht darf ich mich nicht beklagen. Einmal hab' ich den Himmel auf Erden erlebt.«
Der breite Wagen fuhr zwischen den ersten Häusern von Ravello durch.
Clemens sagte: »Und dann hab' ich ein zweites Mal geheiratet. Erstaunlich – nicht?«
»Nein. Wir tragen ...« Trixi brach ab und runzelte die Stirn.
»Was tragen wir?« erkundigte sich Clemens höflich.
»Ich bekomme den Satz nicht mehr richtig zusammen. Wir tragen die Gesichter, die wir lieben, eine Weile in unserem Herzen, und dann vergessen wir sie, und neue tauchen auf, und wir sind es zufrieden. Das ist von Oliver Goldsmith, glaube ich.«
»Eine belesene Baronesse? Ich dachte immer, die junge Generation weiß nur mit Jazz und Rock Bescheid! Aber dein Zitat paßt nicht auf mich. Ein neues Gesicht tauchte auf, das stimmt. Aber ich habe das ihre

nicht vergessen und war auch nie wieder zufrieden. Da hast du meine ganze Geschichte.«

Da hatte sie seine ganze Geschichte und, wie sie sich sagte, auch das Todesurteil für seine Ehe mit Bettina. Als sie vom Belvedere der Villa Cimbrone aufs Meer hinunterblickten, fing er nochmals davon an.

»Meine zweite Frau hab' ich mir vom Ballettkorps der Frankfurter Oper geholt«, sagte er plötzlich. »Und – – entschuldige, ich habe unser Abkommen gebrochen. Du willst ja nichts wissen von meinem Leben. Ein merkwürdiges Prinzip, aber wahrscheinlich sehr gesund. Ich verstehe schon, die Jugend von heute, gefühlsarm wie sie ist, hat die Nüchternheit zur Weltanschauung erhoben.«

»Das geht gegen mich?«

Frankfurt, Jugend – die beiden Worte hatten eine Ideenverbindung wachgerufen.

Trixi überlegte, was es sein konnte, mit einemmal fiel ihr der Zusammenhang ein: Unter dem Kennwort Jugend hatte Xaver die Fotos für den Frankfurter Wettbewerb eingereicht.

»Gegen dich? Ja und nein. Ich hab' mir ein Bild von dir gemacht. Es beleidigt mich, daß du dir erlaubst, anders zu sein, als ich dich sehen möchte.«

»Und wie möchten Herr Müller mich sehen?«

»Mir mißfällt die Sachlichkeit, mit der du von deinen Abenteuern gesprochen hast.«

Trixi fragte beglückt:

»Sollten Euer Liebden vielleicht eifersüchtig sein? Das würde mich von ganzem Herzen freuen, wär' es doch ein Zeichen, daß man mir zugetan ist.«

Tief unten, blau unter blauem Himmel, lag das tyrrhenische Meer. Ein sanfter Luftzug strich durch den Park. Mit steinernen Lippen lächelten die Marmorbüsten von ihren Sockeln herab.
»Sehr zugetan! Sonst hätte ich mich gestern nacht nicht widerspruchslos nach deinen Wünschen gerichtet. Ich bin kein Schuljunge mehr, den man anweist, artig zu sein und auf sein Zimmer zu gehen.«
Trixi vermied, ihn anzusehen.
»Der ganze Park riecht nach Rosen«, sagte sie befangen.
Auf den Marmorlocken einer holden Dame saß regungslos eine goldgefleckte Eidechse, nur ihre Kehle pochte zitternd vor Angst bei jedem Atemzug.
Auf dem Rückweg nach Posa stiegen sie in einem unscheinbaren Dorf aus und zu einer engen Bucht hinunter, aus der sich der Schwarm der Sonntagsausflügler schon verlaufen oder überhaupt nicht hinverirrt hatte.
Das Meer war klasklar.
Sie setzten sich auf einen flachen Stein und horchten, wie die Flut gegen die Klippen rauschte.
Clemens sagte plötzlich:
»Darf ich dich etwas Taktloses fragen? Wie alt warst du, als du dein erstes Erlebnis mit einem Mann gehabt hast?«
Er griff nach seiner Tabatiere, ließ sie aufschnappen; aber dann betrachtete er die Zigaretten, als wäre ihm entfallen, was er mit ihnen wollte.
Es war diese hilflose Geste, die sie rührte, und viel-

leicht auch der tiefe Frieden der Bucht, der alles einfach erscheinen ließ, als könnte es nicht anders sein. Sie hatte nicht einmal das Gefühl, einen Entschluß zu fassen, sich zu entscheiden, wahrscheinlich war alles schon entschieden gewesen, als sie ihn das erstemal gesehen hatte.

»Ich muß nachrechnen«, sagte Trixi. Sie hatte am 26. August Geburtstag, und heute war der 21. Juni.

»Ich war genau einundzwanzig Jahre, neun Monate und drei Wochen alt«, sagte sie.

Eine Welle, die fast ihren Fuß berührt hatte, rollte glasklar wieder zurück. Trixi neigte sich vor und hob ein winziges Korallenästchen auf, das im Kies liegengeblieben war. Es war nicht größer als drei rosig angehauchte Tannennadeln.

»Hier«, sagte sie, und ließ es in die offene Tabatiere fallen. »Ein Geschenk.«

Er lächelte, nahm eine Zigarette und schob das flache Korallenästchen sorgfältig in eine Ecke, bevor er die Dose zuklappte.

Von der Bucht war es nur noch ein kurzes Stück bis Posa. Sie fuhren der sinkenden Sonne entgegen, die in einem Fanal von Gold und Karmesin unterging. Das Meer hatte seine Farbe verändert. Den brennenden Widerschein des Himmels empfangend, schien es aus der Tiefe heraus langsam zu erglühen, wurde zuerst zu flüssigem Purpur und schließlich dunkelrot wie Wein.

Trixi hörte die Kirchenglocke elf schlagen.

Sie hörte, wie Clemens, der sich in der Hotelbar offi-

ziell von ihr verabschiedet hatte, über die Terrasse kam und in sein Zimmer ging.
Sie hörte die Stimmen von Mrs. Parker und Mme. Chaeseli, die sich halblaut unterhielten, gähnten und einander schließlich »Gute Nacht« sagten.
Sie hörte die schleifenden, stampfenden Schritte von Klaus, die dicht an ihrer Tür vorbeikamen.
Dann regte sich nichts mehr.
Sie hörte die Glocke die nächste Viertelstunde schlagen.
Das Hotel, der Garten waren verstummt. Nur das Meer rauschte durch die Stille.
Sie sah das Mondlicht, das durch die Querspalten der Flügeltür quoll und den schweren, süßen Duft der Orangenblüten mitzubringen schien.
Aber dann spürte sie, daß der Duft nicht von draußen kam, es mußten die Orangenblüten sein, die sie an der Schulter getragen und dann, als sie ins Zimmer gekommen war, achtlos weggelegt hatte.
Sie versuchte zu überlegen, wo sie ihre kostbaren Ohrklipse, die graue und blaßrosa Perle, hingetan hatte. Sie konnte sich nur an die Bewegung erinnern, mit der sie den Schmuck von ihren Ohren abgenommen, aber nicht, wo sie ihn hingelegt hatte. Sie hatte das Abendkleid abgestreift, die weiße Organzawolke, leicht wie ein Hauch, vielleicht hatte sie das Kleid in den Schrank gehängt, vielleicht lag es über einem Stuhl.
Im blassen Dunst des Mondlichts war es gerade hell genug, um die dunklen Umrisse der Möbel zu erkennen. Die Perlen würden schon irgendwo sein.

Halb zwölf. Sie glaubte einen Schritt zu hören, aber dann war alles wieder still.

Sie hatte Angst. Die Nachtluft war schwül. Sie versuchte an die Perlen zu denken und ob sie ihr Kleid weggeräumt hatte, und als es drei Viertel zwölf schlug, blickte sie auf die Uhr, die auf dem Nachttischchen stand, die winzigen grünlichen Zeiger flimmerten drei Viertel Zwölf.

Sie lauschte, aber es war nichts zu hören. Nur ihr Herz hämmerte, und die Uhr tickte.

Er machte kein Geräusch. Erst als ein Streifen Mondlicht quer über das Kissen und ihr Gesicht fiel, sah sie den dunklen, breitschulterigen Schatten, der in der Tür stand und in ihr Zimmer trat.

Das Mondlicht, das ihre weitoffenen Augen füllte, blendete sie. Als sich die Tür schloß, schien alles in undurchdringliche Dunkelheit zu sinken.

Sie hörte, wie er den Riegel vorschob und über die Steinfliesen auf ihr Bett zukam.

Sie rückte vorsichtig zur Seite, um ihn nicht zu wekken, und strich sich mit heißen Händen das Haar aus der heißen Stirn.

»Bist du wach, Liebling?« fragte er halblaut.

»Ich dachte, daß du eingeschlafen bist«, flüsterte sie und bettete ihre Wange wieder auf seine nackte Schulter. Seine Haut, seine leise Stimme in der schattenhaften, monddurchgeisterten Dunkelheit waren ihr unendlich vertraut geworden.

Sie war glücklich. Der Sturm und die Glut und der Taumel zitterten noch immer in ihr nach. Sie hatte

nicht erwartet, daß die Liebe so hemmungslos und verzehrend, so einfach und erlösend sein würde.
Sie lag da, ausgestreckt neben dem Mann, der sie umarmt hatte, und lächelte, mit sich und der Welt ganz im klaren. Das Geheimnis, der Sinn des Lebens, hatte sich enthüllt.
Trixi, die sonst gern über alles sprach, was ihr gerade durch den Kopf ging, konnte diesmal keine Worte finden.
»Jetzt weißt du, wie alt ich in Wirklichkeit bin«, stellte sie schließlich fest.
»Liebling, du hast eine ungewöhnliche und nur einmal mögliche Art der Mitteilung gewählt. Einundzwanzig Jahre, neun Monate und drei Wochen. Hab' ich es mir richtig gemerkt? Und ich dachte, du müßtest so lange überlegen, weil deine Vergangenheit zu bewegt war.«
Eigentlich hatte sie erwartet, er würde ihr sagen, wie froh er war, daß sie sich für ihn aufgespart hatte.
Sie schmiegte sich dichter an ihn. Ihre Hand, die auf seiner Brust gelegen hatte, suchte sich einen neuen Platz an seinem Hals; sie fühlte den raschen Pulsschlag einer Ader gegen ihre Fingerspitzen pochen.
»Ich bin glücklich!« flüsterte sie. »Du auch?«
»Ja«, sagte er sofort. »Sehr!«
Sie horchte erstaunt. Es klang nicht sehr überzeugend.
»Ich muß eine Zigarette haben«, murmelte er und setzte sich auf. Er beugte sich aus dem Bett, bekam seinen Morgenrock zu fassen, der am Boden lag, und suchte vergeblich in den Taschen herum. Er hat-

te die Tabatiere drüben in seinem Zimmer gelassen.
»Was ist?« fragte sie bestürzt.
»Keine Zigaretten.« Aber dann schien er zu begreifen, daß sie sich nicht nach seinem Nikotinhunger erkundigt hatte.
»Mein Schatz, über manche Dinge läßt es sich nur schwer reden. Zumindest mit einer Frau.«
»Dann stell dir vor, ich wär' ein Mann.«
Er küßte sie.
»Alles an dir ist unwiderstehlich weiblich«, sagte er. »Sogar deine Vorschläge. Aber, wenn du wirklich darauf bestehst, Mann zu Mann: Ich bin nicht sehr stolz auf meine Heldentat. Ich bin ein altmodischer Mensch. Mich drückt mein Gewissen.«
»Das ist unnötig,« sagte sie, sehr erleichtert. »Es ehrt dich und es ehrt mich, daß du ein Gewissen hast; aber da ich nicht bekümmert bin, warum bist du es? Ich würde dich gern trösten, falls du das brauchst, aber die Nacht ist so kurz.«
Sie streckte die schönen Arme aus und zog den Geliebten an ihre Brust.
Das Mondlicht, das durch die Tür zwischen den Spalten der quergestellten Holzleisten ins Zimmer fiel, webte einen weiß und grau gestreiften Teppich über die Fliesen.
Die Luft war lau und trug noch immer den Duft der welkenden Orangenblüten in sich.
Das Meer rauschte gegen die Klippen, Welle um Welle, ohne Unterlaß.
In dieser Nacht wachte Trixi zweimal auf. Das einemal, schlaftrunken und erschöpft, wäre sie sofort

wieder in das tiefe, traumlose Nichts zurückgesunken, wenn sie nicht plötzlich die Leere neben sich gefühlt hätte. Sie streckte tastend die Hand aus. Er war fort.

Benommen fuhr sie sich übers Gesicht und brachte schließlich die Augen halb auf; es war stockdunkel im Zimmer, der Mond mußte schon untergegangen sein. Späte Nacht, kein Kuß, kein Wort, sich fortgestohlen, während sie schlief. Es ist nicht recht, dachte sie, ihre Lider wurden schwer wie Blei. Doch da knarrte der Türflügel, und sie konnte für einen Moment den Kopf vom Kissen heben und »Clemens!« sagen.

»Schlaf weiter«, flüsterte er und kam wieder unter die Decke zu ihr.

»Du warst fort«, murmelte sie.

Er sagte irgend etwas von Zigaretten und drüben in seinem Zimmer gewesen.

Sie kroch ganz dicht an ihn heran und bettete sich an seiner Schulter zurecht und nahm seine rechte Hand zwischen ihre beiden Händen, sagte laut: »Ich bin ganz wach«, und glitt in der nächsten Sekunde durch viele weiche Wolken beseligt in den Schlaf zurück.

Das zweitemal wurde sie wach, als er sich über sie beugte. Vielleicht hatte er auch ihren Namen geflüstert. Bevor sie noch die Lider öffnete, spürte sie schon den frischen Geruch von Seife und Sandelholz, und sie begriff, daß er angekleidet war, und daß es Tag wurde, und daß jetzt der Abschied kam.

Sie stellte sich schlafend, um Zeit zu gewinnen, um sich zu fassen, um es sich und ihm leicht zu machen.

Sie war so wach wie nie zuvor in ihrem Leben und ließ sich von ihm wecken, und schlug endlich die Augen auf, als wäre sie noch halb im Traum, und war in ihrem Herzen bereit und entschlossen.

»Guten Morgen«, sagte er und küßte ihre blinzelnden Wimpern, ihre Wangen, ihren Mund. »Es ist Zeit, Liebling, es ist ein Viertel vor Fünf, ich muß fort. Die beiden nächsten Tage werden schwierig sein; ich habe eine Auseinandersetzung mit römischen Gangstern vor mir, aber Mittwoch abend rufe ich dich an. Nicht hier im Hotel, das könnte unnützes Gerede geben. Geh ins *Syracuse* essen, ich ruf' dich dort Mittwoch abend gegen neun an.«

Sie lehnte ihre Stirn gegen die seine, als wäre sie zu müde, den Kopf aufrechtzuhalten.

»Adieu, Clemens. Keine Anrufe. Gute Fahrt.«

Dann ließ sie sich aufs Kissen zurückfallen und machte wieder die Augen zu.

»Hör doch«, sagte er. »Trixi, ich rufe dich übermorgen an, wir werden besprechen, wann und wo wir uns wiedersehen.«

»Es gibt nichts zu besprechen«, murmelte sie. »An unserer Abmachung hat sich nichts geändert.«

Sie zog die Decke ans Kinn.

»Lebewohl«, sagte sie. »Laß es dir gut gehn. Keine Anrufe, kein Wiedersehn. Und ich danke dir auch herzlich für alles. Darf ich jetzt weiterschlafen? Ich bin müde.«

Sie sah ihn nicht weggehen, denn sie war mit dem Kopf unter die Decke geschlüpft.

Seine Schuhe knirschten, als er durchs Zimmer ging.

Dann blieb er stehen und rief:
»Trixi!«
Er sagte:
»Ich bin zu alt für unentwegte Überraschungen. Wenn du jetzt nicht sofort antwortest, so ...«
Sie rührte sich nicht. Sie lag unter der Decke und zitterte. Sie hörte, wie er weiterging. Er riß die Tür auf und warf sie laut hinter sich zu.
Dann wurde alles wieder totenstill. Er war fort.

Im Garten zwitscherten die Vögel. Das Morgenlicht, das durch die weißlackierten Türflügel ins Zimmer fiel, färbte sich langsam mit bläulichen und goldenen Tönen.
Trixi sah die ganze Zeit sein Gesicht vor sich, das sich über sie gebeugt hatte, noch von der Zärtlichkeit der Nacht verschattet und doch schon fremd, angefüllt mit neuen Dingen, an denen sie keinen Anteil mehr hatte, mit den Gedanken an Autofahrt nach Rom, Geschäft, Konferenzen, Geld, Frau, Familie.
Der Geliebte, der sie mit wilder Inbrunst umarmt hatte, war verschwunden gewesen: Clemens hatte sich in Herrn Müller zurückverwandelt, ein bißchen zerknittert unter den Augen, aber sonst ganz in Form, mit tadellosem Benehmen und ich werde dich übermorgen anrufen.
Sie hörte, wie draußen die Terrasse gefegt wurde, die Besenstriche fuhren rhythmisch über den Steinboden hin, der Tag hatte begonnen.
Trixi sah auf die Uhr. Es war sechs. Die Zeiger, die

nachts in der Dunkelheit grünlich geflimmert hatten, waren jetzt glanzlos.
Um drei Viertel fünf hatte er sie für immer verlassen. Die Uhr hatte diesen Augenblick mit der gleichen Unbeteiligtheit angezeigt, wie sie die nächsten Stunden, die Jahre, den Tod und auch den Mittwochabend anzeigen würde.
»Ich rufe dich übermorgen an. Wir werden alles besprechen.«
Was konnte besprochen werden? Nichts. Der einzige Platz, der in seinem Leben für sie frei war, war der einer Freundin. Reiche Männer hielten sich immer eine schicke Freundin. Aber sie hatten kein Talent, die Rolle eines verwöhnten, parfümierten Palasthündchens zu spielen.
Ich muß stark bleiben, dachte Trixi und wußte, daß sie alles tun würde, was er von ihr verlangte.
Sie begann zu weinen. Sie drückte ihr Gesicht ins Kissen. Das Kissen roch nach seiner Haut und seinem Haar. Sie schluchzte, bis ihre Augen keine Tränen mehr hatten.
Nachher fühlte sie sich auf eine sonderbare Art zufrieden und gestillt und sehr hungrig.
Aber sie stand nicht auf; es war noch zu früh, erst sieben, auch hätte sie das Gesicht des Kellners nicht ertragen können.
Sie trank einen Schluck Wasser, es schmeckte schal. Das Glas war noch halbvoll, nachts, als sie durstig gewesen waren, hatte Clemens es aus dem Badekabinett geholt; er war eine halbe Minute fortgewesen, nun war er für immer fort.

Trixi setzte das Glas auf das Nachttischchen zurück, neben die tickende Weckeruhr und die leere Aschenschale.
Auch die Keramikschale, mit ihren grünen Ranken, dem gleichen Muster, das die chintzbezogene Sitzgarnitur trug, rief eine Erinnerung wach. »In meinem Zimmer gewesen, Zigaretten geholt.«
Als sie im Dunkeln aufgewacht war, allein, da hatte die Tür geknarrt, und er war zurückgekommen. Jetzt würde er nie wieder zurückkommen.
Jetzt würde er in Rom eine Zigarette an der anderen anzünden. Nein, noch nicht in Rom. Auf der Autostrada. Im weißen Cadillac, der durch die sonnige Morgenkühle an Weingärten und sanftgewellten Hügeln vorbeiflog. Es war sieben Uhr dreißig.
Die Arme um die schmalen Knie geschlungen, saß Trixi in ihrem Bett und sah die Uhr, das Wasserglas, die Aschenschale an. Irgend etwas stimmte nicht.
Die Aschenschale war leer und sauber. Er hatte nicht geraucht.
Sie lächelte. Sie streckte sich aus und dachte an die Nacht. Sie bereute nichts. Sie fragte sich nur, wie das Leben weitergehen sollte. Aber sie konnte sich kein Bild davon machen. Die Zukunft war leer.
Clemens Müller, der Herr im weißen Cadillac, Geliebter einer einzigen Nacht.
Trixi fand es erstaunlich, daß er, der Einmalige, einen Dutzendnamen trug, einen Hunderttausendnamen, der Märchenprinz, ein gewisser Herr Müller.
Das Gesicht in die Armbeuge geschmiegt, in dem Bett, in dem sie eine Woche lang geschlafen hatte

und das mit einemmal viel zu groß und leer geworden war, dachte sie an den weiß-perlenden, salzigen Gischt, der ins Motorboot gesprüht war, und wie sie im Spiegel in der Hotelhalle seinem Blick begegnet war. An die läutenden Domglocken von Amalfi. Und das Weib schaute an, daß von dem Baume gut zu essen wäre, und sie nahm von der Frucht. Wenn mich nicht alles täuscht, sind wir im Paradies.

Trixi hielt den Atem an. Sie hatte plötzlich das sichere Gefühl, daß Clemens jetzt, in diesem Augenblick, an sie dachte, in seiner Erinnerung den gleichen Moment wiedererlebte, als sie bei Tisch gesessen und die Wirtin betrachtet hatten, die mit hochgerecktem Arm ins Gezweige griff und die gelb und grün gefleckte Zitrone pflückte.

Trixi hatte recht, auch wenn nichts stimmte.

Herr Müller dachte an sie – und zwar schon seit einer geraumen Weile. Er dachte ernst, ohne sich irgendeine Zensur aufzuerlegen, und sehr ausführlich an die Nacht, die er mit ihr verbracht hatte. Insofern war Trixis Vorstellung nicht ganz falsch, denn wenn auch die frischgepflückte Frucht keine Rolle dabei spielte, so beschäftigten sich seine Gedanken doch mit dem Sündenfall.

Er entsann sich vieler heißer, atembeklemmender Einzelheiten, und sie erfüllten ihn mit einem merkwürdigen Gemisch von Genugtuung und Melancholie. Er sagte sich wohl, daß man in der allerersten Jugend und später, wenn die Torschlußpanik in bedrohliche Nähe kommt, die Momente der Lust zu

überschätzen pflegt – aber was er sich da am Steuer seines Wagens und bei einer Geschwindigkeit von 190 Stundenkilometern sagte, ging ihm bei einem Ohr hinein und beim anderen wieder hinaus.
Er fühlte sich glücklich und betrübt, wie schon seit langem nicht. Die Gewissensbisse waren verflogen. Schließlich mußte er sich keine Sorgen machen um ein Mädchen, das ihn nachher kaltblütig hinausgeworfen hatte.
Warum eigentlich?
Während Herr Müller Gas gab und im flüssigen goldenen Glanz der frühen Sonne über die Autostrada dahinjagte, stieß er in Gedanken wieder die mondbeschienene Flügeltür auf und trat in das dunkle Zimmer.
Er spürte wieder das Hämmern hinter seinen Schläfen. Wissend, daß ihn nur ein paar Schritte von der Erfüllung trennten, genoß er sein gieriges Verlangen – und stieß die Flügeltür auf und trat in das dunkle Zimmer.
Ein breiter Streifen Mondlicht fiel auf ein Tischchen, das neben der Tür stand, und auf zwei Perlen, die darauf lagen, achtlos hingeworfen, wie zwei haselnußgroße Murmeln. Das Zimmer hatte nach Orangenblüten geduftet.
Genug, sagte sich Clemens, genug. Er versuchte, sich auf den Marchese Cantelli und Konsorten zu konzentrieren, die ihn um acht Uhr dreißig erwarteten, eine schmierige Bande, nur darauf aus, ihn übers Ohr zu hauen.
Ich hätte mich nicht mit ihnen einlassen sollen, dach-

te er, ich bin heute nicht in der Verfassung, mich mit Gangstern herumzuraufen.
Die Erinnerung an Trixi ließ ihn nicht los. Er bemühte sich, den befremdenden Abschied zu analysieren, aber die einzige Erklärung, die er fand – daß dieses junge, wunderbare Mädchen kein Gefühl hatte – befriedigte ihn nicht.
La Baronessa – sie ging mit ihren Perlen, ihrer Tugend und fremden Männerherzen höchst achtlos um!
Er warf einen Blick auf die Uhr. Es war fünfzehn Minuten nach acht. Er riß sich zusammen. Er hatte keine Zeit zu verlieren.
Mit einem langgezogenen Hupenschrei überholte der Cadillac einen ehrwürdigen Ford, fegte an einer Kette von schweren Lastern vorbei und stürmte, als wäre der Teufel hinter ihm her, weiter, bis er die ersten Häuser von Rom erreichte und im Stadtgewimmel verschwand.

Als hätte sie eine telepathische Nachricht empfangen, fielen Trixi mit einem Mal ihre Perlen ein.
Sie war deshalb keineswegs erstaunt, als eine Stimme auf der Terrasse laut rief:
»*All my jewels!*«
Alle meine Juwelen. Die Perlen. Trixi erinnerte sich, daß sie auf dem Tischchen neben dem Telefon liegen mußten.
Das Telefon. Clemens, der am Samstag nachmittag mit Bettina telefoniert hatte. Mit seiner zweiten Frau, die er sich vom Ballettkorps geholt hatte. Also wahr-

scheinlich keine junonische Erscheinung. Tänzerinnen waren schlank und hart und drahtig. Außer sie war seit ihrem Abgang von der Bühne füllig geworden. Von Sekt zum Beispiel nahm man rasch zu.
Die Stimme draußen auf der Terrasse hatte sich noch immer nicht beruhigt, sondern stieg zu einem kreischenden Crescendo an. Es war Mrs. Parker, die so unverschämt herumschrie. Trixi hörte nicht hin, worum es ging, sie rief sich Clemens' Stimme zurück, als er zu ihr gesagt hatte: »Wie schön Sie sind!« Er hatte noch Sie zu ihr gesagt. Der französische Champagner war eisgekühlt gewesen.
Auf der Terrasse begann ein eiliges Hin- und Hergelaufe, viele Stimmen sprachen durcheinander.
Trixi war plötzlich sehr müde, sie wäre gern wieder eingeschlafen. Aber der Lärm vor der Türe störte sie. Rücksichtslos, dieses hektische Getue! Wahrscheinlich reiste Mrs. Parker ab. Sie war nicht die einzige, auch andere waren heute fortgefahren und in aller Stille.
Draußen stapften schwere Stiefel vorbei, und der Lärm verzog sich jetzt ans Ende der Terrasse.
Trixi seufzte erleichtert auf.
Da wurde die Tür aufgerissen, ohne anzuklopfen stürzte das Stubenmädchen ins Zimmer und rief: »Allen Damen ist heute nacht der Schmuck gestohlen worden! Millionen und Milliarden von Lire wert! Die Gäste werden verhört. Stehen Sie auf, Baronessa, die Polizei ist hier!«

Siebentes Kapitel

Emilio, Stellvertreter des Maresciallo, erlebte seinen großen Tag, das heißt, er glaubte ihn zu erleben, denn Donna Anna ließ ihn gewähren, ohne daß er oder ein anderer merkte, wie stark der Griff war, mit dem sie die Zügel hielt.
Sie hatte sich nach dem ersten Schock gleich mit den Tatsachen abgefunden, auch wenn in ihrem Hotel bis jetzt nicht einmal eine Prise Salz abhanden gekommen war, geschweige denn Brillanten und Saphire.
Der vor Aufregung auf den Zehenspitzen wippende Emilio bestand darauf, die Gäste zwecks Einvernahme im Salon zu versammeln. Gut, das konnte und wollte Donna Anna nicht verhindern. Eine Art Protokollaufnahme mußte sein, anders ging es nicht.
Aber sie ließ Kaffee servieren, die Kellner liefen flink mit beladenen Tabletten herum, und daß sich einige Gäste im Negligé eingefunden hatten, gab der Zusammenkunft eine zwanglose Note.
Der schriftführende Polizist, der sich an einem der Tische breitgemacht hatte, Aktenpapier vor sich, Feder in der Hand und der Befehle harrend, störte kaum.

Auch daß Emilio: »*Silencio*« rief, beeindruckte niemanden, das Stimmengeschwirr ging hemmungslos weiter.

Gäste, die sonst nur die üblichen höflichen Worte miteinander wechselten, waren mit einemmal von wilder Beredtsamkeit. Jeder sprach mit jedem; daß keiner dem andereren zuhörte, machte nichts aus. Frau van Haafen erzählte, daß sie schon vor Tagen von Feuer geträumt habe, ein Zeichen, das in ihrer Familie immer Unheil ankündige. Lady Hester rief, daß ihr Schmuck bei Lloyds versichert sei. Herr Zwirina, der glatzköpfige Sekretär, verkündete salbungsvoll, daß er von der Moral der Mittelmeervölker nicht viel halte.

Eine Weile war Trixi der Mittelpunkt des Interesses: Sie hatte ihre beiden Perlen unangetastet auf dem Telefontischchen vorgefunden, das gleich neben der Tür stand. Sie war wirklich gut davongekommen, denn das Ganze mußte, darin waren sich alle einig, ein raffiniert geplanter Coup gewesen sein.

Der Dieb hatte die glitzernden Damen abgeräumt wie Christbäume. Er hatte ganze Arbeit gemacht und nicht einmal das Talisman-Armband von Mrs. Parker verschmäht, eine bescheidene Kette, an der kleine Anhängsel baumelten, ein winziger goldener Anker, ein Kreuzchen, ein zierlicher herzförmiger Rubin.

Der Verlust dieser Amulette schmerzte Mrs. Parker mehr, als daß ihre Saphirbrosche und die dazugehörige Halskette abhanden gekommen waren.

»*Poor darling*«, sagte Mme. Chaeseli verständnisvoll,

als Mrs. Parker zum dritten Mal wiederholte, daß das erbsengroße Rubinherzchen das erste Geschenk ihres zweiten Mannes gewesen war.
In dem Salon, in dem es allabendlich still gewesen war wie in einem Museum, ging es an diesem Morgen so laut zu wie in einer Schulklasse während der Pause.
»*Portacenere!*« herrschte Emilio, um den sich niemand kümmerte, den Polizisten an und streifte den grauen Kegel seiner Zigarette in die Keramikschale, die ihm ein Polizist in Habachtstellung entgegenhielt.
Emilio war jahrelang gewohnt gewesen, seine Zigaretten auf dem Fußboden auszutreten. Jetzt wußte er, was er zu hören bekommen hätte, wenn auch nur ein Stäubchen auf die blankpolierten Fliesen gefallen wäre.
Frau van Haafen hatte ihre Tasse geleert, Herrn Hofers Feuerzeug wollte nicht anspringen – Donna Anna hatte ihre Augen überall, konnte den Gästen zulächeln, die Kellner mit einem Wink dirigieren und trotzdem diesen aufgeblasenen Dummkopf von Schwiegersohn beobachten.
Ihre Tochter hatte darauf bestanden, ihn zu heiraten. Die Arme war nicht nur mißgestaltet, sondern auch lungenkrank; der Sand lief schnell durchs Stundenglas; die kurze Zeit, die sie noch vor sich hatte, sollte glücklich sein.
Donna Anna hatte dieser Ehe keinen Widerstand entgegengesetzt, und wenn sie den Schwiegersohn überhaupt nicht mehr ertrug, dachte sie zur Beruhi-

gung an ihr Testament. Sie hätte viel darum gegeben, dabeisein zu dürfen, wenn Emilio einst erfuhr, daß ihm kein einziger Stein des *Al Mare*, nicht so viel wie ein grünes Blatt von den Granatäpfelbäumen im Garten oder ein silberner Löffel gehörte. Sie hatte alles einem Waisenhaus vermacht.

Der Gedanke, daß sie diesen pompösen Mitgiftjäger noch aus dem Grab heraus zur Verzweiflung bringen würde, wirkte auf Donna Anna wie Baldrian.

»Noch eine Tasse Kaffee, Baronesse? Sie sehen blaß aus, es liegt Schirokko in der Luft, starker Kaffee ist das Beste dagegen.«

Trixi hatte das Gefühl, daß sie aus zwei verschiedenen Personen bestand. Die eine irrte noch immer, atemlos und glühend, im Land der Liebe umher, jenem Land, das um Punkt vier Uhr fünfundvierzig untergegangen war. Die andere saß da, trank Kaffee und nahm an der Umwelt Anteil. Beide, die wirkliche Trixi sowohl wie die Doppelgängerin, sahen das Leben mit neuen, erfahreneren Augen an.

Es gab unendlich viel zu bedenken, was ihr bis jetzt nie aufgefallen war: die Frauen um sie herum, die stämmige Holländerin, Lady Hester, sogar die alte Donna Anna, sie alle hatten vor langer Zeit das gleiche erlebt wie sie in dieser Nacht.

Sie waren dem ewigen Gesetz unterworfen, sie hatten ihre Bestimmung zu erfüllen, das junge Mädchen und die junge Löwin, die kleine Chinesin am Jangtsekiang und die Füchsin im Wald, Färse, Eskimoweibchen und goldenäugige Gazelle; es gab keine Ausnahme.

Das war tröstlich, sie kam sich nicht mehr so einsam und ausgestoßen vor. Diese Überlegungen und vielleicht auch der starke Kaffee beruhigten Trixi.
Auch lenkte sie der Anblick ihrer Schicksalsgenossinnen ab.
Die Damen, meist Spätaufsteherinnen, und jetzt war es noch nicht neun, hatten sich nicht zurechtgemacht; abgesehen von Mme. Chaeseli waren sie ohne Schminke und ohne Korsett erschienen. Lady Hester glänzte von Fettcreme. Niemand wagte, sie darauf aufmerksam zu machen, daß sie vergessen hatte, den kosmetischen Halfter abzulegen, in dem ihr Gesicht steckte, einen straffen, rosafarbenen Kautschukstreifen, der ihr welkes Kinn hochpreßte. Ihre Perlenschnur aus sechsundfünfzig gleichgroßen Perlen, zwei Ringe und zwei Brillantenklipse waren verschwunden.
Mrs. Parker, ebenfalls eingeölt, aber ohne Halfter, dafür jedes silbrigviolette Löckchen kreuz und quer mit dünnen Haarnadeln festgesteckt, wirkte adrett, wenn auch etwas merkwürdig mit ihrem Stachelhaupt.
Richtig angekleidet waren nur Trixi, Klaus und der glatzköpfige Sekretär des Generals.
Der General selbst, in Morgenrock und vollständig zerlatschten Pantoffeln, hatte bereits eine Wange rasiert gehabt, als der Alarm losbrach, und war – ein Soldat ist immer bereit – herbeigeeilt, ohne den Schaum von der anderen Backe fortzuwischen.
»Die Gäste von den oberen Etagen fehlen!« erklärte Emilio.

»Du kannst dich später mit ihnen befassen«, sagte Donna Anna halblaut. »Sie kommen nicht in Betracht. Sie waren alle um elf in ihren Zimmern. Carlo hat die ganze Nacht im Vestibül auf die Südamerikaner gewartet, die mit dem Wagen kommen wollten, niemand hätte ungesehen an ihm vorbeigehen können.«
»Er kann eingeschlafen sein.«
»Die Köchin hat ihm Gesellschaft geleistet. Sie riecht noch jetzt nach Wein. Ich hab' ihr bereits gekündigt. Aber wach waren sie beide. Wahrscheinlich hat sich jemand durch den Garten eingeschlichen. Mach es kurz.«
»Ein Fremder? Der gewußt hat, in welchen Zimmern die Damen wohnen, die Juwelen haben?«
Mit seinem kleinen glatten Kopf, der vorgewölbten Brust und den für seinen feisten Leib zu zierlich geratenen Füßen, glich Emilio einem wohlgenährten Täuberich.
Seine schmale, wachsbleiche Frau hatte sich von dem großen Ereignis verleiten lassen, den Salon zu betreten. An die Wand gedrückt, sah sie anbetend zu ihrem Gatten hinüber.
»Ein Hausdieb war es! Klar!« Und im Befehlston zum Polizisten:
»*Portacenere!*«
Aschenschale. Einen Moment lang dachte Trixi an die Aschenschale, die leer und sauber auf dem Bettischchen gestanden hatte. Dann vergaß sie es wieder. Die Doppelgängerin in ihr, charakterschwach und selig, behauptete: Er wird am Mittwochabend

anrufen. Auch wenn er im Zorn weggegangen ist. Du mußt nur ins *Hotel Syracuse* gehen und …

Donna Anna sah, daß die Baronesse den Kopf schüttelte, als wollte sie eine summende Wespe abwehren.

Fast so aufgeregt wie Emilio war der General, dem überhaupt nichts gestohlen worden war. Mit zitterigen Händen wies er unentwegt seine Zigarettendose vor, eigentlich eine Schnupftabakdose, ein Erbstück, geziert mit den Initialen der Kaiserin Maria Theresia.

Auch Trixi mußte ihre Kaffetasse beiseite stellen und das kaiserliche Geschenk bewundern.

Es rief eine irritierende Erinnerung in ihr wach, aber sie wußte nicht, woran.

Sie hörte nicht mehr, was der General zu Mme. Chaeseli sagte, die neben ihr am selben Tisch saß. Sie hatte plötzlich das Gefühl, etwas Wichtiges vergessen zu haben, das mit Clemens und Zigaretten zusammenhing. Was war es nur? Mit gerunzelter Stirn grübelte Trixi nach. Sie spürte, daß es ihr jetzt gleich, in der nächsten Sekunde, einfallen würde. Clemens war nachts aufgestanden, um seine Tabatiere zu holen und …

Der Schrei, den Lady Hester ausstieß, ließ alle im Salon auffahren. Aber es war nichts geschehen, weder hatte sich ein Mörder eingeschlichen, noch waren die verschwundenen Juwelen vom Himmel gefallen. Lady Hester hatte nur zu ihrem Entsetzen die rosafarbene Kinnbinde an sich entdeckt. Sie riß den Halfter herunter und begann, sich laut mit ihrer Mutter zu zanken.

»Mein Gott«, sagte Mme. Chaeseli indigniert. »Auch das noch!« Sie beugte sich über den Tisch zu Trixi und wisperte: »Ich habe mir mein Lebtag eine Tochter gewünscht. Aber man weiß nie, wem Kinder nachschlagen. Unverständlich, wie Mrs. Parker, die Sanftmut in Person, zu dieser Furie gekommen ist.«
Wie immer war Mme. Chaeseli tadellos angetan. Der Morgenrock aus blaßblauer Foulardseide und die italienischen Pantöffelchen ließen zwar erkennen, daß auch sie noch nicht bereit gewesen war, sich vor fremden Augen zu zeigen, aber ihr Haar war frisiert, ihr Gesicht zurechtgemacht. Sie war von Kopf bis Fuß vorbildlich und gepflegt, als gäbe es Modevorschriften, ›Was trage ich, wenn mich unvorhergesehene Ereignisse überraschen‹.
Zwischen ihren rheumatischen, leichtverschwollenen Fingern drehte sie ein Taschentuch zu einem blaßblauen Linonstrick zusammen, wand es auf, rollte es wieder ein, mit fiebriger Geschäftigkeit.
»Ich bewundere Ihre Ruhe«, sagte sie zu Trixi. »Sie lassen sich nicht aus der Fassung bringen. Hier zeigt sich, was gute Erziehung und adelige Haltung ist.«
»Weder noch: Ich bin bloß uninteressiert. Mir ist glücklicherweise nichts gestohlen worden. Mich geht das Ganze eigentlich nichts an.«
Sonne durchflutete den Salon. Man spürte schon jetzt, daß es ein glühendheißer Tag werden würde. Gestern um diese Zeit war sie mit Clemens an der Marina gewesen. Gestern. Trixi holte beklommen Atem. Sie begriff langsam, wie unwiderruflich alles war. Sie hatte ihren Lebensplan zunichte gemacht

und darüber hinaus sich um alles Glück betrogen. Andere Mädchen konnten wenigstens glauben, daß ihr erster Geliebter bei ihnen bleiben, daß vielleicht, warum auch nicht, und möglicherweise alles zu einem guten Ende, zur Hochzeit und einer gemeinsamen Zukunft führen würde.

Ich bin über meinen eigenen Schatten gesprungen, dachte Trixi, und sogar die Doppelgängerin in ihr ließ verzagt den Kopf hängen. Ein kurzfristiges Abenteuer mit einem wildfremden verheirateten Mann. Es konnte nicht schlimmer sein.

»*Per favore!*« rief Emilio und erreichte endlich, daß man ihm Gehör schenkte.

Mit Hilfe von Donna Anna, die als Dolmetscherin für die Amerikanerinnen fungierte, begann er, eine Liste der gestohlenen Schmuckstücke zu diktieren. Die weiteren Aussagen brachten nicht den geringsten Fingerzeig. Die Gäste, die auf der Terrasse wohnten, hatten sich lange vor Mitternacht zurückgezogen. Mme. Chaeseli und Lady Hester hatten ein Schlafmittel genommen, während Frau von Haafen und Mrs. Parker nur den Kopf aufs Kissen legen mußten, um sofort und tief zu schlummern.

Baronesse von Zinnewitz gab an, daß sie um elf Uhr fünfzehn die Bettlampe ausgeknipst hatte.

Klaus Hofer hatte eine Weile in seinem Zimmer herumgetrödelt, einen Geschäftsbrief an seine Firma geschrieben und aus lauter Langeweile seine Bijouteriekollektion umnumeriert.

Er hatte auf alle Fälle den kleinen Musterkoffer in den Salon mitgebracht und händigte ihn jetzt Signor

Emilio aus, der die auf schwarzen Samtplatten aufgereihten Erzeugnisse von *Jolie Madame* flüchtig betrachtete. Die Ketten und Klipse waren aus buntem Glas und leichtem Metall angefertigt. Talmi.
Die Frage, ob er in dieser Nacht irgend etwas Ungewohntes bemerkt hätte, Schritte oder Türenknarren, wurde von Herrn Hofer nach längerem und äußerst gewissenhaftem Überlegen verneint.
Der General hatte zwar den größten Teil der Nacht wach gelegen, hatte aber nichts Verdächtiges vernommen, was nicht zu verwundern war, denn er war schwerhörig. Der Sekretär hatte mit Hilfe eines Diktionärs die *Göttliche Komödie* im Urtext gelesen oder zu lesen versucht, dann hatte er sich zur Wand gedreht und war in der gleichen Haltung um sechs Uhr morgens erwacht.
Während die Zeugenaussagen niedergeschrieben wurden, gingen zwei andere Carabinieri – die gesamte Polizeigewalt von Posa befand sich augenblicklich im *Al Mare* – von Zimmer zu Zimmer und inspizierten Schränke, Koffer und Matratzen.
Das Interessanteste, was sie entdeckten, war ein Kuvert mit weiblichen Aktfotos zwischen den Hemden des Sekretärs. Daß die beiden Ersatzgebisse, mit denen sich Mrs. Parker nach Europa begeben hatte, in hocheleganten Ledderetuis ruhten, und Lady Hester für ihre hauchdünne Unterwäsche erdbeerrote und hellgrüne Farbtöne bevorzugte, entlockte ihnen nur ein wohlgefälliges Schmunzeln. Bei Frau van Haafen, der sparsamen Holländerin – ihre verschwundenen Rubine waren ein Vermögen wert –, fanden sie

eine Büchse Tee, frische Eier, einen kleinen elektrischen Kochtopf und ein Reisebügeleisen.

Den Schmuck fanden sie nirgends.

Als die beiden Carabinieri im Salon erschienen, um durch ein stummes Kopfschütteln ihren Vorgesetzten von dem Mißerfolg der Suche zu verständigen, begann Emilio plötzlich zu schwitzen. Er hatte zuversichtlich damit gerechnet, daß ihm seine beiden Spürhunde die Beute apportieren würden; er hatte schon den Seidenstrumpf oder das verknotete Tüchlein vor sich gesehen, aus dem die glitzernden, funkelnden Schätze herausrollten, so daß er nichts zu tun hätte, als höflich, aber unerbittlich, zur Verhaftung zu schreiten.

Nun waren die Polizisten mit leeren Händen zurückgekommen. Emilio war fassungslos. Er wischte sich den Schweiß von der Stirn.

Der General, dieser Zittergreis, konnte es nicht gewesen sein.

Der Dieb mußte schnell und lautlos gearbeitet haben. Der Sekretär?

Emilio konnte sich nicht vorstellen, daß Herr Zwirina der Täter war. Er war zu simpel. Und der reiche Signor Müller kam ebenfalls nicht in Frage. Auch nicht der fußbehinderte Herr Hofer.

Mit finsterem Blick starrte Emilio die versammelten Gäste an.

Aus unbekannten Gründen waren nur Damen bestohlen worden. Vielleicht war das der Punkt, wo man einhaken sollte?

Den Männern war nichts abhanden gekommen,

obwohl Klaus Hofer seine Brieftasche achtlos herumliegen gehabt hatte, und der Sekretär goldene Manschettenknöpfe und eine goldene Armbanduhr besaß, von der wertvollen Zigarettendose des Generals ganz zu schweigen.

Es war anzunehmen, daß auch Herr Müller nicht bestohlen worden war, sonst hätte er es dem Kellner Beppino mitgeteilt, der ihm am frühen Morgen eine Tasse Espresso in der Halle serviert und dann den Koffer zum Wagen getragen hatte.

Che bella macchina! Der herrliche weiße Cadillac! Donna Anna war rüstig, aber auch sie würde von dannen gehen. Die Kerngesunden traf es oft früher als man erwartete. Emilio war entschlossen, sich einen schneeweißen Wagen zu kaufen, wenn es einmal soweit wäre, daß Donna Anna nichts mehr brauchte als eine Seelenmesse und einen Kranz.

Wann immer er wütend war, dachte Emilio an den Kranz für die Schwiegermutter und fühlte sich besser. Es war ein Hilfsmittel, das sich auch jetzt bewährte.

Er straffte die Schultern. Er mußte handeln. Er mußte einen Anhaltspunkt finden, der auf den Täter hinwies.

»Die Liste«, befahl er dem schriftführenden Carabiniere, der hastig einen der beschriebenen Bogen ergriff und nur mühselig seine eigene krakelige Handschrift zu entziffern begann:

»Aus dem Besitz der Signora Isolde Chaeseli: eine goldene Spieldose mit Rubinkopf, ein Smaragdring, ferner ein ...«

»Unsinn! Ich will die Zimmerliste!«
Emilios Stimme dröhnte. Donna Anna zuckte zusammen, aber ihre Tochter lächelte beseligt.
»Zimmerliste«, wiederholte der Carabiniere.
Er verlas, hin und wieder stockend, daß Zimmer Nummer eins von Klaus Hofer bewohnt wurde, Zimmer Nummer zwei von Mrs. Parker, Nummer drei von Lady Hester Cranbrook, Nummer vier von Fräulein von Zinnewitz, Nummer fünf von Herrn Müller, Nummer sechs reserviert gewesen für die Südamerikaner, Nummer sieben ...
Als der Name Müller fiel, tauschte Trixi mit ihrer Doppelgängerin aus dem Land der Liebe ein unmerkliches Lächeln aus, süß und schwer von Erinnerung.
»Zimmer Nummer sieben seine Exzellenz, der Herr General, Nummer acht Herr Amadäus Zwirina, Nummer neun Elli van Haafen, Nummer zehn Mme. Chaeseli.«
Wo war er jetzt, der Geliebte einer einzigen Nacht? Schon mitten in der Auseinandersetzung mit den römischen Gangstern? Im nächsten Augenblick hatte Trixi das Gefühl, in einem Fahrstuhl zu sitzen, der mit ihr in die Tiefe sauste. Alles begann, sich zu drehen.
Dann sagte jemand:
»Ist Ihnen schlecht? Wollen Sie ein Glas Wasser, einen Schnaps?«
Sie hörte von weit her ein tonloses Flüstern. »Danke, es geht schon vorbei«, und merkte erst nachher, daß es ihre eigene Stimme gewesen war.

Jetzt lichtete sich auch der Nebel vor ihren Augen. Sie sah, daß Klaus Hofer neben ihr stand. Sie brachte es fertig, weiterzusprechen, es war mühsam, aber es ging. »Die Hitze!« sagte sie. »Der Schirokko.«
Nun wußte sie, was es war, worauf sie sich vorhin vergeblich zu besinnen versucht hatte. Nun wußte sie alles.
»Vielleicht doch ein Schluck Wasser«, sagte sie zu Klaus.
Die Einzelheiten wehten lautlos von allen Seiten herbei und fügten sich lückenlos aneinander. Der Platz an ihrer Seite war leer gewesen, als sie nachts plötzlich erwacht war.
Während sie und die anderen Gäste in tiefem Schlummer lagen, hatte sich Herr Müller aus ihrem Bett erhoben und an die Arbeit gemacht.
Dann hatte die Tür geknarrt, und er war zurückgekommen. Wann er sich aus ihrem Bett fortgeschlichen hatte, würde sich nie feststellen lassen; aber der Mond hatte grauweiße Streifen über die Fliesen gewebt, als sie eingeschlafen war, und als sie den Platz an ihrer Seite leer fand, war es stockdunkel gewesen.
»Schlaf weiter, Liebling, Zigaretten geholt aus meinem Zimmer.« Vielleicht war er eine Stunde lang weggewesen, vielleicht kürzer; man hat kein Zeitgefühl, wenn man aus tiefem Schlaf erwacht. Aber es mußte spät gewesen sein, denn der Mond war inzwischen untergegangen.
Die vergessenen, die entbehrten Zigaretten geholt. Aber nicht geraucht! Aschenschale sauber und unbenützt. Er hatte die erstbeste Ausrede aus der

Luft gefischt, als er gemerkt hatte, daß sie wach war.
»Danke«, sagte Trixi und nahm das Glas Wasser, das ihr Klaus reichte. Sie trank und stellte es mit zitternder Hand auf den Tisch zurück.
»Ämüsant!«, bemerkte Mme. Chaeseli halblaut, und als sie Trixis verwirrten Blick sah: »Haben Sie nicht zugehört? Der General erklärt Emilio nicht nur, wer Maria Theresia war, sondern auch den ganzen Stammbaum der Habsburger. Wird das alles im Protokoll aufgenommen?«
Jetzt wurde ihr auch klar, warum Clemens sie nicht hier im Hotel, sondern im *Syracuse* anrufen wollte, wo niemand seine Stimme kannte. Warum überhaupt anrufen? Um zu erfahren, ob man ihn, den eleganten feinen Herrn, im Verdacht hatte oder die biederen Carabinieri vor einem Rätsel standen? Rufe dich Mittwoch an. Er hatte nicht gesagt, daß er aus Rom telefonieren würde. In drei Tagen konnte er über alle Berge sein, in Portugal, Ägypten, Gott weiß wo. Aber vielleicht war das Versprechen, sie anzurufen, nur eine Lüge gewesen. Alles war Lüge gewesen. Wahrscheinlich auch der Name. Ein gewisser Herr Müller. Ein Dutzendname, Hunderttausendname, sehr bequem. Einen Herrn Müller kann man genau so lange suchen wie die Stecknadel im Heuhaufen.
Ein einziger wahrer Satz war über seine Lippen gekommen, daß er in Rom seine Gangsterclique traf – in der Eile, aus Aufregung oder Müdigkeit hatte er sich versprochen. Das und die ungerauchte Zigarette, und daß er sich auf ihren festen Schlaf verlassen

hatte, waren die Fehler, die ihm, wie jedem Verbrecher, unterlaufen waren.

»Na, Mädchen«, flüsterte Klaus. »Sie sind noch immer ganz weiß um die Nasenspitze herum.«

Vorhin hatte sie gedacht, daß ihr das Ärgste begegnet war, das es gab: ein Abenteuer mit einem verheirateten Mann.

Wie naiv sie gewesen war! Was war schon Schlimmes daran, sich einem Geliebten zu schenken, der an eine andere Frau gebunden war. Sie hatte sich von einem Hoteldieb verführen lassen.

»Baronessa!« rief Emilio und kam von der Mitte des Salons auf sie zu, sein Arm war vorgestreckt, und er wies mit dem Zeigefinger auf sie.

Trixi spürte mehr, als daß sie es sah, wie Klaus Hofer einen Schritt von ihr wegtrat. Auch er ließ sie allein.

Alle Gesichter wandten sich automatisch zu ihr, ein Kreis von erstaunten, gleichgültigen, fremden Gesichtern gaffte sie an.

Trixi versuchte, die Betäubung abzuschütteln. Dieser feiste schwitzende Mann wollte etwas von ihr. Die silbernen Knöpfe seiner Uniform blinkten.

»Baronessa – wieso ... jede Signora hat Schmuck verloren, Sie nicht!«

Emilio hatte die Frage eigentlich nur aus rhetorischen Gründen gestellt, und als Antwort höchstens ein Schulterzucken erwartet. Aber nun entdeckte er zu seinem maßlosen Erstaunen, daß er auf der richtigen Spur war.

Die schöne Baronesse war bleich bis in die Lippen. Sogar ihre grünlichblauen Augen waren blaß geworden, farblos wie Katzenaugen im Sonnenlicht.

»*Parli!*« schrie er sie an. »Reden Sie!«

»Ich weiß nicht, was Sie wollen«, sagte Trixi mit ungeheurer Anstrengung. Alles, was sie denken konnte, war: Ich darf Clemens nicht verraten.

Wenn nicht vor einer Minute die Südamerikaner angekommen wären, für die das Zimmer Nummer sechs reserviert war, hätte Donna Anna sich ins Mittel legen können. Aber sie hatte, vom Portier herbeigeholt, die neuen Gäste empfangen, an der Gefahrenzone des Salons vorbeinavigiert und erklärte ihnen gerade mit ungewohnter, überströmender Liebenswürdigkeit, daß es keine, aber auch wirklich nicht die geringste Mühe machen würde, ihnen das Frühstück in kürzester Zeit hier in ihrem Zimmer zu servieren.

Trixi benahm sich weniger liebenswürdig. Anstatt sich zu verteidigen, war sie aus Verzweiflung zur Attacke übergegangen.

»Schreien Sie nicht«, hatte sie hochmütig erklärt. »Sie werden sich entschließen müssen, höflich mit mir zu sprechen, wenn Sie eine Antwort wollen.«

»Wo ist Schmuck?« fragte Emilio und erstickte an seiner Wut. »*Dove soni i gioelli?*«

»Wenn Sie meine beiden Perlen meinen, die liegen in meinem Zimmer.«

»Gestohlener Schmuck von anderen Damen.«

»Wie soll ich das wissen?«

»*Anelli*, Ringe, Halsketten, *collane, sono scomparsi*, sind verschwunden. *Tutto quello che una donna desidera avere.* Alles, was eitle Frau haben will. Keine Männeruhr, nix Manschettenknopf. Eine Frau hat gestohlen! *Certamente una donna!*«

Er fuchtelte mit den Händen vor ihrem Gesicht herum.

»*Dico io. Una donna!*«

»*La donna è mobile*«, sagte Trixi. Es war der einzige italienische Satz, den sie kannte, aber sie hatte keinen Erfolg damit.

»Wo ist Schmuck?«

»Ich weiß es nicht«, sagte Trixi. Sie zitterte, daß er nach Clemens fragen würde. Emilio war dabeigewesen, als sie in den Wagen stiegen und nach Ravello gefahren waren. Solange er nicht daran dachte, daß Clemens der Dieb oder ihr Helfer gewesen sein könnte, war alles gut. Clemens durfte nicht mit hineingezogen werden, er brauchte Zeit, um über alle Berge zu kommen.

»Sie zittern!« rief Emilio. »Zitternde Hand verrät alles.«

Trixi wußte, was sie war: ein Gangsterliebchen, das seinen Kerl beschützte. Sie spürte, wie die Kraft sie verließ.

»*Parli!*«

»Ich habe Ihnen nichts mehr zu sagen, und ich will auch nichts mehr sagen.«

»*Va bene*«, Emilio wippte auf den Fußspitzen. »Vielleicht Sie sprechen lieber mit *Capo della Polizia* in Salerno. Nicht sehr hübsch, die Kasematten von Salerno, *ma come Lei volete*, ganz nach Belieben von Baronessa. Ich übergebe die Untersuchung an Salerno. *Basta*«

Er drehte sich um und ging zum Telefon, das auf ei-

nem Tischchen zwischen den großen offenen Fenstern stand.
Wahrscheinlich wollte er Salerno anrufen.
Trixi sah, daß Donna Anna durch die Tür kam, sie sah, daß Emilio die dicke, kurzfingerige Hand auf den Hörer legte.
»Wieso – wieso alles gestohlen, aber nicht Ihre Perlen?« fragte er triumphierend.
Sie hätte gern gesagt: Weil es eine Gaunerehre gibt, weil auch ein Hoteldieb dem Mädchen, mit dem er geschlafen hat, nicht das einzige bißchen Schmuck wegnimmt! Aber sie konnte nicht sprechen. Es war plötzlich alles zu viel und zu schmutzig und zu unerträglich. Tränen stürzten ihr in die Augen und über die Wangen.
Sie hatte Angst vor Emilio, Angst vor dem Leben. Sie wollte fort von hier und wieder daheim sein und wieder klein sein und auf Tante Friedchens Schoß sitzen.
Es war still geworden im Salon, und alle starrten Trixi an, die jetzt die Hände vors Gesicht schlug und mit dünner Stimme und schluchzend »Tante Friedchen!« rief.
»Sie gestehen also!« fragte Emilio feierlich; denn daß Trixi um Hilfe gerufen hatte, war ihm klar, auch wenn er nicht wußte, wer Tante Friedchen war.
Klaus sagte in die Stille und in das Schluchzen hinein.
»Warum fragen Sie nicht, ob die Baronesse ein Alibi hat? Falls es Sie interessiert, kann ich Ihnen mitteilen, daß Fräulein von Zinnewitz ihr Zimmer die ganze

Nacht nicht verlassen hat. Ich weiß es, denn ich war in ihrer Gesellschaft. Wir hatten – etwas Wichtiges zu besprechen.«

Mrs. Parker und Lady Hester, die nicht deutsch konnten, schwiegen. Aber auch die anderen, die genau verstanden hatten, was Klaus sagte, waren sprachlos.

Nur Madame Chaeseli zeigte sich als wahrhafte Dame und Herrin der Situation.

»Eine Verlobung!« rief sie erfreut. »Die guten Kinder haben heute nacht ihre Verlobung besprochen! Meine allerinnigste Gratulation!«

Niemand antwortete. Bloß Amadäus Zwirina, der Sekretär des Generals, räusperte sich verlegen.

Man hörte Donna Anna seufzen. Sie war, als sie in den Salon eintrat, wie vom Donner gerührt stehen geblieben.

Nun näherte sie sich gemessen ihrem Schwiegersohn und lächelte ihn an. Ihr war viel daran gelegen, daß er den Tag der Testamentseröffnung erlebte, sonst hätte sie ihn auf der Stelle, mit eigenen Händen erwürgt.

»*Caro* Emilio«, sagte sie leise.

Er sah sie an, beglückt und ungläubig, er traute seinen Ohren nicht.

»Wie tüchtig du bist!« flüsterte sie. »Ich weiß, du wirst nicht zulassen, daß unser Hotel in Verruf kommt. Der Schmuck war versichert. Du hast das Deinige getan, streng dich nicht weiter an, nun sollen die Versicherungsgesellschaften das ihre tun. Je weniger Aufsehen erregt wird, desto besser für uns alle!«

Emilio war nicht eine Sekunde verwundert, daß seine Schwiegermutter imstande war, eine Ansicht zu teilen, die für ihn absolut neu, aber angeblich die seinige war. Das Lob bestätigte nur, was er schon immer gewußt hatte: Er war eine überragende Persönlichkeit.

»Es geht um die Ehre von Posa«, teilte er Donna Anna mit und warf sich in die Brust. »Man muß die Angelegenheit diplomatisch behandeln. Mit Takt. In aller Stille!«

»Sehr richtig«, sagte Donna Anna. »Ich will dir keine Komplimente machen, du wirst eines Tages schwarz auf weiß sehen, was ich von dir immer gehalten habe.«

»Ich muß noch ein paar Worte an unsere Gäste richten, du kannst für mich übersetzen.«

Er stellte sich in Positur.

»*Signore e Signori ...*«

»Meine Damen und Herren«, sprach ihm Donna Anna nach. »Ihre ständigen Aufenthaltsadressen sind der Hotelleitung bekannt. *Ladies and gentlemen, we shall keep you informed in case of new developments,* man wird Sie verständigen, falls die polizeilichen Nachforschungen neue Ergebnisse zeitigen sollten.«

Donna Annas Blicke schweiften über die Gäste, glitten zu ihrer blassen Tochter hinüber und streiften schließlich einen Moment lang die Baronesse, die stumm und verweint dasaß.

Dieses blühende, makellos gewachsene Geschöpf hätte gut und gern ihre Tochter sein können. Es wäre nichts dadurch gewonnen gewesen, außer daß sie ihr das Leben auf andere Weise schwer gemacht hätte als das eigene Kind. Ein leichtfertiges Mädchen! Donna Anna war nicht nur über die Sittenlosigkeit aufgebracht, die sich unter ihrem Dach breitgemacht hatte, sondern darüber, daß ihre Menschenkenntnis versagt hatte. Sie hätte schwören können, daß die kleine Baronesse, unschuldig wie an dem Tag, an dem die Mutter sie geboren, ihr Herz an Herrn Müller verloren hatte.

»Man lernt nie aus!« rief Donna Anna laut und zürnend über die Köpfe der Gäste hinweg. Nach dieser kurzen Textabweichung fuhr sie kühl und gefaßt fort:

»Hiermit sind die Einvernahmen beendet und das Verfahren gegen unbekannte Täter eröffnet. *Ladies and gentlemen,* wir danken Ihnen für Ihre freundliche Unterstützung.«

Trixis Koffer schaukelte heftig, als der Autobus am nächsten Morgen um eine Kurve drehte.

»Hinausgeworfen!« sagte sie zu Klaus.

»Nicht direkt hinausgeworfen. Sie hat doch bloß gefragt, ob sie unsere Rechnungen ausschreiben darf. Es tut mir fürchterlich leid, Trixi, daß ich Sie in diese peinliche Situation gebracht habe, aber ich war plötzlich überzeugt, daß der Kerl Sie wirklich ins Gefängnis werfen wollte. Der deutsche Konsul hätte Sie zwar wieder herausgeholt, aber der Amtsschimmel reitet bekanntlich langsam. Das Gefängnis von Salerno ist kein Aufenthaltsort für eine junge Dame.«

Wenn Klaus ehrlich gewesen wäre, hätte er ihr mitgeteilt, daß er in dem Moment, in dem sie weinend nach Tante Friedchen gerufen, einfach nicht anders gekonnt hatte, als ihr zu helfen. Die Kasematten hatte er für eine leere Drohung gehalten.
»Ratten, Molche!« erläuterte er fröhlich. »Kellerasseln! Ich habe Sie schon auf einer Steinbank vor mir gesehen, bei Wasser und Brot. Daß ich mit meiner Lüge Ihren guten Ruf ruiniere, ist mir erst nachher eingefallen. Verzeihen Sie mir, es war gut gemeint.«
»Mir liegt nichts daran, wenn man über uns klatscht. Falls es Ihnen persönlich nichts ausmacht?«
»Es ist mir ein Vergnügen«, sagte Klaus. »Eine Ehre! Aber mir sind die letzten vierundzwanzig Stunden in die Knochen gegangen, reden wir lieber von etwas anderem.«
»Gern«, sagte Trixi und versank in Schweigen.
Auch Klaus schwieg.
Der Autobus schwankte um die Kurven. Es war ein Tag, so sonnig und strahlend wie der, an dem Trixi zum erstenmal über diese Straße gefahren war.
Zur linken Hand glitzerte das Meer, rechts hob sich der stumpfe Kegel des Vesuvs graublau gegen den leuchtenden Himmel ab.
»Schlafwagen gebucht?« erkundigte sich Klaus.
Wie fürsorglich er war. Sie hatte ihn beleidigt, sie hatte ihn fallenlassen und sich überhaupt nicht mehr um ihn gekümmert, und er hatte ihr zur Seite gestanden wie ein Schutzengel.
»Ich verdiene nicht, daß Sie so gut sind zu mir«, sagte Trixi zerknirscht. »Nein, für Schlafwagen langt es nicht.«

»Auf Wunsch der Familie bittet man, von Blumenspenden abzusehen«, sagte Klaus. »Wenn ich etwas nicht vertrage, dann ist es Dankbarkeit. Reisen Sie gern unbequem?«
»Ich kann mir keinen Schlafwagen leisten«, wiederholte Trixi.
»Signor Emilio sollte Ihnen eigentlich beigebracht haben, präzise Fragen präzis zu beantworten. Ich habe mich nicht nach Ihrem Kassenstand, sondern nach Ihren Komfortansprüchen erkundigt. Falls Sie nämlich keinen Wert auf Bequemlichkeit legen, können Sie sich sogar das Geld für Ihre Fahrkarte rückerstatten lassen. Ich nehme Sie in meinem Wagen mit, er steht in Neapel in einer Reparaturwerkstätte, wo er überholt worden ist.«
»Sie haben ein Auto?«
»Natürlich«, sagte Klaus. »Einen Opel Rekord. Wie sollte ich als Vertreter durch die Gegend kutschieren wenn ich keinen Wagen hätte?«
Ein Opel Rekord. Ein solider junger Mann, mit einer sicheren Anstellung und einem Opel Rekord.
Trixi spürte einen Stich im Herzen.
»Na?« sagte Klaus. »Ja oder nein? Als Sie frech mit mir waren, hätte ich Ihnen Ihre Überheblichkeit gern abgewöhnt, aber jetzt merke ich, es ist mir lieber, Sie benehmen sich ungebührlich grob als stillverzagt. Wie lange wollen Sie die Nase noch auf Halbmast tragen? Mut, Mädchen, Mut – Sie müssen nicht befürchten, daß ich Sie unterwegs auffresse oder nachts in Ihr Zimmer komme, um die Entlobung zu besprechen. Ich habe in München geschäftliche

Unterredungen und fahre ungern allein auf längeren Strecken.«
Trixi fragte sich im Stillen, ob es ihr Schicksal war, nur mit Männern in Berührung zu kommen, die geschäftliche Unterredungen hatten. Laut sagte sie:
»Ich hab' meinen Führerschein. Wir könnten abwechselnd fahren. Ich werde erst wieder frei atmen können, wenn ich die Erinnerung an diese ganze Kalamität zurückgelassen habe und wieder daheim und über der Grenze bin!«
»Ich auch«, sagte Klaus.

Achtes Kapitel

Auf der Fahrt nach München erlebte Trixi eine herrliche, unvergeßliche Stunde, als Klaus sie ans Steuer ließ. Eigentlich und nach der Uhr waren es nur fünfzig Minuten, aber Klaus erklärte, mehr hielten weder seine Nerven noch sein Wagen aus, da er beide in den kommenden Jahren noch dringend benötige.
Trixi durfte von da an nur Hilfsdienste verrichten, wie Landkarten studieren, Umleitungen melden und Klaus, wenn er anfing zu gähnen, durch muntere Gespräche über die Müdigkeitsanfälle hinwegbringen. Den Chauffeur davon abzuhalten, daß er einschlief, war, wie Klaus ihr mitteilte, die vornehmste und unerläßliche Pflicht des Fahrgastes.
Trixi kam sich sehr bald wie die Unterhaltungsabteilung des Rundfunks vor.
Zuerst schöpfte sie, mit Geschichten über Alt-Kuhlen und Ulmer Schulanekdoten, aus dem Vollen. Aber mit der Zeit wurde doch die Gestaltung des Programms, das sie ihrem einzigen Hörer bot, immer schwieriger. Sie konnte zwar den Berichten aus ihrem Berufsleben eine gewisse epische Breite geben, indem sie ausführliche Schilderungen der Kleider einflocht, die sie bei verschiedenen Modevor-

führungen getragen hatte, aber schließlich ging ihr trotz Samt und Tweed und Duchesse-Satin der Stoff aus.

Ihr Liederschatz enthielt außer den populären Schlagern einige Raritäten: *Ach, ich hab' sie ja nur auf die Schulter geküßt,* was ihre Mutter so gern gesungen hatte, außerdem konnte sie mit *Mariechen saß weinend im Garten* aufwarten, doch der ganze Vorrat, eingeschlossen *Stille Nacht, heilige Nacht,* reichte nicht einmal bis Piombino.

Zwischen Schirmpinien und fahlen Oliven, mit Staub überpudert, surrte der Wagen dahin, fraß die Straße in sich hinein, die Schnauze nach Norden gerichtet, den fernen Alpen, den Tannen und Lärchen entgegen, von denen ihn noch Hunderte und Hunderte Kilometer trennten.

Der Weg zog sich die italienische Küste entlang, am Meer, an graugeduckten Dörfern und Maisfeldern vorbei. Manchmal sprühten zermalmte Kiesel hoch, und die Splitter spritzten glitzernd nach allen Seiten, dann rauschten die Reifen wieder eintönig über asphaltierten Boden.

»Gleich werden mir die Augen zufallen!« drohte Klaus. »Erzählen Sie!«

»Mir ist heiß«, sagte Trixi. »Ich hab' Ihnen schon alles erzählt, was ich weiß. Im Mai war auch eine solche Hitze, und ich wurde in dicken Pelzmänteln fotografiert. Interessiert Sie das?«

»Nein. Aber das macht nichts. Das Geräusch genügt.«

»Pelzmäntel bis zu vierzigtausend Mark. Der schön-

ste war ein elfenbeinfarbener Nutria. Ich mußte mich hineinkuscheln, so richtig wärmebedürftig. Bei fünfunddreißig Grad im Schatten und Scheinwerfern ringsherum. Immer, wenn's mit der Beleuchtung gerade klappte, ist mir der Schweiß von der Stirn auf die Nase getropft, und es war wieder nichts.
Als die Aufnahmen glücklich im Kasten waren, hätte man mich glatt auf einen Teller legen und als Schmorbraten servieren können. Sind Sie noch wach?«
»Nein«, sagte Klaus. »Ich schlafe. Ich träume, daß ich mit einem eisgekühlten Mannequin durch Grönland fahre.«
Das Meer kam wieder in Sicht, gleißend in der sengenden Sonne.
»Könnten wir nicht aussteigen und schwimmen?«
»Wir könnten«, sagte Klaus. »Aber wir tun es nicht. Wir wollen so schnell wie möglich über die Grenze.«
Einsame Villen, mannshohe Maisfelder, hin und wieder ein kleines Städtchen, mit breiten, flachen Häusern, an denen die eisernen Balkone wie Vogelkäfige klebten, vorüber an der Kirche, an dem Campanile, die Glocke bimmelte blechern und eifrig, und schon schoß der Wagen wieder über kahle, öde Landstraßen dahin, ließ winkende barfüßige Kinder, bäuerliche ochsenbespannte Karren hinter sich, schluckte unermüdlich einen Kilometer nach dem andern, bis, als die Sonne tief stand, die Ausläufer der Apenninen näher rückten.
Trixi erzählte Klaus von ihren Erfahrungen als Sprechstundenhilfe. Schließlich, als ihr gar nichts

mehr einfiel, beschrieb sie ihm ihre Wohnung und kam so auf das Nachbar-Apartment, auf Monika und die Leoparden-Plüschpracht zu sprechen.
»Ich sollte ihr einen Mieter finden, dem man die wahnsinnig schicken Dackelnippfiguren anvertrauen kann.«
»Hoppla!« sagte Klaus. »Das wär' doch was für mich. Kann man auch für kurze Zeit mieten? Ich habe Hotelzimmer satt. Ich käme auch billiger weg, wenn ich nicht unentwegt auswärts essen müßte, sondern mir am eigenen Herd ein paar Eier in die Bratpfanne schlagen könnte. Was soll die Herrlichkeit kosten?«
»Sie wollte vierhundert Mark im Monat.«
»Ich glaube, ich hab' meinen ganzen Kram in einer Woche erledigt. Aber für Ihre Monika ist ein Hunderter schließlich besser als gar nichts.«
Der Gedanke, Klaus für eine Weile als Wohnungsnachbar zu haben, war überraschend, aber nicht unangenehm. Er hatte sich die ganze Zeit so nett und kameradschaftlich benommen, daß sicher keine fragwürdige Absicht dahintersteckte.
»Sie können sich das Apartment ja ansehen, es wird Ihnen gar nicht gefallen.«
»Schon gemietet! Mir gefällt der Preis. Ich bin ein häuslicher Mensch. Außerdem muß ich meine Piepen zusammenhalten.«
Herr Müller, der Juwelendieb, hatte das Wort Geld nie erwähnt. Trixi vermied es, an ihn oder den weißen Cadillac zu denken. Sie fuhr, so wie sie es immer gewollt hatte, in einem Opel Rekord und versuchte, sich darüber zu freuen.

»Ich muß in München ein bißchen für mich privat arbeiten und dann auch mal nach Lindau hinüberzuckeln, um einen guten Freund aufzusuchen. Aber es wird sich schon einrichten lassen, daß ich Ihnen ein paar Fahrstunden gebe.«
Er war ein sehr lieber Junge. Er rauchte seine Zigaretten aus dem Päckchen, so wie er sie gekauft hatte, und nicht aus einer eleganten Tabatiere; sein dunkler Pullover und die braunen Arme rochen nicht nach Sandelholz, und kein Geheimnis, keine Verführung ging von ihm aus.
Er war, wenn es sich Trixi näher überlegte, genau der Mann, den sie sich im Geist ausgerechnet hatte.
»Ist Ihnen das auch schon passiert«, fragte sie ihn, »daß man sich etwas wünscht, und wenn man es endlich haben könnte, weiß man nicht, was man damit anfangen soll?«
Es war dunkel geworden, als sie an den Vororten von Livorno vorbeifuhren.
Sie übernachteten in Pisa, in einem kleinen, stickigen Gasthof. Trixi war plötzlich so müde, daß sie am liebsten den Kopf in die Spaghetti gelegt hätte, die vor ihr standen, und bei Tisch eingeschlafen wäre.
»Dem schiefen Turm können Sie morgen früh um fünf einen Blick zuwerfen«, sagte Klaus gähnend. »Wir werden eine Ehrenrunde drehen, für nähere Besichtigung langt die Zeit nicht.«
Am nächsten Tag fuhren sie über Modena und Verona weiter, ohne haltzumachen. *O holder Romeo.* Trixi dachte, wie sie nach der Ankunft von Clemens halbverhungert in die Osteria gelaufen und dort

überlegt hatte, ob sie sich Verona ansehen sollte. *Wenn du mich liebst, sag's ohne Falsch ...*
In Bozen zankte sie sich mittags mit Klaus wegen nichts und wieder nichts, das heißt wegen sechs Flaschen Chianti.
Klaus, nicht geizig, aber sparsam, hatte vorgeschlagen, daß sie nicht in einem Restaurant essen, sondern sich Wurst und Obst für ein Picknick besorgen sollten. Als Trixi aus dem Laden noch sechs Fiaschi Chianti mitbrachte, als Reisegeschenk für Xaver, ging Klaus hoch.
»Ich will keine Unannehmlichkeiten bei der Grenzkontrolle haben! Auf diese Idee können auch nur Sie kommen, in München gibt es mehr Chianti als Wasser in der Isar.«
»Erstens würde ich den Wein verzollen«, behauptete Trixi geistesgegenwärtig, obwohl sie vorher entschlossen gewesen war, ihn zu schmuggeln, »und zweitens hat man nie Unannehmlichkeiten. Meine Mutter hat sich einmal anstandslos eine Literflasche Eau de Cologne aus Paris mitgebracht. Im Gepäcknetz, unter dem Reiseplaid. Es ist nicht das geringste passiert, außer daß sie ihr am Bahnsteig in Berlin aus der Hand gefallen und zerbrochen ist!«
»Sie sind so dumm wie Mohn und Bohnenstroh!« sagte Klaus erbittert. »Tragen Sie das Zeug sofort zurück!«
»Ich werde doch wohl noch ein bißchen international gestatteten Reiseproviant ...« Sie kam nicht weiter, Klaus riß ihr stumm die Flaschen aus dem Arm und verschwand im Laden.

»Hier!« sagte er, als er wiederkam und ihr einen zerknitterten Geldschein reichte. »Schluß! Keine Debatte. Haben Sie sonst noch was in Ihrem Koffer, das Sie heimlich über die Grenze schaffen wollten?«

»Die Juwelen bestimmt nicht!« gab Trixi zur Antwort. Aber dieser schnippische Satz brachte ihr sogleich zu Bewußtsein, daß sie mit ihrem Schutzengel sprach. Der sie den Fängen der Polizei entrissen und vor Schmach und Schande bewahrt hatte, ganz zu schweigen von den Molchen und Kellerasseln der Kasematten.

»Ich hab' mir nichts weiter in Posa gekauft als einen Strohhut«, setzte sie sanft hinzu. »Und den hab' ich in der Eile vergessen.«

Warum sich Klaus wegen der Grenzkontrolle so hysterisch aufgeführt hatte, war unverständlich. Die Italiener nahmen von der Windschutzscheibe die Zollmarke ab, die Österreicher warfen kaum einen Blick in die Pässe und winkten ihnen schon zu, weiterzufahren, die Deutschen stellten eine formelle Frage – und das war alles.

Tante Friedchen hatte immer behauptet, auch Männer hätten Weiberlaunen. Im Fall von Klaus schien es zu stimmen, anders war die Chianti-Episode nicht zu erklären.

Jedenfalls tat es Trixi leid, daß sie nicht Dutzende von Weinflaschen mitgenommen hatte. Es wäre eine Kleinigkeit gewesen. Die Zöllner waren reizende, völlig desinteressierte Menschen.

Als der Wagen auf deutschem Boden fuhr, sagte Klaus plötzlich: »Ich kann nicht weiter.«

Jetzt merkte auch Trixi, wie erschreckend müde er aussah.
»Soll ich Sie ablösen?« fragte sie hoffnungsfreudig, aber Klaus ging nicht darauf ein. Er sagte bloß: »Ich muß eine halbe Stunde schlafen. Ich bin fertig.«
Beim nächsten Seitenweg lenkte er das Auto ein Stück ins Grüne hinein. Dort warf er sich ins Gras, vergrub den Kopf in die Arme und rührte sich nicht mehr.
Trixi saß neben ihm, den Rücken an einen Baumstamm gelehnt. Die Sonne fiel schon schräg durchs Laub. Es duftete nach Wald und Harz und sommerlicher Erde.
Weitab lockte ein Vogelruf durch die Stille, und ein anderer antwortete aus der Nähe, helle Flötentöne, hin und her durch goldgrüne Wipfel.
Trixi blickte den staubbedeckten, schief dastehenden Wagen an und dachte an den schimmernden weißen Cadillac.
Sie dachte, daß sie um die gleiche Stunde mit Clemens dem Sonnenuntergang entgegengefahren war und wie das ganze weite Meer sich weinrot verfärbt hatte.
Vielleicht war das Leben nichts anderes als eine Kette von Träumen und Kompromissen.
Als es kühl wurde und der Boden feucht von Tau, weckte sie Klaus auf.
Er murmelte: »Nein, Mäuschen, ich...«, dann setzte er sich schlaftrunken hoch. Sein braunes Haar war verstrubbelt. »Kaffee!« knurrte er. »Los, worauf warten wir noch?«

Um neun kamen sie in München an. Es war Mittwoch abend. Trixi fragte sich, ob jetzt im *Hotel Syracuse* das Telefon läuten würde.

Das rauschend gegen die Felsen rollende Meer, die Balkontüre auf der Terrasse, die mondweiße Nacht – wie weit entfernt das alles schon war. Zwischen Posa und München lagen viele Kilometer – hätten genausogut tausend Lichtjahre sein können ...

München hatte sich in den elf Tagen, die Trixi fort gewesen war, nicht verändert. Die Frauentürme standen noch immer. Auf dem sonnenheißen Pflaster trippelten die Tauben. Im Atelier von Xaver, dem sie eine in der Leopoldstraße gekaufte Flasche Chianti als Reisegeschenk brachte, war genau das gleiche Durcheinander wie immer.

»Ich hab' was für dich!« sagte Xaver. »Sonntag in einer Woche ist ein Gala-Abend im *Hotel Kaiserin Elisabeth* am Starnberger See. Mit Modenschau und allem Klimbim. Dem Wunderknaben Wunderlich ist ein Mannequin ausgesprungen. Du hast doch schon mal für ihn gearbeitet? Ruf ihn an.«

Der Alltag hatte begonnen. Sie hatte Anproben, die Kleider, die für das andere Mannequin zugeschnitten worden waren, mußten geändert werden. Sie ging in die Sauna, um das eine Pfund loszuwerden, das von den vielen Spaghetti rund um ihre Taille zurückgeblieben war. Sie machte ihre Wohnung sauber, putzte Fenster, hing frische Gardinen auf. Sie ging zum Friseur. Sie hatte keine Zeit, an Clemens Müller zu denken. Falls er überhaupt so hieß.

Es war schändlich, aber heilsam, daß er ein Hoteldieb

war. Keine Operation hätte gründlicher wirken können. Stehlen war ein erbärmliches Gewerbe. Es gab keine Entschuldigung dafür. In der Zeitung las man von Leuten, die im Suff mit dem Messer aufeinander losgingen. Monika hatte in einer Zeit, in der sie nichts zu beißen gehabt hatte, vor dem Haus einen Zehnmarkschein gefunden und behalten. Eifersüchtige Männer brachten ihre Mädchen um. Alle diese Verbrechen und Vergehen hatten mildernde Gründe. Aber ein Dieb war das Letzte vom Letzten.

Es gelang Trixi, sich von früh bis abends unentwegt zu beschäftigen, auch wenn sie zu diesem Zweck das spiegelblanke Parkett mit Stahlspänen abschleifen und schrubben mußte, nur damit sie es von neuem bohnern und auf Glanz bringen konnte. Die Hauptsache war, den Tag auszufüllen.

Von Klaus sah sie nicht viel. Er war gleich am Anfang nach Lindau gefahren und verstimmt zurückgekommen, weil der alte Freund, den er aufsuchen wollte, in Rom war und erst in der zweiten Juliwoche zurückerwartet wurde.

»Widerliches Pech!« knurrte er. »Sitzt der gute Monsignore ausgerechnet in Rom, und alles hätte bequem sein können. Wenn ich nur eine Ahnung gehabt hätte, als ich dort durchgefahren bin!«

Klaus war fast immer daheim. Er schien sich in Monikas Apartment wohlzufühlen. Er hatte sämtliche Dackel weggeräumt und ein Großreinemachen abgehalten, das eine Goldmedaille verdient hätte. Alles verlief ereignislos, bis zum ersten Wochenende, wo ihn Trixi eine geschlagene Stunde lang durch

die dünnen Wände laut und pathetisch mit sich selbst sprechen hörte.
Zuerst dachte sie, er hätte den Verstand verloren. Schließlich lief sie zu ihm hinüber, und es stellte sich heraus, daß er zwar bei Sinnen, aber trotzdem verrückt war; er lernte eine Rolle.
»Behalten Sie es bei sich!« sagte Klaus. »Es ist einstweilen ein Geheimnis. Ich hab' in Zürich und in Köln Schauspielunterricht genommen. Ob Sie es glauben oder nicht, ich bin eine große Bühnenbegabung.«
Trixi war so verblüfft, daß sie nicht wußte, was sie antworten sollte. Der arme Junge, mit seinem Hinkebeinchen – wie stellte er sich das vor?
»Stimme, Erscheinung, Talent – alles da. Warum starren Sie mich an, Trixi?«
»Was wollen Sie denn spielen? Den Mephisto?«
Das war die einzige Rolle, die sie kannte, wo ein Schauspieler hinken durfte.
»Mephisto? Vielleicht in zwanzig Jahren. Nein – jugendlicher Liebhaber natürlich. In Posa habe ich den Mortimer studiert. Erinnern Sie sich nicht, wie ich Ihnen damals das Buch schnell aus der Hand genommen habe? Ich wollte nicht, daß Sie die angestrichene Rolle sehen.«
Endlich brachte sie es heraus:
»Klaus, mein Lieber, wie wollen Sie denn ..., wie können Sie – ich meine mit Ihrem Fuß?«
»Ach so!« sagte er zögernd. »Sie haben recht. Mein Fuß, ja, das stimmt. Aber - ich bin bei einem Arzt gewesen. Es kann sich bessern. Durch Gymnastik und elektrische Behandlung. Der Arzt ist überzeugt da-

von, daß ich wieder normal gehen können werde.« Trixi warf einen Blick auf seinen orthopädischen Schuh. Der Arzt, den Klaus konsultiert hatte, mußte ein Scharlatan sein.

»Ich würde mich nicht hundertprozentig auf diese Diagnose verlassen«, sagte sie vorsichtig. »Sonst sind Sie zu enttäuscht, Klaus, wenn es dann nicht so klappt.«

»Aber dieser Arzt ist eine Koryphäe. Machen Sie sich keine Sorgen, ich werde eines Tages wie ein Wiesel laufen.«

Die Koryphäe mußte entweder ein Dummkopf oder ein gewissenloser Schwindler sein, der dem armen Jungen Märchen vorerzählt hatte. Das würde ein bitteres Erwachen geben.

»Sie werden eine Freikarte bekommen, wenn ich in München auftrete«, versprach Klaus und lachte ihr verschmitzt zu. »Mädchen, Sie machen ein Gesicht, als hätten Sie in einen sauren Apfel gebissen. Heute sehen Sie ganz wie Adelheid oder Clothilda aus und kein bißchen wie Beatrice!«

»Gesetzt den Fall, Sie würden geheilt – warum wollen Sie einen schönen, sicheren Job aufgeben und unter die Hungerleider gehn?«

Trixi war froh, daß sie ihn wenigstens auf diese Weise zur Vernunft zurückrufen konnte. Außerdem war es ihre ehrliche Überzeugung.

»Ich pfeife auf sicheren Job!«

»Sie pfeifen?«

»Ja, warum nicht? Ich bin kein gesetzter älterer Herr wie zum Beispiel dieser Clemens Müller. Sie erin-

nern sich doch noch an ihn? Der könnte nicht leben ohne Maßanzüge von einem erstklassigen Schneider und Geld auf der Bank. Ich bin jung, mir macht es nichts aus, wenn es mir eine Weile dreckig gehen sollte. Ich werde mich schon hochrappeln.«
»In ganz Deutschland laufen arbeitslose Schauspieler herum«, sagte Trixi gereizt. »Sind genauso hübsch und jung wie Sie und vielleicht noch begabter. Laufen herum, schauen faul in die Luft und warten, daß vielleicht einmal ein Regisseur vorbeikommt und sie entdeckt. Nennen Sie das einen Beruf?«
»Davon verstehen sie nichts. Ich bin nicht zum Bijouterievertreter geboren.«
»Davon verstehe ich sehr viel!« erklärte Trixi und dachte an ihr Geheimnis. Sie war schließlich auch nicht dazu geboren worden, einmal ein Ganovenliebchen zu sein. »Es ist Schicksal«, sagte sie düster. Dann besann sie sich auf das Problem des Augenblicks und fuhr eilig fort:
»Sie suchen einfach eine Gelegenheit, sich vor richtiger Arbeit zu drücken, und ob Herr Müller Maßanzüge trägt oder nicht, ist vollständig irrelevant, wenn Sie mich fragen.«
»Ich hab' Sie aber nicht gefragt, verehrte Baronesse«, sagte Klaus. »Sind wir jetzt wieder einmal verzankt, oder darf ich Ihnen heute abend zeigen, wie man die Gänge wechselt, ohne daß sämtliche Zahnräder beim Auspuff hinausfallen?«
Das Gespräch mit Klaus ging Trixi noch eine ganze Weile im Kopf herum. Sie konnte nicht begreifen, daß jemand, der einen einträglichen Verdienst hatte,

davon träumte, geschminkt und verkleidet auf der Bühne zu stehen und zu deklamieren; und sie verstand ebensowenig, daß ein nüchterner Mensch wie er, sich von einem Quacksalber täuschen ließ. Klaus, der auf den ersten Blick so einfach erschien, war komplizierter, als sie angenommen hatte.
Und was hatte seine Anspielung auf Clemens bezweckt? Schließlich durfte ein Mädchen doch noch mit jemandem zu Abend essen, Motorboot fahren und einen Ausflug nach Ravello machen. Mehr konnte er nicht wissen. Deshalb mußte er keine boshaften Bemerkungen machen. Außer er war trotz seines brüderlichen Gehabens eifersüchtig. Ihr Interesse an seinen Gefühlen war rein theoretisch, sie war neugierig und sonst nichts. Trotzdem konnte es nichts schaden, das Terrain zu sondieren.
»Es wäre nett, wenn Sie Mittwoch bei mir zu Abend essen würden«, sagte sie, als sie ihn am nächsten Tag im Lift traf. »Sieben Uhr dreißig, falls es Ihnen recht ist.«
Klaus machte eine zeremonielle Verbeugung.
»Besten Dank für die Einladung, Frau Schnudecke. Es wird mir ein Vergnügen sein.«
»Wieso Frau Schnudecke?«
»Frau Schnudecke ist die siebzigjährige Haushälterin meines Monsignore in Lindau und legt großen Wert auf Umgangsformen. Sie haben manchmal Ähnlichkeit mit ihr. Soll ich im Frack oder Smoking erscheinen?«
»Erscheinen sie in was immer Sie passend finden für Wurststullen.«

Trixi war knapp bei Kasse. Klaus bekam mit Rührei gefüllte Mortadellascheiben und Petersilienkartoffeln vorgesetzt. Dazu gab es eine große Schüssel Salat.

»Die köstlichsten Wurststullen meines Lebens!« sagte Klaus. »Sogar meine Großmutter würde das bestätigen, und sie ist eine Hausfrau *par excellence.*«

Das Mahl war bescheiden, doch der Tisch mit einem Strauß bunter Rosen geschmückt.

Die weißen Linon-Sets, die Tante Friedchen noch gestickt hatte, hoben sich blütenzart von der polierten Tischplatte ab. Die gedrungenen antiken Silberleuchter blinkten sanft, und die brennenden Kerzen spiegelten sich in den Kristallgläsern, aus denen sie Coca-Cola tranken.

»Auf Ihr Wohl und das Wohl meiner Großmutter und aller Frauen, die imstande sind, die barbarischsten Genüsse des Lebens so kultiviert und anmutig zu gestalten«, sagte Klaus und hob sein Glas. »Wie lange haben Sie heute Silber poliert, Sie armes Mädchen?«

»Es war nicht so arg«, sagte Trixi. »Merkwürdig, Sie sprechen immer von Ihrer Großmutter und nie von Ihrer Mutter.«

»Soviel ich weiß, habe ich jetzt meine Großmutter zum zweiten Male erwähnt. Sie ist, wenn auch exzentrisch, eine reizende alte Dame. Was man von meiner Mutter nicht behaupten kann. Reden wir nicht von ihr. Von allen Männern, die sie unglücklich gemacht hat, bin ich wahrscheinlich der unglücklichste, denn Söhne können sich nicht scheiden lassen.

Nun, sie kann nichts dafür, ich betrachte sie als eine Kranke, die für ihre Handlungen nicht verantwortlich ist. Aber sie macht mir wirklich das Leben zur Hölle. Soll ich noch ein bißchen von diesen guten Kartoffeln essen, oder gibt es nachher noch etwas Besseres?«
»Es gibt nachher Rote Grütze.«
Klaus starrte grübelnd in die Schüssel.
»Vielleicht schaffe ich beides«, sagte er und nahm entschlossen die letzten Kartoffeln. »Daß ich hinkend in diesen fürchterlichen Stiefeln herumlaufe, geht auch auf das Konto meiner teuren Mama. Aber ich will mir nicht den Abend verderben. Haben Sie schon die Illustrierte gesehen, in der Ihr Bild ist?«
Trixi gab keine Antwort. Sie überlegte, wieso seine Mutter Schuld trug an dem verkrüppelten Bein. Hatte sie ihn fallen lassen, als er ein kleines Kind gewesen war? Hatte er sich beim Spiel verletzt, und sie hatte versäumt, einen Arzt zu holen?
»Verehrtes Fräulein, wachen Sie auf! Ich habe Ihnen gerade vergeblich mitgeteilt, daß heute in einer Illustrierten Ihr Konterfei erschienen ist.«
»Was für ein Foto?«
»In einem weißen Pelzmantel.«
»Sie meinen den elfenbeinfarbenen Nutria. Davon hab' ich Ihnen doch auf der Fahrt erzählt.«
»Auf der Fahrt? Ich kann mich nur erinnern, daß Sie *Mariechen sitzt weinend im Garten* zum besten gegeben haben.«
Trixi dachte, wenn Klaus in sie verliebt wäre, würde er die Nutriageschichte nicht vergessen haben. Sie

selbst wußte leider noch jedes Wort, das Clemens zu ihr gesagt hatte.

»Das Lied habe ich von meiner Mutter gelernt. Ich hab' es besser als Sie getroffen. Meine Mutter war so fröhlich und zärtlich. Aber sie ist oft krank gewesen, deshalb hat mich Tante Friedchen aufgezogen. Auch das Lied, das Mme. Chaeselis gestohlene Spieldose spielte, *Liebesleid* von Kreisler, das hab' ich oft von meiner Mutter gehört.«

»Kommen Sie mir nicht mit Mme. Chaeseli und Posa«, sagte Klaus.

Der Name von Mme. Chaeseli war Trixi ohnehin nur aus Versehen entschlüpft. Sie wollte lieber nicht an die panische Angst zurückdenken, die ihr diese Dame eingejagt hatte. An jenem Montagvormittag, als die aufgescheuchten Gäste sich gerade anschickten, den Salon des Hauses zu verlassen, hatte Mme. Chaeseli laut gesagt: »Und Herr Müller? Sehr merkwürdig, daß Herr Müller plötzlich verschwunden ist!«

Donna Anna hatte zwar sofort erklärt, daß der Signor schon bei seiner Ankunft mitgeteilt hätte, er würde am Montag ziemlich früh aufbrechen müssen, doch Mme. Chaeseli hatte trotzdem mißtrauisch wiederholt: »Ich finde es äußerst merkwürdig! Man sollte diesen Herrn näher unter die Lupe nehmen.«

Noch jetzt überlief es Trixi heiß und kalt, wenn sie sich diesen gefährlichen Augenblick zurückrief.

»Darf ich die Teller abservieren?« fragte Klaus.

Nach dem Essen setzten sie sich auf das breite niedrige Fensterbrett und schwiegen.

Es war schwül, Föhn hing in der Luft. Aus der Tiefe kam der Lärm der vorübersausenden Autos herauf. Die Kerzen auf dem Tisch brannten langsam herab. Ihr Lichtschein erhellte nur einen kleinen Kreis des Zimmers und reichte nicht bis zum Fenster.

»Wollen Sie am Sonntag zu der Modenschau nach Starnberg mitkommen?« fragte Trixi.

»Lieber nicht. Da wimmelt es sicher von Frauen. Ich würde als komische Figur herumstehen.«

Den Kopf an die Wand gelehnt, die Arme um die hochgezogenen Knie geschlungen, sah Trixi zu den mattglitzernden Sternen hinauf. Hoch über den Dächern, kam sie sich vor wie auf einem Schiff, das durch die Nacht dahinzieht.

Auf dem Deck eines großen Dampfers, rund um die Welt. Es mußte schön sein, Geld zu haben und reisen zu können. Ihre Eltern hatten Paris und Italien gekannt. Herr Müller war sogar in Hongkong gewesen und in Mexiko.

»Haben Sie schon einmal Kauliang getrunken?«

»Keine Ahnung, was das ist«, sagte Klaus.

»Ein Schnaps. Rötlichviolett, wie englischer Brennspiritus. Am nächsten Tag merkt man nur an den Kopfschmerzen, daß man noch am Leben ist.«

Bevor sich Klaus erkundigen konnte, woher ihre Kenntnisse stammten, glitt Trixi schnell vom Fensterbrett hinunter. Ihr war eingefallen, daß nicht jeder so abstinent war wie sie selber. »Sie haben sicher Lust auf Alkohol. Einen Cognac mit Soda? Ich hab' noch von einem Faschingsfest irgendeine Flasche herumstehen.«

Als sie die bauchige Flasche in der Diele aus dem Schränkchen herausholte, warf sie ganz zufällig einen Blick auf das Schildchen: Remy Martin.
Ich bin kein Trinker. Ein guter erdiger Weißwein und zum Mokka einen Remy Martin.
»Soll ich suchen helfen?« rief Klaus aus dem Zimmer.
Sie stand regungslos, die Flasche in der Hand. Herrn Müllers Schatten schien eine spöttische Verbeugung zu machen.
Hatte sie ihn mit ihrem überflüssigen Gerede über Kauliang heraufbeschworen?
»Schon gefunden«, rief sie mit gekünstelter Munterkeit zurück. »Es ist ein Remy Martin. Ich muß nur noch das Sodawasser vom Eis nehmen.«
Da kam Klaus schon laut stapfend angehinkt.
»Menschenskind, diesen edlen Cognac mit Wasser zu vermischen, ist ein Verbrechen.« Er nahm ihr die Flasche aus der Hand und sagte: »Nobel! Sie müssen ja eine fürstliche Gesellschaft im Fasching gegeben haben.«
Trixi hatte den Cognac beim Filmball in der Tombola gewonnen, aber sie hielt es für weiser, sich darüber auszuschweigen.
»Ein Geschenk«, erklärte sie nachlässig.
»Von einem der vielen Anbeter? Die zu Ihren Füßen liegen, ohne je erhört zu werden?« fragte er. Und setzte leicht hinzu: »Oder?«
Trixi traute ihren Ohren nicht. Dann faßte sie sich. Hier war Vorsicht am Platz.
»Falls Sie sich erkundigen wollen«, sagte sie mit so viel Würde, wie sie aufbringen konnte, »wie Ihre

Chancen bei mir sind, dann können Sie genausogut damit rechnen, im Lotto zu gewinnen. Und zwar ohne daß Sie gewettet und was eingezahlt haben. Ist das klar?«
»Vollständig«, sagte Klaus. »Aber Sie haben mich mißverstanden.«
Er machte ein äußerst unschuldiges Gesicht, doch sie war sicher, ihn genau verstanden zu haben: Er hatte auf Clemens angespielt.
»Frau Schnudecke, meine Frage sollte nur klarstellen, ob mich der Fluch eines Unglücklichen treffen wird, weil ich seinen Cognac trinke, den er sich vom Mund abgespart hat, oder ob es ein Firmengeschenk ist, oder Ihnen von Monika unter den Baum gelegt wurde, vom Schornsteinfeger, vom Osterhasen.«
Trixi holte für Klaus ein Glas heraus, dann kehrte sie zu ihrem Sitz auf dem Fensterbrett zurück.
Als sich Klaus gegen elf verabschiedete und ihr einen Kuß auf die Wange gab, »anstatt Blumen«, wie er sagte, wußte Trixi, daß es sein größter Ehrgeiz war, einmal den Hamlet zu spielen, daß er im vergangenen Jahr in Baden-Baden hundertzwanzig Mark beim Roulette gewonnen hatte, gern Ringkämpfe sah und Briefmarken sammelte. Was sie hingegen immer noch nicht wußte, war, ob er in sie verliebt und nur zu schüchtern war, es zu zeigen, oder ob er für sie bloß freundschaftliche Gefühle hatte.

NEUNTES KAPITEL

Der Gala-Abend im *Hotel Kaiserin Elisabeth* war zugunsten des Tierschutzvereins veranstaltet worden, und es war erstaunlich, wie viele Menschen bereit waren, an dem Wohl und Wehe der leidenden Kreatur Anteil zu nehmen, wenn eine Tanzkapelle aufspielte und sie außerdem eine Modenschau zu sehen bekamen, die von einer Filmschauspielerin angesagt wurde.

Der große Hof des Hotels konnte die parkenden Autos kaum fassen. Sogar auf einem Seitenweg, der jenseits der Straße zum See hinunterging, stand eine lange Kette von Wagen.

Es war drückend heiß. Die untergehende Sonne hatte sich hinter dumpfen Wolken verkrochen. Ein Gewitter hing in der Luft.

Die Kellner in ihren Leinenjacken liefen gehetzt, wie weiße Hasen, zwischen den Gästen umher.

Von der Halle, durch die Gesellschaftsräume und den Speisesaal, bis zu der weitoffenen Tür, die zur Terrasse hinausführte, war ein schmaler roter Teppich gelegt worden, auf dem später die Kleider von vier Münchner Modell-Salons vorgeführt werden sollten. Auch die Scheinwerfer waren schon montiert und warteten nur auf den Moment, wo ihre gleißende Lichtfülle die Hitze noch verstärken würde. Trixi war gewohnt, in Hotels zu arbeiten, sich mit anderen Mannequins in einem gewöhnlich viel zu engen Raum vor dem Spiegel zu drängen, nicht nervös zu werden, wenn Lehrmädchen und Direktricen wie die Wahnsinnigen nach dem Hut oder Sonnenschirm zu suchen begannen, den sie für ihren Auftritt brauchte – sie war gewohnt, schon die Stimme des Conferenciers zu hören, der draußen bereits ihr Kleid ansagte, während man ihr noch die Reißverschlüsse zuzog und die Handtasche zuwarf – es regte sie schon längst nicht mehr auf, wenn der Chef einer anderen Firma plötzlich einen Wutkoller bekam, weil man seine Mädchen angeblich in die Ecke drängte –, es störte sie nicht, vor irgendeinem Juwelier oder Kürschner, die sich wie Wachhunde neben ihren kostbaren Waren aufzupflanzen pflegten, das Kleid abzustreifen und in Büstenhalter und winzigem Höschen dazustehen, bevor sie in die nächste Robe schlüpfte, die ihr von ihrem Arbeitsteam schon entgegengehalten wurde, so daß sie nur in den Rock steigen und die Arme ausstrecken mußte, damit man ihr die Träger über die Schultern ziehen konnte.

Es war immer das gleiche, die Garderobe voll von aufgerissenen Kartons und Koffern, ein fieberhaftes Durcheinander wie in einem Affenkäfig, nur daß alles nach Parfüm und Puder duftete. Auch die Pannen waren immer die gleichen, der flüchtig genähte Saum, der mit Stecknadeln hastig gerettet werden

mußte, die vertauschten Handschuhe, der Tennisschläger, der vergessen worden war.
Ohrringe wechseln, Mund nachschminken, Sportschuhe wegschleudern, wo sind die silbernen Sandalen, hat niemand die Silbersandalen gesehen, wo sind … egal, nimm die weißen Abendschuhe, du solltest schon draußen sein, 'raus – 'raus!
Die hitzigen Wortgefechte, der letzte Griff nach der Frisur, das alles gehörte dazu, genau wie das strahlende Lächeln, das sie in dem Moment aufsetzte, in dem sie die Tür zu durchschreiten hatte, um lässig, als hätte sie Stunden für ihre Toilette verwandt, den Laufsteg zu betreten.
Was Trixi bei solchen Gelegenheiten aufrecht erhielt, war der Gedanke, daß in einer Stunde der ganze hektische Rummel vorbei war.
Aber da sie wußte, was ihr blühte, wollte sie sich noch schnell stärken, bevor sie endgültig in das stickig heiße Ankleidezimmer hinein mußte, wo bereits die anderen Mannequins herumhockten und mit ihren Erfolgen renommierten. Es war erst halb acht, sie hatte noch eine gute Viertelstunde vor sich.
Trixi ging schnell an den vollbesetzten Tischen der Halle und des Speisesaals vorbei.
Die Bar war auf der Terrasse.
»Zwei ausgepreßte Zitronen, bitte, mit sehr viel Zukker und ganz wenig Wasser!«
Auch hier stand Tisch an Tisch; sie waren, genau wie drinnen in den Hotelräumen, hauptsächlich von Frauen besetzt. Damen vorgerückten Alters, die nicht wußten, was sie mit ihrer Zeit anfangen sollten.

Sie waren immer und überall zu finden, wo es etwas zu sehen gab, und sie sich sehen lassen konnten. Bunt und glitzernd hatten sie sich hier versammelt und sogar Eintrittsgeld gezahlt, zum Besten der Tiere. Trixi blickte über die Köpfe hinweg in den Park. Der Gewitterhimmel hing brütend über den Wipfeln. Die gelbgrauen Wolken sahen nach Hagel aus. Trixi nahm einen Schluck von der Limonade.

Als sie hinter ihren Schultern Clemens plötzlich »Trixi!« sagen hörte, fiel ihr das Glas aus der Hand und zerbrach klirrend auf dem Steinboden.

»Liebling, hast du dich erschreckt?«

Sie drehte sich um. Er war es wirklich. Sonngebräunt, elegant, das Haar glatt zurückgestrichen; es war kein Traum, denn sie spürte den leichten Geruch von Sandelholz.

»Clemens«, flüsterte sie fassungslos.

»Komm«, sagte er, »du stehst dem Kellner im Weg.«

Erst jetzt merkte sie, daß jemand sich bemühte, die Scherben vom Boden aufzulesen.

»Schicken Sie den gleichen Drink zu meinem Tisch hinüber«, sagte Clemens zu dem Barmann und zog Trixi mit sich fort.

Sein Tisch war an der Balustrade, gleich neben den Stufen, die in den Park hinunterführten.

Trixi setzte sich. Sie war wie betäubt.

»Ich habe mein Versprechen so gut wie kaum gebrochen«, sagte Clemens. »Jedenfalls habe ich mich weder beim Portier des *Al Mare* nach deiner Adresse erkundigt, noch hab' ich im *Syracuse* angerufen. Wunderst du dich, daß ich hier bin?«

»Ja«, sagte sie.
»Weißt du, warum ich hier bin?«
»Nein«, sagte sie.
»Ich habe in Rom gemerkt, daß ich ...« Er verstummte, denn der Oberkellner stand plötzlich mit der Speisekarte neben dem Tisch.
»Wenn die Herrschaften so freundlich wären, schon jetzt zu bestellen, es geht heute leider ein bißchen drunter und drüber.«
Clemens wandte sich zu Trixi: »Es ist dir doch recht, daß wir hier essen? Die Schwüle in der Stadt ist unerträglich. Wann ist die Vorführung zu Ende?«
»Drei Viertel neun«, sagte sie automatisch.
Herr Müller, der gewohnt war, sich auf die Forderung des Augenblicks einzustellen, studierte, wenn auch ungeduldig, die Speisekarte.
»Wunderbare frische Hummer wären hier«, schlug der Ober vor.
»Nein«, sagte Clemens. »Zu schwer. Wir nehmen eine eisgekühle Madrilène und ...«
Trixi versuchte, zur Besinnung zu kommen. Seine Gegenwart überwältigte sie. Daß er ihr gegenüber saß, atmend und lebendig! Hätte ein Baum auf einer grauen Fotografie plötzlich echte Zweige und Äste ausgestreckt, grünes Laub, das man anfassen konnte und das sich im Wind bewegte und rauschte, es wäre das gleiche Wunder gewesen.
Clemens, verloren, entschwunden wie der Schatten eines Traums. Jetzt saß er da, in einem rehbraunen, lockeren Anzug, das seidene Hemd warf eine leichte Falte auf seiner Brust, er sprach mit dem Kellner.

»... Walderdbeeren. Sie können um neun Uhr servieren. Punkt neun! Danke vielmals.«
Der Kellner verschwand mit einer Verbeugung.
»So!« sagte Clemens. »Das hätten wir hinter uns.« Seine Stimme war mit einemmal nicht mehr ganz sicher. »Laß dich ansehen, du allerschönstes Mädchen.«
Er streckte die Hand über den Tisch, und sie legte ihre Hand hinein, sofort, als könnte es gar nicht anders sein. Trixi lächelte, ohne es zu wissen.
Clemens neigte sich vor. »Ich hab' in Rom gemerkt, daß ich Tag und Nacht an dich denke. Ich konnte dich nicht vergessen.«
Ihre Hände waren einander vertraut, sie mußten sich nur berühren, und alles war wie früher.
»Aber«, sagte Trixi. »Wieso ...?«
Sie war nicht imstande, einen klaren Satz auszusprechen. Doch Clemens kannte sie schon so gut, daß er wußte, was sie meinte.
»Am Mittwoch hab' ich mir auf dem Flughafen einen Pack Zeitschriften gekauft. Ich weiß selbst nicht mehr, warum ich die Seite ›Herbstmode‹ angesehen habe, Mäntel und Pelze und Regenschirme – und dann habe ich umgeblättert, und da war dein Bild. Ich habe Detektiv gespielt; aber es war kein Kunststück, da der Name der Pelzfirma angegeben war. Ich ließ anrufen, bekam deine Adresse und die Auskunft, daß du heute einen nerzgefütterten Tweedmantel hier vorführen wirst. Alles sehr einfach, nicht wahr, Liebling?«
Trixi betrachtete ihn stumm und gebannt.

»Ich war zu früh auf dem Flughafen. Nur um irgend etwas zu tun, habe ich die Zeitschriften gekauft. Von solchen Zufällen hängt das Glück ab!«
Er erläuterte: »Ich komme aus der Schweiz. Ich mußte von Rom nach Genf.«
»Ich hab' mir vorgestellt, Sie wären nach Ägypten gegangen.«
»Ägypten? Was sollte ich in Ägypten?«
»Ich dachte bloß«, sagte Trixi. Sie zog ihre Hand, die sich in der seinen so wohl fühlte wie in einem wiedergefundenen Zuhause, mit einem schnellen Ruck fort.
Clemens warf ihr einen kurzen forschenden Blick zu. Er spürte, daß etwas nicht in Ordnung war. Er holte seine Tabatiere hervor und zündete sich eine Zigarette an.
Durch die Bäume im Park fuhr ein heißer trockener Windstoß. Aufrauschend bogen sich die Wipfel. Dann war es wieder still.
Trixi sagte plötzlich:
»Sie sind nachts in Ihr Zimmer gegangen, um Ihre Zigaretten zu holen. Warum haben Sie dann nicht geraucht?«
»Warum ich ...? Trixi, was für eine unsinnige Frage. Wie soll ich das jetzt noch wissen?«
Aus dem Foyer tönte ein lauter Klavierakkord, dann setzte die Kapelle ein.
»Es fängt gleich an, und ich bin noch nicht einmal geschminkt!« rief Trixi entsetzt. Sie sprang so schnell auf, daß sie in den rotbackigen Kellnerknirps hineinrannte, der gerade mit der Limonade angesaust kam.

Das kleine Tablett schwankte bedrohlich, aber die heiße saubergeschrubbte Jungenshand hielt in letzter Sekunde das Glas fest und knallte es triumphierend auf den Tisch.
»Zwei ausgepreßte Zitronen mit sehr viel Zucker!«
Aber da war Trixi schon fortgelaufen.

Die Modenschau sollte nur der Unterhaltung dienen und das Auge erfreuen. Da keine sensationellen Novitäten vorgeführt wurden, blieb das Garderobenzimmer von Premierenhysterie verschont, es herrschte bloß die übliche Aufregung, ein Thermometer hätte höchstens 39 Grad Fieber angezeigt, das war in dieser Branche die Normaltemperatur. Zwei Direktricen gerieten sich in die Haare; ein Lehrmädchen, das einen zerknitterten Leinenmantel nachbügeln sollte, stellte das glühendheiße Bügeleisen auf einem prachtvollen Mahagonitisch ab; und dem silberblonden Mannequin vom Salon *Josephe* platzte der Reißverschluß ihres Korsetts. Dieser Zwischenfall wurde von den anderen Mädchen mit stiller Genugtuung hingenommen, denn die Kollegin war ohne Korsett um drei Zentimeter stärker und ging nicht mehr in das Original Jaques Fath-Modell hinein.
Die Vendeuse, die sich über nichts mehr im Leben aufregte, steckte dem Mannequin Sicherheitsnadeln in's Kleid und sagte: »Untersteh dich nicht, zu atmen, solange zu draußen bist!«
Die klaffende Stelle graziös mit einer lässig gerafften Stola verdeckend, rauschte die Silberblonde

durchs Publikum, so schnell, daß man kaum einen Blick auf sie werfen konnte, und mußte nachher im Garderobenzimmer mit Cognac gelabt werden.
Es war gut, daß die Mannequins der anderen Salons in Form waren, denn auch Trixi, die sonst die Kleider mit Begeisterung zeigte, speiste die Zuschauer diesmal mit phantasieloser Routine ab.
Sie hatte acht verschiedene Toiletten und außerdem den pelzgefütterten Sportmantel vorzuführen.
Mechanisch, den Blick ins Leere gerichtet, schritt sie über den roten Teppich, zog, von den Klängen gedämpfter Musik begleitet, das Kostümjäckchen aus, zeigte sich in Rock und Bluse, schlüpfte wieder in die Jacke, dreht sich im Speisesaal rund um sich selbst, so daß der plissierte Rock wie ein seidiges Rad um ihre Knie schwang, und blieb schließlich an der Schwelle stehen, die vom Speisesaal zur Terrasse führte.
»Rendezvouz im Juli«, flüsterte im Foyer die Filmschauspielerin, die als Ansagerin gewonnen worden war, mit dunkler Stimme ins Mikrophon, und die Lautsprecher in den anderen Räumen flüsterten mit: »Ein Ensemble aus kirschroter Krawattenseide ...«
An der Tür zur Terrasse waren zwei Scheinwerfer angebracht, so daß Trixi im Schnittpunkt der gleißenden Lichtströme stand.
Das grelle, weiße Strahlen blendete sie, es prasselte ihr ins Gesicht, sie sah die Gäste auf der Terrasse nur als vage Silhouetten.
»... Krawattenseide, mit weißem Blüschen. Ein Ensemble von Werner Wunderlich, ganz entzükkend, finden Sie nicht auch?«

Die Filmdame hatte keinen großen Wortschatz, aber ihr Agent hatte ihr eingeredet, die Conference wäre eine großartige Publicity für sie. Sie selbst hielt das Gequatsche für nebensächlich, schließlich bot sie den guten Leutchen ein offenherziges und prachtvolles Dekolleté.

Trixi drehte nochmals eine Pirouette, damit das Terrassenpublikum den Schnitt des Rockes bewundern konnte. Dann trat sie den Rückweg an.

Das Salonorchester wechselte vom sentimentalen Dreivierteltakt zu *Rain in Spain* über. Auf dem schmalen Teppich glitten Trixi und Mignon, das neu auftretende Mannequin, aneinander vorbei, und die Schauspielerin, in der einen Hand das Mikrofon, in der anderen die Liste der Kleider, rief:

»Sherry, ein goldbraunes Sportkleidchen, hinreißend schick, finden Sie nicht? Aus dem Salon Lavicka.«

Trixi lief ins Garderobenzimmer, riß sich Jacke und Bluse herunter, ließ den Rock fallen.

»Es kommen noch drei andere Kleider vor dir dran«, sagte ihre Direktrice. »Du mußt dich nicht hetzen.«

»Sofort!« sagte Trixi, die überhaupt nicht zugehört hatte. Sie dachte unausgesetzt an Clemens und wie sicher er sein mußte, daß sie ihn nicht verriet. Oder hatte er geglaubt, daß sie nichts ahnte? Seit der Frage nach der ungerauchten Zigarette mußte ihm allerdings ein Licht aufgegangen sein. Trixi hatte das Gefühl, daß sie ihn nicht mehr zu Gesicht bekommen würde, wenn die Modenschau zu Ende war. Herr Müller hatte nun wohl gemerkt, woher der Wind

wehte und war sicher in aller Stille entschwunden. Aber warum war er überhaupt hier erschienen?
Mignon, eine dämonische Sechzehnjährige, mit schwarzen Augen, schwarzem Rabenhaar und kalkweiß geschminktem Gesicht, kam atemlos zurück; und die Silberblonde entschwand in raschelndem waldgrünem Taft, über den Sicherheitsnadeln links an der Hüfte eine eilig zurechtdrapierte Schleife, von der das Haus Jaques Fath nie geträumt hatte.
Und dann war die schlanke, verläßliche Rosemary an der Reihe, und dann rief die Direktrice: »Mach dich fertig, Trixi«, und Trixi antwortete »Sofort!« und überlegte noch immer: Warum ist er hierher gekommen?
Trixi begann, am ganzen Leib zu zittern.
»Einen Cognac!« sagte sie. »Ich muß sofort einen Cognac trinken!«
Das Team vom Salon *Josephe* reichte ihr liebenswürdig die Flasche. Trixi goß ein leeres Weinglas, das auf dem versengten Mahagonitisch stand, zur Hälfte voll und betrachtete es kritisch. Genügt es, oder war für ihren Zustand ein größeres Quantum Medizin angezeigt?
Trixi ließ sich in diesem Moment auf kein Risiko ein. Sie füllte noch einen guten Zentimeter hoch dazu. Dann, so wie es ihr von Tante Friedchen beigebracht worden war, wenn sie als Kind Wermuttee hatte trinken müssen, hielt sie sich die Nase mit Daumen und Zeigefinger zu und stürzte das beißende Getränk auf einen Zug hinunter.

Das Abendkleid, das Trixi vorführte, hieß Flamingo und war ein weißrosiger Traum. Von der Kapelle mit der Melodie von Kreislers *Liebesleid* empfangen, zwischen einem Spalier von klatschenden Händen, schritt Trixi langsam dahin. Sie spürte die neidvollen Blicke auf ihren Schultern, ihrem schmalen nackten Rücken. Der weite Rock glitt wie Schaum hinter ihr her.

Dein Kuß hat mir den Frühling gebracht, versicherte die Geige mit süß gezogenen Tönen.

Vielleicht war es das Lied, das Trixi plötzlich an die goldene Spieldose erinnerte, an den Vormittag im Hotelgarten mit Mme. Chaeseli und Klaus Hofer. Vielleicht aber war es ein optischer Eindruck, der einen Augenblick vage an sie herankam und schon verflüchtet war, bevor ihn ihr Bewußtsein erfaßte.

Ich denk' an dich bei Tag und Nacht... tönte die langsame Walzerweise weiter.

Trixi ging schwebend, aber vorsichtig, denn auch der Teppich unter ihren Füßen schwebte mit, dabei hatte doch nur sie den Cognac getrunken, der rote Kokosläufer, wie sie feststellte, hätte von Rechts wegen nüchtern sein müssen.

Sie selbst war nicht nüchtern, aber unglaublich klar im Kopf; sie freute sich darüber, wie scharfsinnig sie war; sie konnte zum Beispiel beurteilen, was für ein Glück es war, daß Klaus nicht mitgekommen war und womöglich in Herrn Müller hineingerannt wäre.

Trixi schaute weder nach rechts noch nach links, sie war eine lustwandelnde junge Dame in einem rei-

chen, herrlichen Kleid, die verträumt auf eine taufrische Rose blickte, die sie zwischen ihren weißen Handschuhen hielt.
Aber ohne die Lider zu heben, sah sie plötzlich zwei dunkle, flinke Augen, die sie anstarrten. Zuerst sah sie nur die Augen, dann das teuer gefärbte, teefarbene Haar, Mme. Chaeseli.
Es war, als hätte ein Blitz in sie eingeschlagen. Aber sie mußte weitergehen. Es gab kein Verstecken.
Mme. Chaeseli, die mit einer unförmig dicken Dame an einem Tisch direkt neben der roten Teppichbahn saß, winkte grüßend. Trixi senkte die Stirn mit einem lächelnden Nicken und schwebte vorüber.
... solange wird mein Herz für dich erglühn. Die Melodie klang aus dem Foyer noch hinter ihr her und schallte ihr gleichzeitig schon aus dem Lautsprecher des Speisesaals entgegen.
Einen Moment lang hatte Trixi gehofft, daß sie vor Schreck tot umfallen und durch diese Katastrophe alle weiteren Katastrophen verhindern könnte. Aber es war anzunehmen, daß sich nichts ändern würde, auch wenn sie, so wie sie war, mit Ballhandschuhen und Rose, in der ganzen hauchzarten, wolkenleichten Flamingo-Pracht zu Boden sänke. Mme. Chaeseli war eine Person, die über Leichen ging. Sie würde trotzdem die Polizei anrufen und Herrn Müller verhaften lassen.
Trixi blieb an der Türschwelle zur Terrasse stehen und spähte, von Applaus umrauscht, über die gleißende Lichtbarriere nach Clemens aus. Er war noch da. Beinahe wäre Trixi in Tränen ausgebro-

chen. Ihr Mund begann bereits zu zittern. Dann überkam sie der Zorn. Wenn er schon ein Hoteldieb war, dann hätte er wenigstens den Instinkt eines Verbrechers haben müssen. Statt dessen saß er da und applaudierte.
Sie hatte keinen Plan; sie wußte nicht, wie sie ihn vor Mme. Chaeseli und der Verhaftung retten sollte, sie wußte nur, daß sie es schaffen mußte, sie oder der Cognac, der sie aufrecht hielt.
Ein feiner Herr! Nicht genug, daß er sie verführt und dem Alkohol in die Arme getrieben hatte, war er nicht einmal imstande, auf sich selbst achtzugeben. Anscheinend hatte er wenig Talent für seinen Beruf. Wenn er sich immer so ahnungslos in Gefahr begab, würde er viele Jahre seines Lebens im Kittchen verbringen müssen.
Eine zürnende Amazone, so stürzte Trixi ins Garderobenzimmer zurück, um sich umzukleiden. Sie hatte noch den pelzgefütterten Sportmantel vorzuführen und dann gemeinsam mit allen anderen Mannequins an den Zuschauern vorbeizudefilieren.
Die Direktrice, die zusammen mit dem Lehrmädchen die Flamingo-Robe in Seidenpapier einhüllte und wegpackte, war erstaunt, als Trixi ihr eigenes Kleid mit wildem Griff vom Haken riß und hineinschlüpfte.
»Was ist los? Zum Tweedmantel sollst du doch das braune Strickkleid tragen.«
»Von Elfenbein hebt sich der Pelz besser ab«, behauptete Trixi.
Sie schnallte mit fliegender Hast den Gürtel um ihr

helles Jerseykleid, fragte: »Habe ich nicht recht?« und küßte die Direktrice kühn auf die Wange.
»Ich muß nämlich nachher ganz schnell fort. Bitte, bitte!«
»Und dein Koffer? Den soll ich vielleicht nach München mitnehmen?«
Trixi sang laut und ziemlich falsch: *»Ich bin Euer Liebden sehr verbunden«*, machte eine Verbeugung, die etwas schief geriet und sagte: »Richard Strauss, zweiter Akt.«
»Du hast einen sitzen«, stellte die Direktrice fest. »Hier, iß ein Pfefferminzbonbon, sonst merkt der Kavalier deine Fahne. Ist er hübsch?«
»Ich weiß nicht«, sagte Trixi. »Aber ich lieb' ihn von Herzen, mit Schmerzen, über alle Maßen, und er liebt mich anscheinend auch. Es ist alles sehr traurig.«
Da sie nicht imstande war, ihre Handtasche zu finden, steckte sie ihr Honorar schnell in den Büstenhalter.
»Verlier das Geld nicht!«
Wetterleuchten zuckte über den Himmel; es konnte nicht mehr lange dauern, bis das Gewitter losbrach.
»Das gibt was!« flüsterte Mignon. Sie war die Kleinste und führte in dem braunen Sherry-Kleid das Finale an. Hinter ihr ging Trixi, die Hände sorglos in den Manteltaschen; niemand konnte sehen, daß sie sich vor Aufregung die Nägel ins Fleisch grub. Schwarz und honigblond, eine Brünette, eine Silberblonde, die schlanke Rosemary, auf zierlichen Füßen schritten sie vorbei.
Die dicke Dame, mit der Mme. Chaeseli erschienen

war, sagte seufzend: »Und alle die Mädle zusamme wiege gewiß keine zweihundertfünfzig Kilo. Grad wie Schmetterlinge!«
Mme. Chaeseli schien nicht zuzuhören.
»Bleibe wir hier, bis das Gewitter vorüber ist?«
»Ja, ja«, sagte Madame. Ihre Gedanken waren auf ganz andere Dinge konzentriert.
Die Kapelle hatte noch nicht den letzten triumphierenden Tusch beendet, da warf Trixi schon ihren Mantel der kleinen Mignon über den Arm, löste sich aus dem Kreis der Mädchen und steuerte entschlossen auf Mme. Chaeseli zu.
Sie zitterte vor dieser Begegnung, aber sie durfte nicht den Eindruck erwecken, daß sie ihr ausweichen wollte. Sie mußte geschickt und weltgewandt sein und Mme. Chaeseli so schnell wie möglich abwimmeln.
Mme. Chaeseli hatte sich eilig von ihrem Stuhl erhoben und kam ihr ein paar Schritte entgegen.
»Was für eine Überraschung, Baronesse!«
Es klang eigentlich recht liebenswürdig, wenn auch etwas nervös. Trixi lächelte fiebrig. Sie suchte nach einer weltgewandten Antwort, aber Mme. Chaeseli sprach schon weiter.
»Dieser Zufall! Hätte meine Freundin nicht darauf bestanden, die Modenschau zu sehen, keine zehn Pferde hätten mich bei der Hitze hierhergebracht. Aber sie lebt in der Provinz und will sich in München ein bißchen amüsieren. Ich hatte ohnehin vor, Ihnen guten Tag zu sagen; mein Wort, ich habe mir gleich Ihre Adresse aus dem Telefonbuch herausge-

sucht. Sie sehen blühend aus, Baronesse, blühend! Ich muß mich leider jetzt wieder meiner Freundin widmen. Hinreißend, das große Abendkleid! Ich brauche gar nicht zu fragen, wie es Ihnen geht. Das Glück steht Ihnen ja auf der Stirn geschrieben. Auf Wiedersehen, Kindchen!«

»Auf Wiedersehen«, sagte Trixi. Diese beiden Worte waren das einzige, was sie zu dem Gespräch beitrug, das sie geplant hatte, um Mme. Chaeseli abzuwimmeln. Dann schlenderte sie gemächlich – nur keinen Verdacht erwecken – auf den Speisesaal zu.

»Das war ein nettes Mädle«, sagte Frau Pfleiderer, als Mme. Chaeseli erschöpft wieder Platz nahm. »Sie kenne aber auch alle Welt, gell? Meine Sie, daß ich, mit meiner unglückliche Figur so 'nen Sportmantel trage könnt? Vaterle hat mir zwar schon ein recht nette Nerz geschenkt, aber fürs Regewetter brauch' ich halt noch was.«

»Auch der Sportmantel war mit Nerz gefüttert«, bemerkte Mme. Chaeseli mild.

»Des macht nix«, meinte Frau Pfleiderer, deren Gatte Möbel fabrizierte und am Wirtschaftswunder mitgewirkt hatte. »Ich bin ja nimmer so jung, daß ich immer was Neues zeige will, mir isch das gleich, au wenn beide Pelz vom gleiche Felle sind. Ich han Hunger – Sie auch? Darf ich Sie da net zu 'nem kleine Happe einlade?«

Frau Pfleiderer hob das dicke, von Brillanten glitzernde Händchen und winkte energisch den jüngsten und hübschesten der Kellner heran.

»Fünf vor neun«, sagte Herr Müller erfreut. »Die Pünktlichkeit in Person. Schöner als alle Frauen der Welt und dazu noch pünktlich. Ich habe das große Los gezogen!«

»Sind Sie mit Ihrem Wagen hier?«

Trixi versuchte, einigermaßen ruhig zu sprechen. Aber sie mußte sich mit der Hand auf den Tisch stützen. Das Gespräch mit Mme. Chaeseli war ihr nachträglich in die Knie gefahren. Ihre schönen, kraftvollen Beine wollten sie plötzlich nicht mehr tragen.

»Ja«, sagte Clemens. »Natürlich. Ich hab' ihn gegenüber vom Hotel an einem kleinen Seitenweg geparkt.« Er lächelte, Trixis kuriose Gedankensprünge amüsierten ihn. »Aber wollen wir uns nicht setzen, Liebling?«

»Mme. Chaeseli ist hier«, wisperte Trixi. Sie warf einen gehetzten Blick auf die weitgeöffnete Tür des Speisesaals. »Schnell! Sie müssen weg! Sie kann jeden Moment auftauchen.«

»Chaeseli? Ist das die komische Dame mit der goldenen Spieldose?«

»Mit der goldenen Spieldose, einigen Brillantringen und einem brillantbesetzten Platinarmband«, sagte Trixi empört. »Aber außerdem ist sie eine gefährliche Person. Haben Sie noch immer nicht begriffen, daß sie uns hier nicht zusammen überraschen darf?«

Sie flüsterte atemlos: »Worauf warten Sie? Sehen Sie denn nicht, daß ich verzweifelt bin? Sie müssen durch den Garten gehen. Mme. Chaeseli sitzt im Foyer.«

Clemens blickte sie bestürzt an, dann sagte er:

»Beruhige dich doch, Liebling! Schön, ich verschwinde. Kommst du nach?«
»Ja. Warum sind Sie nicht schon fort!«
Herr Müller machte eine hilflose Gebärde, dann ging er mit schnellen Schritten die Stufen hinunter, die in den Garten führten.
Trixi lauschte. Sie hörte den Kies knirschen. Gut, das war geschafft. Mit gespielter Gleichgültigkeit sah sie sich um, ob sie von irgend jemand auf der Terrasse beobachtet worden war.
Die Gäste schienen alle mit sich selbst beschäftigt zu sein und keine anderen Sorgen zu haben als ihr Abendessen. Auf den Tischen schimmerten gelbe Lämpchen. Ihr Lichtkreis schwankte, als würden sie in sanftbewegtem Wasser schwimmen, anstatt festzustehen. Cognac, wenn er auch die Lebensgeister beflügelte, hatte entschieden seine Nachteile. Trixi fuhr sich mit dem Handrücken über die Stirn.
»Gestatten ...«
Es war der Ober, gefolgt von einem zweiten Kellner, der ein großes Tablett trug.
Der Ober hatte graumeliertes Haar und die Haltung eines Grandseigneurs. Lässig überwachte er, wie Besteck, Butterröllchen, Toast und die Tassen mit der eisgekühlten Madrilène auf den Tisch gestellt wurden.
»Punkt neun! Wie gewünscht.« Er schob eigenhändig, mit größter Sorgfalt, einen Löffel um einige Millimeter näher an den Teller heran; er fand es nicht unter seiner Würde, selbst einzugreifen, wenn es notwendig war.

Dann rückte er für Trixi, die noch immer stand, einladend den Stuhl zurecht.
»Wir wollen nicht essen«, sagte Trixi und brachte mit viel Mühe ein charmantes Lächeln fertig.
»Sie wollen später speisen?« erkundigte sich der Grandseigneur leicht pikiert. »Der Herr sagte doch ausdrücklich: Punkt neun!«
»Wir möchten überhaupt nicht essen«, hauchte Trixi.
»Ich verstehe nicht recht …«
»Ich will das Abendessen abbestellen.«
Er schwieg. Dann erklärte er kühl: »Ich werde sofort die Rechnung ausstellen.«
Clemens war ein Gourmet. Das Abendessen hätte aus eisgekühlter Madrilène, Forellen in Aspik, Hamburger Stubenküken mit gemischtem Salat und Walderdbeeren bestehen sollen. Als Zeichen seines ganz besonderen Entgegenkommens nahm der Graumelierte die Suppe, die Walderdbeeren und die Flasche Veuve Clicquot, die noch nicht geöffnet worden war, anstandslos zurück. Die Rechnung machte trotzdem mehr als 100 Mark.
Der Oberkellner sah mit unbeweglichem Gesicht zu, wie die Dame in den Ausschnitt ihres Kleides griff und nach kurzem Suchen einen Hunderter und einen Fünfzigmarkschein ans Licht beförderte.
»Hier«, sagte Trixi »und rechnen Sie eine Mark Trinkgeld dazu.«
Sie wußte, was sich in einem Luxuslokal schickte. Sonst gab sie höchstens zwanzig Pfennig Trinkgeld. Die Geldscheine waren von ihrer Haut sanft angewärmt und dufteten ein wenig nach *Miss Dior*.

»Wie großzügig, Madame!« sagte der Oberkellner und schob ihr das Wechselgeld hin. »Ich verzichte auf die Mark. Behalten Sie Ihre Mäuse!«
Aus den Hotelfenstern fielen gedämpfte Lichtstreifen auf den Kiesweg und über den dunklen Rasen. Als sie auf die Straße trat, grollte es wie Donner in der Ferne. Aber vielleicht war es auch ein Flugzeug, das unsichtbar durch die stickige Schwärze brummte.
Dann wurde es wieder still.
Kein Cadillac weit und breit. Das Gewitter, das nicht herunterkommen wollte, zerrte an ihren Nerven. Wahrscheinlich hatte sich ihr Gentleman schon aus dem Staub gemacht. Nachdem er den Erstaunten, den Zögernden gespielt hatte, und sie die Rechnung im Restaurant zahlen ließ, war er abgebraust.
Sie lief die abschüssige Straße entlang. Der Duftschwall blühender Linden schlug ihr entgegen. Als sie um die Ecke bog, erblickte sie den weißen Wagen. Herr Müller lehnte friedlich hinterm Steuer und rauchte. Er schien die Stille und den Lindenduft zu genießen, der die drückend heiße Luft durchzog.
Trixi fragte sich, ob sie ihn bewundern oder erschlagen sollte.
»Herr Müller sind die Ruhe selbst«, sagte sie spitz und stieg ein. Es war nicht ihre Schuld, daß sie stolperte und äußerst ungraziös in den Sitz fiel. Es war die Eile, die Aufregung.
»Einer von uns beiden muß den Kopf oben behalten«, meinte Clemens und half ihr, sich zurechtzusetzen. Dann streckte er den Arm über sie hinweg und warf

die Wagentür, die sie nur angelehnt hatte, energisch ins Schloß. »Du hast getrunken, Liebling«, sagte er heiter.

»Ich? Getrunken? Keinen Tropfen!«

Der Cadillac setzte sich in Bewegung, sanft wie eine Gondel.

»Gut, also nicht getrunken. Vielleicht hast du den Schnaps nur inhaliert. Auch das ist möglich. Außerdem wollte ich dir keinen Vorwurf machen, mein geliebtes Herz; ich habe nur versucht, mir dein ungewöhnliches Benehmen zu erklären.«

»Hör dir das nur an!« sagte Trixi laut vor sich hin. »Schimpft mich eine verlogene Säuferin und nennt mich im gleichen Atem geliebtes Herz.« Der Blickrichtung nach zu schließen unterhielt sie sich mit der Windschutzscheibe. »Diese Heuchelei! Und knallt rücksichtslos die Wagentür zu, meine Hand hätte weg sein können wie nichts. Gewisse Kavaliere kümmert so was nicht, die nehmen wahrscheinlich an, daß einhändige Mannequins in der Branche sehr gesucht sind. Geliebtes Herz, daß ich nicht lache!«

Der Wagen fuhr sehr rasch. Schon waren die Häuser zurückgeblieben, im Licht der Scheinwerfer flohen knorrige Bäume vorbei.

»Bist du fertig mit deinem Monolog?« fragte Clemens.

»Nein!« sagte Trixi zur Windschutzscheibe. »Noch lange nicht, falls der Herr gestatten.« Plötzlich drehte sie sich mit einem Ruck zu ihm. »Ihre Ironie können Sie sich sparen!« rief sie erbittert. »Und Ihre Zärtlichkeiten ebenfalls. Wenn ich Cognac getrunken haben sollte, wird das vielleicht seinen guten Grund haben.«

»Jetzt kommen wir der Sache schon näher. In welcher Beziehung stehst du zu Mme. Chaeseli? Warum darf sie mich nicht mit dir zusammen sehen?«

»Das ist die Höhe! Sie wollen, daß ich Ihnen erkläre, warum ...?« Die Stimme versagte ihr. Sie konnte nur noch flüstern. »Ich hasse Sie.«

Der Cadillac zog wie ein weißer Vogel durch die Dunkelheit. Ein lautes Donnergrollen rollte dröhnend über den Himmel.

»Und ich liebe dich«, sagte Herr Müller ohne jedes Pathos. »Ich liebe dich über alles.«

Trixi schwieg.

»Ich verspreche dir«, sagte Herr Müller, »alles zu tun, was in meiner Macht steht, um dich glücklich zu machen. Ich will auch die Wagentür von nun an nur noch nach vorhergehender, laut vernehmlicher Warnung zuknallen.«

»Man beliebt noch immer zu scherzen.«

»Nein«, sagte Clemens. »Ich liebe dich. Es ist mir ernst.«

»Und Ihre Frau?«

»Auf ein armes totes Mädchen mußt du nicht eifersüchtig sein. Was zwischen ihr und mir war, werde ich nie vergessen, aber es ist zu Ende.«

Daß er ihre Frage, ohne zu zögern, auf seine erste Ehe bezog, rührte sie mehr, als sie sich selbst eingestehen wollte.

Sie flüsterte:

»Ich meine Ihre zweite Frau, Clemens.«

»Liebling, Sybille und ich haben ein kurzes, standesamtlich legalisiertes Verhältnis gehabt und sind seit sieben Jahren geschieden.«

»Sybille?«

»Ja«, sagte er. »Ich habe dir doch schon von ihr erzählt. Die Balletteuse.«

»Ich muß mich erst sammeln«, sagte Trixi. Von Rührung war keine Spur mehr da. »Ich habe nicht mit so vielen Gemahlinnen gerechnet. Sybille ist neu für mich. Sollten mir Frau Müller zwei und Frau Müller drei durcheinandergeraten sein? Die Dame, nach der ich mich erkundigen wollte, ist Bettina.«

»Ach, Bettina ...«, sagte er ruhig. »Die zählt nicht.«

»Warum nicht?«

»Weil ...«

Der Wagen schleuderte, schwang wild zur Seite und stand still.

Clemens hatte abrupt gebremst. »Wieso weißt du überhaupt ihren Namen?«

Er starrte sie gespannt an.

Trixi blickte feindselig zurück. »Ich weiß es eben. Ich weiß viel mehr, als Sie ahnen!«

»Bettina ist nicht meine Frau«, sagte Clemens und ließ den gemarterten Wagen wieder anspringen.

»Und die Kinder sind nicht Ihre Kinder!«

»Jetzt geht mir ein Licht auf!« sagte Clemens. »Du hast zugehört, als ich mit ihr telefonierte. Es war unser letztes Gespräch, der Schwanengesang unserer Beziehung. Bettina ist verheiratet, aber nicht mit mir. Zufrieden?«

»Sie sind nie verlegen, wenn es darum geht, sich schnell etwas auszudenken. Es ist bewundernswert, wie prompt Sie Ihre Erklärungen parat haben. Zum Beispiel: Ich war in meinem Zimmer und habe mir Zigaretten geholt.«

»Was irritiert dich daran? Ich habe nachgedacht, es kann sein, daß ich dann nicht geraucht habe; vielleicht bist du an meiner Schulter wieder eingeschlafen, wie hätte ich da rauchen können. Du tust wirklich, als käme kein gerades Wort aus meinem Mund.«

»Wir wollen nicht ins Detail gehen«, sagte Trixi. »Ich habe meine Erfahrungen mit Ihnen gemacht, ein Ehrenmann sind Sie nicht. Und das ist noch gelinde ausgedrückt, ich möchte die Dinge nicht direkt beim Namen nennen.«

Die Scheinwerfer tauchten die Baumkronen der schmalen Allee in fahles Graugrün. Alle Blätter schwankten im Wind. Es donnerte von neuem, aber diesmal klang es bedeutend näher.

»Wir können uns ruhig darüber aussprechen«, sagte Clemens. »Du hältst mich für einen Roué, der nach dem Abendessen junge Mädchen verführt. Ich bin leichtsinnig, das stimmt. Ich gefalle den Frauen und nütze meine Chancen aus. Punkt. Aber ich bin kein Verführer. Ich hätte dich nicht angerührt, wenn ich dich nicht für eine ziemlich erfahrene junge Dame gehalten hätte. Ich hatte bis zum letzten Moment keine Ahnung. Ich will ganz ehrlich mit dir sein: nachher war mir nicht mehr sehr vergnügt zumute. Ich wollte keine Komplikationen, ich wollte keine Verpflichtungen. Daß du mich am nächsten Morgen kühl hinausgeworfen hast, war mir nicht verständlich, aber zuerst ärgerte ich mich nur. Doch die zehn Tage ohne dich, bis zu dem Mittwoch, als ich dein Foto entdeckte, waren eine Wüste. Anfangs war ich einfach entsetzt, daß du mir so wichtig geworden warst. Ich hoffte, es würde vorübergehen; aber schließlich mußte ich zur Kenntnis nehmen, daß es alles andere als ein Strohfeuer war. Ich habe versucht, mich zur Vernunft zu bringen und mir zu sagen, daß ich zu alt bin für dich, daß mich mein erbärmliches Gewerbe zu sehr in Anspruch nimmt, als daß ich mit einem jungen Geschöpf Schritt halten könnte, daß ich dich nicht aus deiner sorglosen Atmosphäre herausreißen darf – ich führe nämlich ein sehr unruhiges Leben. Nichts wie waghalsige Unternehmungen!«

»Das kann ich mir denken«, sagte Trixi.

Der erste Blitz zuckte violett über den schwarzen Himmel hinweg. Staub und Sand wirbelten durch die trockene, heiße Luft.

»Aber ich habe alle meine Bedenken über Bord geworfen«, erklärte Herr Müller. »Hier bin ich, wenn du mich haben willst.«

»Besten Dank für das Angebot«, sagte Trixi. »Ich will Sie nicht.«

»Sei jetzt nicht eigensinnig und nachträgerisch. Du könntest mir die Bettina-Episode wirklich verzeihen, wenn du schon zu prüde bist, sie zu verstehen.«

»Mit einem Mann, wie Sie es sind, will ich nichts zu tun haben«, sagte Trixi rasend schnell. »Im übrigen ist es reizend von Ihnen, daß Sie mich für prüde halten. Ich bin überrascht, von Ihnen so tolerant beurteilt zu werden, nachdem ich mich Ihnen an den Hals geworfen habe. Ich war damals sicher nicht prüde genug, denn ich dachte, daß Sie verheiratet sind, und hab' trotzdem die Nacht mit Ihnen verbracht. Vielleicht war ich verzaubert von Ihren blauen Augen. Aber der Zauber wirkt nicht mehr. Ich bin fertig mit Ihnen. Es ist aus.«

Sie holte Atem, Sie hätte sich mit ihm auch über sein erbärmliches Gewerbe auseinandersetzen können. Aber es hatte keinen Sinn. Je weniger darüber geredet wurde, desto besser. »Es ist aus«, sagte sie nochmals, ganz sachlich.

Die Straße war schnurgerade. Der Cadillac warf seine Lichtbahn weit voraus und fing an ihrem Ende zwei winzige rote Glühwürmchen ein: die Schlußlichter eines anderen Autos.

»Ich habe mir dieses Wiedersehen anders vorgestellt«, sagte Clemens. »Ganz anders. Hör zu, Trixi, ich muß spätestens Dienstag mittag in London sein. Eigentlich wollte ich vorher einen Abstecher nach Frankfurt machen, aber das läßt sich verschieben. Vielleicht denkst du über alles noch einmal nach. Du benimmst dich im Moment wie ein ungezogenes Kind, das sich damit vergnügt, das gute Porzellan aus dem Fenster zu werfen, damit es möglichst viele Scherben gibt. Trotzdem werde ich bis Dienstag früh in München bleiben, falls du mich doch noch sprechen willst.«

Vorwurfsvoll erklärte er:

»Ich fürchte, ich lasse mich schon jetzt von dir um den Finger wickeln. Die nächsten sechsunddreißig

Stunden werden mir lang werden, aber es bleibt dabei: ich warte bis Dienstag morgen. Du erreichst mich jederzeit im *Hotel Bayerischer Hof*, Zimmer zweihunderteinundzwanzig-zweiundzwanzig.«
»Sie und Bettina haben getrennte Schlafzimmer?«
Jetzt riß Clemens die Geduld. »Ich habe ein Schlafzimmer und einen Salon. Für mich allein. Es ist bequemer, und ich kann es mir leisten. Genügt diese Auskunft? Im übrigen benimm dich nicht wie ein Provinzgänschen und hör auf, zu mir Sie zu sagen. Willst du damit deinen Respekt vor meinen hohen Jahren ausdrücken? Einen Mann, mit dem du geschlafen hast, kannst du ruhig duzen, auf diese kleine Vertraulichkeit kommt es schon nicht mehr an.«
Sie überholten einen uralten Mercedes. Es mußte der Wagen sein, dessen Schlußlicht der Scheinwerfer vorhin angeleuchtet hatte.
»Können Sie, bitte, einen Moment anhalten?« sagte Trixi.
»Ist dir schlecht?« fragte Clemens besorgt. Sein Ärger war zwar noch nicht verraucht, aber das änderte nichts daran, daß es ihm keineswegs gleichgültig war, ob das geliebte, beschwipste Mädchen sich wohl fühlte oder nicht.
Trixi gab keine Antwort. Als der Wagen stoppte, sprang sie mit einem Satz hinaus.
Sie lief die Landstraße zurück und winkte mit beiden Armen der Limousine zu, die langsam näher kam. Weißflammend verästelt riß ein neuer Blitz den Himmel auf. Der Donner krachte wie aus tausend Kesselpauken. Dann brach der Regen los.

Trixi rannte geduckt unter dem strömenden Guß. Der Mercedes hatte angehalten. Er sah aus, als hätte er schon längst das Gnadenbrot verdient, statt daß man ihn bei Nacht und Nebel auf die Chaussee zwang.

Atemlos und klatschnaß stieg Trixi ein.

»Guten Abend«, stammelte sie. »Sehr freundlich, daß Sie mich mitnehmen.«

Am Steuer saß ein betagtes Fräulein, ein dunkles Baskenmützchen auf dem Kopf, hager, mit spitzer Nase und Hornbrille. Sie musterte Trixi wortlos, dann begann sie, in der Seitentasche des Wagens herumzusuchen, und holte einen großen, zerknüllten Lappen heraus, den sie Trixi stumm überreichte.

»Vielen Dank«, sagte Trixi, trocknete sich so gut es ging mit dem Putzlappen ab und gab ihn wieder zurück. »Danke schön!«

»Genug gedankt. Überflüssiger Schnickschnack. München?«

»Ja«, flüsterte Trixi eingeschüchtert und drückte sich in die Ecke.

Mit einem Ruck setzte sich das greise Vehikel in Bewegung.

Sie fuhren an dem Cadillac vorbei, er stand noch immer am Straßenrand, nur das Verdeck war jetzt geschlossen.

Blitz und Donner folgten pausenlos aufeinander. Die alte Jungfer mit der Baskenmütze schwieg beharrlich.

Aber sie fuhr erstaunlich gut. In taghelles Licht getaucht, sprangen die vorübergleitenden Bäume und

Sträucher sekundenlang hervor. Ohrenbetäubend krachten die Donnerschläge über alles hinweg. Der Regen peitschte und trommelte auf den klapperigen Mercedes ein, der unerschütterlich durch das Unwetter dahinrollte. Er war nicht schön von Angesicht, doch er hatte das Herz eines Löwen.

Trixi spähte unauffällig hinter dem Baskenmützchen hinweg zur Straßenmitte.

Sie wurden von vielen dahinsausenden Wagen überholt. Aber erst zehn Minuten später schoß der Cadillac wie ein Pfeil an ihnen vorbei.

Baskenmützchen sagte:

»Unglücklich und stolz!«

»Nein«, beteuerte Trixi. »Vielleicht ein bißchen durcheinander. Aber stolz bin ich keineswegs.«

»Nicht Sie. Er.« Das Fräulein stupste die Brille, die ihr auf die Nasenspitze hinuntergerutscht war, mit schneller Handbewegung zurück. »Unglücklich: Er hat eine hübsche Weile gebraucht, bevor er sich von dem Schock erholte, zusammenrappelte und weiterfuhr. Stimmt? Punkt zwei: hätte uns ja jetzt anhalten können. Ist aber vorbeigeflitzt, ergo: stolz! Irre mich nie. Habe schon als Kind gern Vexierbilder gedeutet und Rätsel gelöst. Von da war es nur noch ein Sprung zu psychologischen Schlußfolgerungen. Mein Hobby! Erhält die Spannkraft.«

Damit versank sie wieder in konzentriertes Schweigen.

Auch Trixi zog einige psychologische Schlüsse. Das betagte Fräulein mußte sehr einsam sein. Aber sie und ihr Mercedes waren nicht geneigt, sich zum

alten Eisen werfen zu lassen. Sie hatten das Rennen noch nicht aufgegeben.
Das Gewitter hatte sich ausgetobt, als sie durch Gauting fuhren. Nur der Regen floß noch in Strömen über die Windschutzscheibe. Trixi, die in Gedanken immer wieder das hektische Wiedersehen mit Clemens auseinandersortierte, spürte plötzlich, als sie sich an den hochnäsigen Kellner erinnerte, wie hungrig sie war.
Von Mitleid mit sich selbst überwältigt, sagte sie zu dem Baskenmützchen:
»Man soll sich nicht von feinen Herren einladen lassen. Ob Sie es glauben oder nicht, ich habe das Abendessen bezahlt und der hochnäsige Ober hat das Trinkgeld von einer Mark zurückgewiesen!«
»Zu wenig«, sagte die alte Jungfer, ohne über diese plötzliche Mitteilung auch nur im geringsten erstaunt zu sein.
»Glauben Sie?« Es war beruhigend, über Dinge zu sprechen, die nichts mit Liebe zu tun hatten. »Ich dachte, es reicht. Aber Sie haben recht, der Kellner war widerlich.«
»Was Gutes gegessen?«
»Keinen Bissen«, sagte Trixi. »Das ist es ja eben.«
Das wortkarge Fräulein runzelte die Stirn. Erst nach einer Weile erklärte sie:
»Rätselhaft!«
Sie kamen in das helle Licht der Reklamen am Sendlinger Tor hinein und in das Gewühl der vielen heimkehrenden Wagen. Die Straßenlampen ließen den nassen Asphalt glänzen. Von den Turmhauben

und Dächern, bis herunter zu den Straßenbahngeleisen war München blank und frisch gewaschen. Der Rest seines schmutzigen Badewassers vergurgelte diskret in den Gullies.

»Jetzt weiß ich es!« sagte Baskenmützchen triumphierend. »Vollkommen logisch. Das Abendbrot wurde nicht angerührt wegen Zank und Streit.«

»Nein«, sagte Trixi. »So war es nicht. Wir ...«

»Kein Wort! Muß es selbst herausfinden. Kostspieliges Abendessen unverzehrt in Stich gelassen, läßt Dame Rechnung begleichen – stören Sie mich jetzt nicht, ich analysiere. Dramatische Auseinandersetzung auf offener Landstraße. Brieftasche verloren? Nein. Eifersuchtsszene? Möglich.«

»Wir mußten fliehen«, sagte Trixi.

Im nächsten Moment kreischten die Reifen, daß Trixi das Blut in den Adern gerann. Baskenmützchen hatte den Wagen bei grünem Licht mitten auf dem Odeons-Platz angehalten.

»Steigen Sie aus.« rief sie mit zornbebender Stimme. »Sofort!«

Trixi hatte nicht mit einer solchen moralischen Entrüstung gerechnet. Aber sie wurde nicht aus Moral an die Luft gesetzt.

»Mir alles zu verderben! Ich hätte es von allein herausgefunden! Vorlaut, taktlos, Jugend von heute!«

Der Mercedes stand mitten im Verkehr. Zum Glück war kein Schutzmann in der Nähe. Rechts und links spritzten die Wagen vorbei. Ungeduldige Hupen blökten.

Trixi sah zu, daß sie weiterkam.

»Undankbare Person!« schrie ihr das alte Fräulein nach.

An diesem Abend schien es Trixi bestimmt zu sein, mit Autobesitzern im Bösen auseinander zu gehen.

Zehntes Kapitel

Um acht Uhr morgens läutete die Türklingel zweimal hintereinander, laut und energisch. Aber es war nicht der Postbote, es war Mme. Chaeseli. Isolde Chaeseli in Person und von überströmender Herzlichkeit.

»Ich konnte keine Minute länger warten, Sie wiederzusehen, Sie liebes, schönes Kind! Außerdem ruft nachher die Pflicht. Ich weiß, Sie sind eine Frühaufsteherin, sonst hätte ich nicht gewagt, schon jetzt einzudringen. Ist Ihnen der Abend gut bekommen? Unvergeßlich, wie Sie im Glanz Ihrer Jugend dahingeschritten sind!«

Trixi, die gestern eilig abgefertigt worden war, wurde nun umarmt. Mme. Chaeseli drückte ihr sogar einen Kuß auf die Wange.

Sicherlich ein Judas-Kuß. Trixi war überzeugt, daß sie gleich nach Herrn Müller fragen würde. Wahrscheinlich hatte Mme. Chaeseli schon vor der Modenschau ihn oder seinen Wagen erspäht.

»Störe ich?« fragte Mme. Chaeseli und ging, ohne eine Antwort abzuwarten, von der Diele ins Zimmer. Ihre flinken Augen blickten sich spähend um und schienen enttäuscht zu sein. Hatten sie geglaubt, ein verlottertes Zimmer oder den Juwelendieb zu entdecken?

»Ein reizender Raum!« sagte Mme. Chaeseli. »Sie wohnen ja ganz bezaubernd. Ich liebe Biedermeier. Darf ich Platz nehmen? Mein Zürcher Häuschen ist modern eingerichtet. Wenn man nicht mehr die Jüngste ist, machen antike Möbel alt.«

Mme. Chaeseli war in Silbergrau, mit einem wehmütig violetten Hütchen.

»Ich werde jetzt allerdings einen anderen Stil für meine Zimmer finden müssen. Wie entsetzlich, das hatte ich noch gar nicht bedacht!«

Trixi sah sie verständnislos an.

»Ich bin nämlich in einer halben Stunde beim Friseur angesagt«, erläuterte Mme. Chaeseli, »um mir das Haar färben zu lassen. Das heißt, entfärben zu lassen. Ja, mein liebes Kind, ich will einen Schlußpunkt setzen zu allem, was früher war, und meinen stillen Lebensabend beginnen. Gefällt Ihnen der Hut? Ich habe ihn als Farbprobe aufgesetzt, ich will mein weißes Haar ein ganz klein wenig violett tönen lassen, nur einen Hauch. Ich hatte mir nicht überlegt, daß ein Schritt den anderen nachzieht. Wenn ich mich zu meinem Alter bekenne, muß ich mir einen passenden Hintergrund dazu schaffen und die schwedischen Möbel hinauswerfen. So geht es im Leben, man legt fünfzig Mark für eine nichtssagende Sache hin und merkt, daß sie nachträglich Tausende kosten wird. Biedermeier steht mir auf keinen Fall, und für Rokoko fehlt mir die Leichtigkeit, außerdem erinnert es mich zu sehr an spießige Kokotten. Haben Sie auch bemerkt, daß diese Frauen sich immer mit synthetischen Saphiren und Louis-Seize-Fauteuils umgeben? Ich werde mir einen sensitiven Innenarchitekten suchen müssen, der mir den richtigen Rahmen für mein Alter komponiert. Vielleicht strenges Empire. Mein Sohn wollte schon seit langem, daß ich mich zur Ruhe setze. Als ich die Rosen im Hofgarten wiedergesehen habe und das *Hotel Vier Jahreszeiten*, habe ich gefühlt, daß er recht hat. Ach, wie schnell die Zeit dahingeflogen ist; gestern bin ich noch ein junges Mädchen gewesen, und in zwei Stunden werde ich mit weißem Haar herumgehen. Man muß sich abfinden. In München habe ich begonnen, in München will ich meine Abschiedsvorstellung geben.«

»Waren Sie Schauspielerin?«

»Auch das. Was war ich nicht, liebe Baronesse. Doch die Abschiedsvorstellung war nur bildlich gemeint. Ich habe mir vorgenommen, mit Grazie, und, wenn möglich, festlich abzudanken. Aber da schwätze ich von lauter melancholischen Dingen, während Sie die schönste Zeit vor sich haben. Glauben Sie mir: Die Tage vor der Hochzeit sind das Aufregendste, das es gibt. Wann heiraten Sie?«

»Ich?« sagte Trixi. »Wen?«

»Ihren Klaus. Es ist ja kein Geheimnis mehr. Ich könnte mich nicht mehr freuen, wenn es mein eigener Sohn wäre. Junge Männer sollen heiraten und kleine Töchter in die Welt setzen. Ich merke mich schon jetzt als Wahl-Großmama vor. Wo steckt er eigentlich?«

»Nebenan«, sagte Trixi. »Aber – ich meine, das mit der Verlobung – wir sind inzwischen wieder davon abgekommen.«
»Will er sich drücken, dieser Filou?«
»Nein, das nicht. Aber …«
»Aber er zögert, er windet sich, er vertröstet Sie, er kann sich nicht entschließen – was? Das machen alle Männer. Lassen Sie den Kopf nicht hängen. Es wird schon klappen. Die Hauptsache ist, Sie lassen ihn nicht mehr entschlüpfen. Bißchen Spielraum an der Angelleine geben, bis er sich müde gezappelt hat, und dann mit Schwung einholen. Sie haben ihn nebenan untergebracht? Genau das Richtige, Liebchen. Die Illusion der Freiheit und doch unter Kontrolle.«
»Die Wohnung war zu vermieten. Es hat sich einfach ergeben.«
»Es hätte sich nicht günstiger ergeben können. Nur so weiter. Er ist genau der Richtige für Sie. Er wird Sie auf Händen tragen. Ich bin ganz gerührt. Ich hatte schon eine leise Ahnung, daß er wahrscheinlich mit Ihnen nach München ausgerückt ist, dieser kleine Lausejunge. Ich muß ihn begrüßen, ich bin gleich wieder zurück.«
Nur mit aller Energie konnte Trixi erreichen, daß Mme. Chaeseli nicht sofort zu Klaus hinüberlief, sondern ihn erst anrief.
Sie hatte erwartet, daß Klaus, dem Mme. Chaeseli in Posa so offensichtlich auf die Nerven gefallen war, sich diesen Morgenbesuch vom Leib halten würde. Aber er mußte ausnahmsweise in geduldiger Stimmung sein, denn Mme. Chaeseli sprach nur ein paar

muntere Sätzchen ins Telefon und legte schon den Hörer hin, um sich ins Nachbar-Apartment zu begeben.

Kaum hatte Trixi die Tür hinter Mme. Chaeseli geschlossen, da läutete das Telefon.

Sie sah den Apparat mißtrauisch an. Dann lief sie mit schnellen Schritten darauf zu, hob den Hörer ab und sagte bitterböse: »Clemens …« Aber es war Xaver Jäger.

»Entschuldige«, sagte er. »Ich bin es bloß. So erfährt man endlich, wie der Rivale heißt. Morgenstunde hat Gold im Munde. Ein sehr solider Name, Clemens. Fährt er einen Opel Rekord? Ist er pensionsberechtigt und der Mann deiner Träume? Grüß ihn von mir, deinen Clemens. Wenn ich mich richtig erinnere, sollte er um die Dreißig herum, fest angestellt sein und keine blauen Augen haben. Ist er so ausgefallen, wie du ihn dir beim lieben Gott bestellt hast? Oder hast du die Geduld verloren und ihn zu herabgesetztem Preis im Ausverkauf erworben?«

»Die Geduld habe ich sicher verloren. Aber mit dir. Sag schon, weshalb du anrufst.«

Xaver erkundigte sich, ob sie Samstag die *Frankfurter Abendpost* gelesen hätte.

»Es steht ein langer Sums über den Wettbewerb drin. Die M.-H.-Werke haben eine Jury von sechs Abiturientinnen und sechs Primanern ausgelost, und sie alle für drei Tage nach Frankfurt eingeladen, damit sie den ganzen Schwung der eingesandten Fotos studieren und die Gewinner wählen. Schlaue Masche, was? Die Firma hat nichts mit der Preisvertei-

lung zu tun, sie will die jungen Leute zu Wort kommen lassen. Kleine Verbeugung vor der Kaufkraft der Jugend. Heute steigt die Versammlung der Rotznasen. Vielleicht liegst du jetzt schon im Papierkorb.«
»Höchst wahrscheinlich«, sagte Trixi. »Mir geht alles schief in den letzten Tagen.«
»Trotz Clemens?« erkundigte sich Xaver. Setzte aber schnell hinzu: »Da werde ich dich wohl aufheitern müssen. Morgen abend? Mit Max und Moritz in die Eisdiele? Wir holen dich ab.«
»Ich hätte auch heute Zeit«, sagte Trixi. Seit sie aus Posa zurück war, hatte sie abends Budenangst. Wenn die Schatten im Zimmer wuchsen und nichts da war als das Ticken der Uhr und das Radio, kam sie sich vollständig verlassen und verloren vor. Früher hatte sie gern gelesen, aber jetzt, ungeduldig und zerstreut, warf sie jedes Buch bald wieder beiseite.
»Heute ist kein Wetter für Eisdiele. Hast du noch nicht zum Fenster hinausgesehen? Grau in Grau. Außerdem bin ich mit einer Dame verabredet, die mich nicht mit schwesterlichen Augen betrachtet, wie du es tust.«
»Sieh mal an!«
»Ja, sieh mal an. Kennst du das Land, wo die Citronen blühn?«
»Die kleine Mignon?«
»Stimmt. Das hast du davon, weil du mir einen Korb nach dem anderen gegeben hast. Aber wenn du willst, sag' ich ihr ab und geh' mit dir aus. Dann mach' ich mich bei dir beliebt, und ihr zeige ich gleich am Anfang, daß ich ein vielumworbener Mann bin.«

»Umgekehrt ist es besser«, sagte Trixi. »Mach dich heute bei Mignon beliebt und zeig dich mir morgen als vielumworbener Mann, das wird mich erheitern. Tschüs!«
Sie legte den Hörer auf.
Als nachher Mme. Chaeseli nochmals Sturm läutete und sie zwischen Tür und Angel zum Abendessen einlud, sagte Trixi zu.
Mme. Chaeseli hatte den gestohlenen Schmuck mit keinem Wort erwähnt und schien ihren Verdacht gegen Herrn Müller begraben oder vergessen zu haben.
»Klaus kommt natürlich auch mit. Nur wir drei, wir dinieren ganz *en famille,* und machen nachher einen kleinen Bummel. Diese Wohnung, in der er haust, ist erschütternd. Aber es geschieht ihm recht. Warum heiratet er nicht. Kindchen, blicken Sie mich nicht so entsetzt an, ich habe mich gehütet, dieses Thema aufs Tapet zu bringen. Dazu kenne ich ihn zu gut. Ich meine, ich kenne diesen Typ. Aber Sie werden ihn schon hinkriegen, davon bin ich überzeugt. Er hat in den höchsten Tönen von Ihnen gesprochen. Sie liegen richtig, Schätzli. Meinen Glückwunsch!«
Xaver hatte ihr zu Clemens gratuliert und Mme. Chaeseli zu Klaus.
Für ein Mädchen, das so allein war wie sie, fand Trixi diese Fülle von Glückwünschen eigentlich bedrükkend.

Die Weinliste war ein dickes, in dunkles Leder gebundenes Buch, und um die Speisekarte von

Anfang bis zum Ende durchzulesen, hätte man sicher eine Viertelstunde gebraucht. Für reiche Leute war es eine umständliche Handlung, eine Mahlzeit zusammenzustellen, die ihnen zusagte.
Diesmal nahm auch Trixi an dem feierlichen Ritual teil. Sonst mußte sie nur einen Blick in ihre Börse werfen, bevor sie sich für Würstchen oder Kartoffelsuppe entschied. Sie konnte sich selten ein wirklich gutes Essen leisten. Ihr Geld ging für Strümpfe und Parfüm, Maniküre und andere Kinkerlitzchen drauf, die ihr Beruf erforderte. Was sie aß, war nebensächlich. Wichtig war nur, daß sie immer aussah, als würden ihr getrüffelte Wachteln in den Mund fliegen. Auch jetzt bemühte sie sich, ein blasiertes Gesicht zu machen, während sie die Speisekarte studierte. Dabei gab es gar nichts zu studieren; sie wollte ein solides Wiener Schnitzel, mit Kartoffeln und Gurkensalat. Seit ihrem Urlaub war die Pleite grenzenlos, und ihr Konsum an Kartoffelpuffern dementsprechend hoch. Am liebsten hätte sie sich drei Schnitzel bestellt, als Vorspeise, Hauptgang und Dessert.
»Wollen wir mit Hummer anfangen?« fragte Mme. Chaeseli. »Oder Krebsschwänzchen in Dillsauce? Es gibt auch Sole fourré, wie ich sehe.«
Mme. Chaeseli war mit sehr kurz geschnittenem Haar erschienen, nicht violett getönt, sondern in einem stumpfen Perlgrau, wie es von vielen jungen Mädchen getragen wurde. Ein freundlicher Beschauer konnte annehmen, daß sie nur einer Modelaune gefolgt war und von Natur aus noch immer dunkelhaarig wäre.

»Nun«, sagte sie. »Was wollt ihr, Kinderchen? Entschließt euch.«
Trixi wollte ihr Schnitzel und Klaus Roastbeef, aber sie kamen nicht durch damit, Mme. Chaeseli behauptete, sie würden sicher lieber Ente essen. »Und vorher Krebs-Cocktails, Herr Ober. Den Wein wird mein Sohn aussuchen.«
Klaus starrte Mme. Chaeseli fassungslos an.
Sie errötete, man konnte sehen, wie reizend sie einmal in ihrer Jugend gewesen sein mußte.
»Lassen Sie mich einen Abend lang spielen, Sie wären mein Sohn«, sagte sie verlegen. »Und dieses schöne Mädchen meine Schwiegertochter. Gönnt einer einsamen Frau diese kleine Freude – es tut niemandem weh, und mir hilft es. Schließlich bin ich heute zum erstenmal grau und alt.«
»Ich muß protestieren«, sagte Trixi mit Feuereifer. »Es ist eine moderne Haarfarbe, sonst nichts. Um alt zu sein, muß man Falten haben. Wo sind sie? Ich kann sie nicht entdecken.«
Madame hatte wirklich ein recht glattes Gesicht. Die fadendünnen Narben hinter ihren Ohren stammten von einem ausgezeichneten Chirurgen.
»Hab' ich nicht recht, Klaus?« fragte Trixi fröhlich.
»Ja«, murmelte er, blätterte in dem dicken Weinbuch herum und runzelte die Stirn wie ein beleidigter Bernhardiner.
Am Nebentisch saß ein behäbiges Paar und bekam große Mengen von Hühnersalat vorgelegt. Trixi lief das Wasser im Mund zusammen. Sie war furchtbar hungrig.

Als der Krebs-Cocktail serviert wurde, stürzte sie sich so eilig darauf, daß sie kaum merkte, wie es schmeckte. Es hätten genausogut Kartoffelpuffer sein können. Erst bei der Ente, schon etwas gesättigt, aber noch sehr bei Appetit, genoß sie jeden Bissen in Ruhe.

Das Paar nebenan war mit einem Rehbraten fertig geworden und gönnte sich vor dem Nachtisch eine Pause. Da die beiden anscheinend nichts miteinander zu sprechen wußten, holte der Gatte eine Brille und die Abendzeitung hervor und begann, seiner Frau die neuesten Nachrichten vorzulesen.

»Ich habe heute nachmittag meiner Schwägerin nach New York gekabelt«, sagte Mme. Chaeseli. »Sie soll mir ein paar Brillen schicken. Die Amerikaner haben viel schickere Brillen als wir in Europa.«

»Sehen Sie schlecht?« fragte Klaus.

»Ich habe Augen wie ein Falke«, sagte Mme. Chaeseli. »Wenn nicht dieser ärgerliche Rheumatismus wäre, der meine Finger so ungelenkig macht, könnte mich jede Zwanzigjährige um meine Gesundheit beneiden. Aber zu einer älteren Dame gehört eine Brille. Es rundet den Eindruck ab. Wir könnten als Dessert Salzburger Nockerl bestellen, das dauert eine Weile, dann sind wir später mit dem Essen fertig und können gleich ins Kino gehen.« Sie wandte sich zu Trixi:

»Ich habe Karten für die letzte Vorstellung im *Film-Casino* genommen, das ist Ihnen doch recht, mein Kind? Die Nachtlokale werden erst nach Mitternacht lustig.«

Trixi fand es rührend, wie vorsorglich Mme. Chaeseli diesen Abend geplant hatte.
Sogar Klaus lächelte ein bißchen und legte einen Moment seine Hand auf Mme. Chaeselis arme, gekrümmte Finger.
»Ganz die vorbildliche Mama, Frau Chaeseli? Sie nehmen das Spiel wirklich ernst?«
»Ich bereite mich auf den Züricher Lebensabend vor«, sagte sie munter. »Falls mein Sohn ein ganz klein bißchen nachgiebig ist, will auch ich Konzessionen machen und abdanken.«
»Will er noch immer nicht das Geschäft weiterführen?« erkundigte sich Trixi, die sich dunkel an Mme. Chaeselis familiäre Kümmernisse erinnerte.
»Er will mich nicht auszahlen«, sagte Isolde Chaeseli. »Dabei verlange ich nur eine winzige Abfindung.«
Trixi war nicht ganz klar, wieso ein Sohn, der sich weigerte, das Geschäft zu übernehmen, trotzdem eine Abfindung herausrücken sollte. Aber kommerzielle Angelegenheiten waren ihr immer schleierhaft.
»Fünfundvierzig Millionen auf Schweizer Geheimkonten«, las der Herr am Nebentisch seiner Gattin vor.
Die sagte: »Interessiert mich nicht!«
Er versuchte es mit einer anderen Meldung: »Das Dorf Chinghou in der Provinz Fukien wurde von einem Tiger heimgesucht, der ...«
»Gib her«, sagte die Gattin und nahm ihm resolut die Zeitung aus der Hand. »Du findest nie etwas Spannendes.«

Mme. Chaeseli zog amüsiert die Brauen hoch. Dann nippte sie an ihrem Rotwein.
»Sie trinken ja kaum«, sagte sie zu Trixi. »Schmeckt Ihnen der Burgunder nicht?«
»Doch, sehr«, versicherte Trixi und nahm einen winzigen Schluck. Seit gestern war sie vorsichtig mit Alkohol.
»Na, siehst du«, sagte die behäbige Dame nebenan. »Ich muß die Zeitung nur aufschlagen und schon hab' ich was. ›Juwelendiebstahl im *Hotel Bayerischer Hof.* Dem amerikanischen Starlet Gloria Mayne ist in der vergangenen Nacht ein Saffian-Köfferchen mit ihrem gesamten Schmuck im Wert von fünfundachtzigtausend Dollar entwendet worden. Und das ist dir nicht in die Augen gefallen? Ganz groß gedruckt steht es da, Juwelendiebstahl im *Hotel Bayerischer Hof.* Vom Täter fehlt jede Spur.‹ Und du liest mir Tiger aus China vor!«
Trixi blieb ganz ruhig. Sie brach nicht zusammen, als sie die Worte ›*Bayerischer Hof*‹ und ›Juwelendiebstahl‹ hörte. Sie sagte:
»Hat Ihnen der nerzgefütterte Tweedmantel gefallen, Mme. Chaeseli, den ich gestern vorgeführt habe? Für meinen Geschmack ist er zu snobistisch, um wirklich elegant zu sein.«
Sie lauschte mit interessierter Miene, was Mme. Chaeseli zum Thema Nerz und Sport zu sagen hatte, und warf hin und wieder »Ich bin ganz Ihrer Meinung« ins Gespräch.
Das Paar am Nebentisch hatte ein Omelette surprise bekommen und aß in andächtigem Schweigen.

»Wir sprechen die ganze Zeit von schönen Kleidern, das muß für Herrn Hofer ausgesprochen langweilig sein«, bemerkte Mme. Chaeseli schließlich.

»Ich kann ja von meinen Krawatten erzählen«, sagte Klaus. »Die schönste und teuerste Krawatte meines Lebens war von Sulka, ein lichtes Kaffeebraun, mit einem kleinen schwarzen Muster. Prachtvoll. Ich hab' sie fünf Jahre herumgeschleppt und nie getragen, weil sie zu keinem meiner Anzüge gepaßt hat.«

»Das kenne ich«, sagte Trixi. »Ich habe ...«, sie verstummte und preßte mit einem schmerzlichen Seufzer die Fingerspitzen gegen die Schläfen.

»Was ist, Liebchen?« fragte Mme. Chaeseli. »Kopfschmerzen?«

»Migräne«, sagte Trixi und lächelte tapfer. »Ich hab' es geahnt, bei diesem Föhn ...« Sie flüsterte: »Es tut mir so leid, Mme. Chaeseli.«

»Vielleicht hilft ein starker Kaffee?«

»Nicht bei meinen Migränen. Ich kenne das leider schon genau. Wie gern wäre ich mit ins Kino gegangen, aber ich glaube, ich muß mich hinlegen. Im dunklen Zimmer flach ausstrecken.«

»Mir ist vorhin schon aufgefallen, wie blaß Sie geworden sind«, sagte Klaus. »Man konnte plötzlich alle Ihre Sommersprossen sehen. Armes Mädchen. Ich bring' Sie heim.«

Aber das wollte Trixi unter keinen Umständen dulden. Schlimm genug, daß sie nicht mithalten konnte. Aber den anderen den angebrochenen Abend verderben, kam überhaupt nicht in Frage.

»Ich nehme ein Schlafmittel und geh' ins Bett. Bitte,

bitte, Mme. Chaeseli, lassen Sie sich nicht stören, und gehen Sie mit Klaus aus.«
»Haben Sie ein gutes Schlafmittel daheim?« Mme. Chaeseli griff nach ihrer Handtasche und begann, darin herumzusuchen. »Sonst könnte ich Ihnen ein ausgezeichnetes Mittel ... Hier, diese kleine rosa Pille! Sie merken am nächsten Morgen überhaupt nichts davon, im Gegenteil, man fühlt sich besonders frisch. Erholen Sie sich gut, Kindchen. Da Sie für Klaus ohnehin keine Verwendung haben, werde ich den jungen Mann programmgemäß ins Kino führen.«
»Ein gesunder Mensch braucht kein Schlafmittel«, sagte Klaus gereizt. »Die Kopfschmerzen werden auch so vergehen.«
Trixi gab ihm überhaupt keine Antwort. Sie steckte die rosa Pille ein. Sie dankte Mme. Chaeseli mit verhauchender Stimme. Sie ließ sich von Klaus die Treppe hinunterbegleiten und stieg in das telefonisch bestellte Taxi.
»Soll ich Sie wirklich nicht heimbringen? Ich kann auf das Dessert, Kino und Mme. Chaeseli mit dem größten Vergnügen verzichten.«
Trixi schüttelte nur den Kopf.
»Schlucken Sie das Zeug nicht, das sie Ihnen gegeben hat. Machen Sie sich eine kalte Kompresse. Medizinen sind Gift.«
»Gute Nacht«, flüsterte Trixi und sank auf den Sitz zurück.
Das Taxi fuhr los.
Vom Restaurant bis hinüber zum *Hotel Bayerischer*

Hof wären es nur ein paar Schritte gewesen. Doch Trixi hatte Angst, daß Klaus vielleicht noch auf der Straße stand und dem Wagen nachsah. Es war besser, einen Bogen zu schlagen, bevor sie zum Hotel fuhr.

Sie mußte sich Gewißheit verschaffen, ob Clemens noch in München war. Sie konnte sich nicht vorstellen, daß er seine Sicherheit aufs Spiel setzte und bis Dienstag früh blieb, nur weil er es versprochen hatte. Aber trotzdem hatte sie das Gefühl, daß er noch hier war, und wenn man ihn erwischte, würde es ihre Schuld sein.

Ich muß ihm helfen, dachte sie, es ist einfach meine Pflicht.

Trixi sank noch ein bißchen tiefer auf ihren Sitz zurück. Sie war froh, daß ihre Eltern tot waren und auch Friedchen nicht mehr erleben mußte, wie sie sich automatisch auf die Seite eines Verbrechers und gegen Gesetz und Ordnung stellte.

Außer der Pflicht, Clemens zu helfen, gab es auch noch die Pflicht, diesen gemeingefährlichen Menschen der Justiz zu überlassen; aber Trixi stellte fest, daß ihre bürgerliche Moral bereits sehr gelitten hatte, denn entsetzlicherweise lag ihr mehr an Clemens als an allen Paragraphen und Polizisten.

Schließlich tröstete sie sich mit dem Kompromiß, daß es zwar ihre Pflicht wäre, dem Lauf der Gerechtigkeit nicht in die Räder zu fallen, aber daß es Ehrensache war, jemandem beizustehen, den man in eine Situation gebracht hatte, in der er Kopf und Kragen riskierte.

Aber vielleicht war der weiße Cadillac schon längst unterwegs, und Herr Müller lachte sich irgendwo am Genfer See ins linke Fäustchen, während er in der Rechten den Schmuckkoffer hielt.
Trixi wünschte heftig, daß sie Herrn Müller nie begegnet wäre, aber gleichzeitig sagte sie sich, wenn er hiergeblieben sein sollte, dann wäre es ein Beweis, daß er sie wirklich liebte.
Aus allen diesen Widersprüchen gab es nur einen Ausweg: Zorn. Während das alte Taxi dahinrumpelte, redete sich Trixi in eine schöne eiskalte Wut hinein, in der das Sprichwort »Wenn man dem Teufel den Finger reicht, nimmt er die ganze Hand« eine wichtige Rolle spielte. Gestern hatte sie Herrn Müller vor Mme. Chaeseli gerettet; heute würde sie ihm helfen, der Polizei Sand in die Augen zu streuen; übermorgen würde er womöglich verlangen, daß sie bei seinen Diebstählen Schmiere stand.
Als sie zum Odeonsplatz kam, richtete sie sich auf und sagte:
»Biegen Sie in die Theatinerstraße ein, und fahren Sie dann zum Promenadeplatz.«
»Von da kommen wir ja her. Ich hab' gedacht, Sie wollen in die Leopoldstraße.«
»Falls es Ihnen nichts ausmacht, will ich zum *Bayerischen Hof*«, sagte Trixi streng.
»Das hab' ich gern«, sagte der Taxifahrer. »Damen, die nicht wissen, was sie wollen.«
»Und dort warten Sie auf mich. Gern oder ungern.«
»Ungern«, sagte er. »Wenn ich nochmals auf die Welt komm', werd' ich Fahrgast.«

»Wenn ich nochmals auf die Welt komme, werde ich ein Mercedes 300 SL«, erwiderte Trixi, »damit ich sicher sein kann, von Ihnen mit Respekt behandelt zu werden.«

Zitternd vor Ungeduld stieg sie aus, ging in das hellerleuchtete Hotel hinein und auf die Rezeption zu. Im letzten Moment fiel ihr ein, daß Clemens vielleicht unter einem falschen Namen abgestiegen war. Er konnte sich doch nicht schon wieder Herr Müller nennen, nachdem er bereits dieses Pseudonym in Italien verwendet hatte, schließlich gab es so etwas wie die Interpol.

Trixi blieb wie angewurzelt vor dem langen Pult der Rezeption stehen.

»*Thank you*«, sagte eine ältliche Dame und streckte die juwelenfunkelnde Klaue nach ihrem Zimmerschlüssel aus. Sie hatte noch alle ihre Ringe und Armbänder. Ob sie morgen noch in ihrem Besitz sein würden, hing wohl von Herrn Müller ab.

Trixi machte eine scharfe Kehrtwendung und marschierte durchs Vestibül zurück zu dem Zeitungsladen.

Sie kaufte die Abendzeitung und blätterte hastig die Seiten auf, bis sie die Notiz fand.

Aber außer dem, was sie bereits im Restaurant gehört hatte, nämlich, daß ein Schmuckköfferchen gestohlen und vom Täter bis jetzt keine Spur entdeckt worden war, stand nur darin, daß Miß Gloria am Sonntag Weißwürste gegessen hatte und nicht abgeneigt war, ihr Talent dem deutschen Film zur Verfügung zu stellen.

Trixi ging wieder zurück in die Halle und zu den Telefonzellen.
»Zimmer zweihunderteinundzwanzig – zweiundzwanzig«, verlangte sie.
Es klingelte eine ganze Weile. Vielleicht war er schon fort. Vielleicht würde ein neuer Hotelgast antworten. Doch ihr Instinkt hatte sie nicht getäuscht. Clemens war noch da, er hatte ihren Anruf erwartet. Als gäbe es keinen anderen Menschen, als sie, der ihn sprechen wollte, rief er sofort:
»Trixi!«
Seine Stimme klang unbeschwert und glücklich.
Den Hörer mit beiden Händen eng umklammert und den blaßgeschminkten Mund dicht zur Muschel geneigt, als wäre sie bereits von lauschenden Häschern umgeben, flüsterte Trixi:
»Wenn ich Sie wäre, würde ich keine Minute verlieren, sondern sofort meinen Koffer nehmen, die Rechnung bezahlen und unauffällig verschwinden. Ich warte auf Sie in der Halle.«
»Was ist denn passiert? Spukt deine berühmte Mme. Chaeseli wieder durch die Gegend? Es ist Zeit, daß du mir endlich erklärst, warum du sie fürchtest. Wahrscheinlich ist alles nicht so schlimm, wie du glaubst.«
»Ich rate Ihnen, weniger zu reden und sich mehr zu beeilen.«
»Ich habe dir bereits gestern gesagt, daß kein Grund besteht, mich mit Sie anzusprechen. Du wirst dich schon entschließen müssen, du zu mir zu sagen, falls du mich sehen willst.«

»Ich habe nicht die geringste Lust, Sie zu sehen, aber Sie müssen mit mir kommen.«
Er gab keine Antwort.
»Sind Sie noch da?« fragte Trixi nervös.
»Nur theoretisch«, sagte Clemens.
»Sie sollen ...«
»Du sollst!«
Trixi begriff nicht, woher er die Kaltblütigkeit nahm, sich jetzt über Sie und Du zu zanken.
»Du sollst herunterkommen!« rief sie aufgebracht ins Telefon. »Hörst du?«
»Demut ist des Weibes Zierde«, sagte Clemens. »Wenn du dich benimmst, wie es sich gehört, bin ich zu Konzessionen bereit. Warum soll ich meinen Koffer mitnehmen? Verreisen wir über Nacht? Länger darf die Eskapade leider nicht dauern, weil am Morgen mein Flugzeug geht. Auf gleich, mein Schatz!«
Trixi verließ die Telefonzelle. Sie postierte sich vor einer Vitrine im Vestibül und starrte in den erleuchteten Glaskasten. Erst nach einer Weile nahm sie wahr, daß darin Handtaschen ausgestellt waren. Sie musterte die Männer, die an ihr vorbeigingen und fragte sich, welcher von ihnen ein Detektiv sein könnte. Sie sahen alle sehr harmlos aus, aber gerade das war das Beängstigende.
Es dauerte eine Ewigkeit, jedenfalls fast eine Viertelstunde, bis Clemens auf sie zukam.
Trixi betrachtete den Pagen, der neben ihm hertrabte, mit einem einzigen finsteren Blick, dann riß sie dem Knaben den Koffer aus der Hand.
»In Ordnung, mein Junge«, sagte Herr Müller, dem

Trixi den Koffer vor die Füße hinknallte. »Die paar Schritte kann ich mein Gepäck schon selbst tragen.« Der Hotelboy steckte sein Trinkgeld ein und flüchtete vor der energischen Dame.

»Damit er nachher womöglich erzählen kann, wie der Wagen ausgesehen hat, in dem wir weggefahren sind!« zischelte Trixi. »Lachen Sie nicht! Ich hab' mir alles genau überlegt; wir fahren zu mir, in meine Wohnung, ein anderes Hotel kommt nicht in Frage. Zu gefährlich!«

»Ich bin entzückt, daß ich bei dir übernachten darf«, sagte Clemens.

Trixi zog die Stirn hoch, so daß die zürnenden Augenbrauen einen Moment lang von den federleichten, honigblonden Locken gestreift wurden.

»Lassen Sie den Unsinn! Hier ist das Taxi.«

Während der Fahrt hatte er den Mut, den Arm um ihre Schulter zu legen. Sie hielt still, weil sie vor dem Fahrer keine Szene machen wollte.

Vielleicht tappte die Polizei wirklich noch im dunkeln. Aber selbst wenn sie ihm bereits auf den Fersen waren, würden sie ihn nur in Hotels oder Pensionen suchen. Dieser Zeitgewinn konnte seine Rettung sein.

Trixi ließ das Taxi an ihrem Haus vorbeifahren und erst an der nächsten Ecke halten, damit die Spur im ungewissen blieb.

Es war erst halb zehn, vor Mitternacht würde Klaus auf keinen Fall zurück sein. Die Putzfrauen, die abends die Büroräume säuberten, waren schon längst wieder abgezogen. Das große Gebäude, mit den beiden winzigen Apartments, die wie Schwalbennester auf dem obersten Stockwerk klebten, war leer und verlassen. Sie konnte Clemens in die Wohnung mitnehmen, ohne daß irgend jemand ihn sah. Der Weg war frei.

Schon als sie mit ihm im Taxi gefahren war, unter den schwebenden Lichtern der Straßenlampen, vorbei an hellen Läden, der vertrauten, schwärzlich thronenden Reiterstatue, an den Pappeln und Hausfassaden, war ihr das Herz schwer geworden. Wie schön hätte es sein können, ihn immer zur Seite zu haben, alles gemeinsam zu erblicken, ob es nun die vielen Menschen waren, die auf den breiten Gehsteigen vorbeieilten, oder die Brunnen vor der Universität mit ihren silbrigsprühenden Wasserschleiern. Zu zweit heimkommen, den Abend und die Nacht vor sich, den Morgen und die Zukunft.
Sein Mantel hing an dem Kleiderhaken in der Diele, als wäre es selbstverständlich, und Clemens saß in einem der Fauteuils, als hätte er immer dort gesessen; es hätte schön sein können und genau das, was sie vom Leben wollte, aber statt dessen war es eine Katastrophe.
»Etwas zu trinken?« fragte Trixi. »Ich habe einen Remy Martin hier.«
Sie holte ein Glas, sie stellte die Flasche auf den Tisch, sie legte ostentativ die Abendzeitung daneben hin.
»Es lohnt sich, einen Blick hineinzuwerfen«, bemerkte sie beiläufig.

Aber Clemens schien nicht gehört zu haben, er schenkte auch dem Cognac keine Beachtung.

»Hier lebst du also«, sagte er. »Hier hast du die ganze Zeit gelebt, und ich habe nicht gewußt, daß es dich gibt. Ich glaube, ich war im letzten Jahr zehnmal in München; wer weiß, wie oft wir aneinander vorbeigelaufen sind; vielleicht bin ich gerade mit Freunden in ein Kino hineingegangen, während du es durch eine andere Tür verlassen hast, oder du bist schon um eine Ecke gebogen, während ich erst die Straße überquert habe. Von wie vielen kleinen Zufällen alles abhängt! Von den Mißverständnissen ganz zu schweigen. Hast du jetzt eingesehen, daß du mir mit Bettina Unrecht getan hast? Oder glaubst du noch immer, sie sitzt im Hotel und wartet, daß ich morgen früh wieder zurückkomme, um mich reuig im ehelichen Badezimmer zu rasieren?«

»Vielleicht habe ich mich geirrt«, sagte Trixi verstockt. »Möglicherweise stimmt es, was Sie mir von Bettina erzählt haben. Aber das ändert nichts zwischen uns. Im Augenblick geht es nicht nur um Ihre haarsträubenden, unverantwortlichen Weibergeschichten.«

»Der Plural ist auf jeden Fall unangebracht, und die vereinzelte Bettina haben wir bereits zur Genüge erörtert«, erklärte Clemens voll Sanftmut. »Und wenn du nicht bald anfängst, mich zu duzen, werde ich meinen Koffer nehmen und gehen. Liebling, seit du gestern aus dem Wagen gesprungen bist, habe ich wirklich nichts anderes getan, als über dich nachgedacht. Du hast mich an jenem Morgen so kalther-

zig verabschiedet, weil du überzeugt warst, daß ich verheiratet bin?«
Trixi konnte nur stumm nicken. Dann faßte sie sich. »Sie haben nichts anderes getan, als über mich nachgedacht? Da waren Ihre Gedanken auch bei mir, als Sie Miss Gloria Mayne Ihren Besuch abstatteten?«
»Deine Eifersucht ist lästig, aber ich will dir ein Geheimnis anvertrauen: sie freut mich! Ich will von dir geliebt werden, trotzdem ich doppelt so alt bin wie du!«
Trixi faßte diese Äußerung als ein geschicktes Ablenkungsmanöver auf. Aber Herrn Müller war es sehr ernst damit.
Die Frauen, die ihn in den letzten Jahren mehr oder weniger angezogen hatten, waren anspruchsvolle Geschöpfe gewesen und von ihm dementsprechend verwöhnt worden. Selbst wenn die Damen gut situiert waren, erwarteten sie kleine Aufmerksamkeiten. Die Erfahrung hatte ihn gelehrt, daß sie sich sowohl über einen Veilchenstrauß wie über einen lupenreinen Brillanten freuen, aber die Freude über ein Schmuckstück war bedeutend intensiver als über Wiesenblumen.
Solange Herr Müller nur zwei Fältchen unter den Augen gehabt hatte, kaum sichtbar und wirklich nicht der Rede wert, fand er es selbstverständlich, daß er die schönen Mädchen beschenkte. Aber seit sich die Fältchen vermehrt hatten, war er argwöhnisch geworden und wollte ausschließlich um seiner selbst willen geliebt werden. Ihm schien, daß er bei Trixi auf dem besten Weg dazu war.

»Gloria Mayne?« wiederholte er. »Ich kann mich wirklich nicht erinnern.«
»Hör doch endlich auf, dich zu verstellen«, sagte Trixi und duzte ihn jetzt wirklich aus lauter Empörung. »Du siehst ja, daß ich dir helfe! Daß ich dich hier verstecke! Allerdings ist es das letztemal. Clemens, wenn du nur wolltest, du könntest sicher einen anständigen Beruf finden! Oder bist du so oft vorbestraft, daß dich niemand einstellen würde?«
Herr Müller schwieg. Plötzlich griff er nach der Zeitung.
»Ja«, sagte Trixi. »Bitte, lies nur! Es steht auf der dritten Seite, vom Täter noch immer keine Spur. Ich nehme an, das ist, von dir aus gesehen, eine lobende Rezension: Herrn Müllers letzter Juwelendiebstahl war wieder einmal eine hervorragende Leistung. Mit unvergleichlicher Eleganz spielte er die Polizei an die Wand. Ach, Clemens, ich weiß alles! Du bist in Posa aus meinem Bett aufgestanden, während ich geschlafen habe, und hast sämtlichen Frauen ihren Schmuck abgenommen. Daß du meine Perlenohrringe nicht eingesteckt hast, war sehr liebenswürdig, hat mich aber verdächtig gemacht. Beinahe wäre ich verhaftet worden. Aber Klaus Hofer hat mir aus der Patsche geholfen. Ich dachte, ich falle tot um, als ich Mme. Chaeseli bei der Modenschau sah. Sie hat dich in Posa vor allen Leuten laut beschuldigt. Vielleicht bist du nach München gekommen, um mich wiederzusehen und hast das Schmuckköfferchen der Miss Gloria nur aus Gewohnheit verschwinden lassen. Vielleicht bist du aber nur wegen des Schmucks hier

aufgetaucht. Man weiß ja nicht mehr, was man denken soll!«
Herr Müller hatte den Kopf gesenkt und faltete die Zeitung zusammen, immer wieder, bis sie nicht größer als ein Briefkuvert war.
»Ich bin deinetwegen hergekommen«, sagte er schließlich. Er blickte auf und sah sie an. »Du versteckst mich«, sagte er. »Einen Hoteldieb!«
Er stand auf und ging um den Tisch herum und zog sie an sich.
Sie war auf eine heftige Auseinandersetzung gefaßt gewesen, auf Leugnen oder eine zerknirschte Beichte, aber nicht auf diese stumme, leidenschaftliche Umarmung.
»Laß mich«, flüsterte sie. »Ich bitte dich, rühr mich nicht an, ich bin ohnehin schon unglücklich genug. Mach mir nicht mein ganzes Leben kaputt, ich hab' dir doch nichts getan.«
Aber während sie stammelnd sein Mitleid anrief, legten sich ihre Arme wie von selbst um seine Schultern, und sie überließ sich mit heißem, hungrigem Mund seinen Küssen.

»Nein«, murmelte Clemens, schon halb aus dem Schlaf heraus. »Mir passiert nichts. Sie werden mich am Flughafen nicht verhaften. Morgen abend ...«
Der Regen pladderte durch die Nacht, und die Mullgardine vor dem offenen Fenster blähte sich in der Dunkelheit wie ein Segel, um dann wieder zurückzusinken.
»... morgen abend rufe ich dich aus London an.«

»Mittwoch?«
»Dienstag abend.«
»Es ist schon Dienstag«, sagte sie. Die Uhr zeigte auf halb zwei.
»Das ist meine letzte Reise für längere Zeit«, sagte Clemens und schien wieder etwas wacher zu sein. »Ich muß noch einen größeren Posten verhökern, dann hab' ich alles unter Dach und Fach.«
Sie schwieg, wie selbstverständlich mußten ihm Diebstähle vorkommen, daß er von seiner Beute wie von einer gewöhnlichen Ware sprach.
Der Cadillac fiel ihr plötzlich ein, und sie fragte ihn danach.
»Hab' ihn abholen lassen«, sagte er. »Ich habe ...«
An seinen Atemzügen erkannte sie, daß er eingeschlafen war.
Sie selbst blieb noch lange wach.
Um zwei kam Klaus heim, seine Wohnungstür schlug lärmend zu. Er mußte einen Gast mitgebracht haben, denn eine Weile später hörte Trixi, wie drüben ein Mann mit gleichmäßigen, festen Schritten auf und ab ging. Aber es drangen keine Stimmen durch die Wand. Wahrscheinlich unterhielten sich die beiden im Flüsterton, oder sie bezechten sich schweigend. Klaus würde noch in den Federn liegen, wenn Clemens wegging.
Gegen halb drei fielen auch Trixi die Augen zu. Als der Wecker losratterte, glaubte sie, höchstens ein paar Minuten geschlafen zu haben, aber es war schon ganz hell im Zimmer, und von der Straße kam das Kreischen der Trambahn herauf.

Es kam ihr ganz vertraut vor, daß ein Mann in ihrer Wohnung herumging, sich rasierte, das Haar bürstete, die Krawatte band. Dieser Morgen war wie eine Kostprobe, vom Schicksal überreicht, um ihr genau zu zeigen, wie all die anderen Morgenstunden gewesen wären, die sie nie bekommen würde.
Sie frühstückten miteinander, Clemens faßte nach ihrer Hand und sagte: »Ich bin bald wieder zurück, mach dir keine Sorgen!«
Er sah sie immer wieder an, manchmal lächelte er in sich hinein, einmal sagte er: »Trixi, ich...« Aber dann brach er ab, und als sie ihn fragend anblickte, schüttelte er nur den Kopf.
Sie hatte das Gefühl, daß er ihr etwas verbarg, wahrscheinlich seine Unruhe, ob alles glatt ablaufen würde am Flugfeld oder ob vielleicht plötzlich zwei breitschulterige Männer auf ihn zutreten würden. Trixi hatte es oft im Film gesehen, in amerikanischen Filmen hatten sie den Hut tief im Genick, und in englischen Filmen trugen sie gegürtete Regenmäntel, aber sie waren immer zu zweit und erklärten: »Folgen Sie uns, jeder Widerstand ist zwecklos!«
»Es wird ein schöner Tag!« sagte Clemens. Sie folgte seinem Blick, die Mullgardine vor dem einen Fenster, das über Nacht offen gewesen war, hatte feuchte Schmutzstreifen vom Regen, aber der Himmel dahinter war wolkenlos und blau und fröhlich.
Clemens hatte nicht viel einzupacken; er holte seine Zahnbürste aus dem Badezimmer und stopfte seinen Rasierapparat und die Haarbürsten in den Koffer.

Dann war es sieben und Zeit, daß er ging.
»Wenn du beim Haus herauskommst, ist gleich an der linken Ecke ein Taxistandplatz.«
»Mir ist, als wäre ich seit Jahren mit dir verheiratet«, sagte er. »Du siehst noch genauso jung aus wie damals, als ich dich kennengelernt habe, und dabei geht unser Junge schon zur Schule. Ich möchte einen Sohn von dir. Aber es darf auch ein kleines Mädchen sein, falls es dir ähnlich ist.«
Trixi wurde blaß. Der Gedanke an ein Baby war erschreckend. Sie konnte keinen Dieb zum Mann nehmen.
Clemens zog sie in seine Arme und küßte sie.
»Heute abend ruf' ich dich an. Vergiß mich nicht bis dahin!«
Sie blieb hinter der angelehnten Tür stehen und horchte, wie sich seine Schritte entfernten. Er mußte eine kurze Treppe hinuntergehen. Der Lift fuhr nur bis zur siebten Etage.
Clemens war noch auf der Treppe, da hörte sie schon den Aufzug summen. Sie mußte sich an der Klinke festhalten. Für die Büroangestellten war es noch zu früh, es konnte nur die Polizei sein.
»Guten Morgen!« sagte ein Stockwerk tiefer eine schneidige Stimme.
Trixi zitterte am ganzen Leib. Sie riß die Tür auf.
Der Telegrafenbote, den gelben Sturzhelm auf dem Kopf, kam seelenruhig die Stufen herauf.
Es war ein Telegramm von einer Hamburger Firma, ob sie im September eine Woche lang für die Herbstnachmusterung frei wäre.

Trixi fragte sich, ob die Frauen und Freundinnen von Verbrechern Nerven aus Stahl hatten, um diese Atmosphäre von ständiger Angst und Ungewißheit zu ertragen.
Das Telegramm in der Hand, ging sie ins Zimmer zurück. Auf dem Tisch stand noch die Tasse, aus der er getrunken hatte, sein Teller, die Aschenschale mit einer halbgerauchten Zigarette.
»Ich bin nicht dazu geschaffen!« sagte sie laut. »Ich kann nicht, Clemens, ich bring' es nicht fertig.«

Es war eine trübselige Arbeit, das Geschirr zu waschen, von dem man mit dem Geliebten gefrühstückt hatte, und das gemeinsame Bett wieder in eine Couch zu verwandeln, die sittsam, mit altväterlichen Seitenlehnen, im Alkoven stand und von nichts wußte.
Trixi sagte Xaver ab, mit dem sie verabredet gewesen war und rief anschließend Mme. Chaeseli im *Hotel Vier Jahreszeiten* an, um sich schnell für den gestrigen Abend zu bedanken. Aber das ging nicht so rasch, wie sie angenommen hatte, denn Madame begann, sich ausführlich über Klaus und seine guten Eigenschaften auszulassen.
Trixi fand es rührend, wie Mme. Chaeseli sich für ihn einsetzte; sie schien ihre ganzen zurückgewiesenen Muttergefühle auf ihn übertragen zu haben und gluckerte wie eine wohlmeinende Henne.
»Anständig, verläßlich, ein Goldstück, wie es im Buch steht! Liebchen, ist Ihnen klar, daß Sie mit ihm Ihr Glück machen könnten? Wenn Sie wüßten, wie

besorgt er gestern wegen Ihrer Kopfschmerzen war! Hat übrigens die kleine rosa Pille genützt?«
»Danke vielmals«, sagte Trixi geistesgegenwärtig. »Die Migräne ist weg!« Sie hatte das Schlafmittel in den Abfalleimer geworfen.
»Er betet Sie im geheimen an. Ihr beiden seid wirklich ein schönes junges Paar. Oder träumen Sie davon, Miss Europa zu werden?«
»Ich bin vielleicht töricht«, sagte Trixi, »aber doch nicht auf den Kopf gefallen.«
»Sollte Klaus seinen Vertreterposten aufgeben und sich selbständig machen wollen, werde ich ihm jederzeit das Kapital vorstrecken. Auf diesen Jungen kann man bauen.«
»Das weiß ich, es ist nur ...«
Während Trixi nach Worten suchte, rief Mme. Chaeseli am anderen Ende der Leitung:
»*Entrez!* Kommen Sie nur herein. Wie nett, Frau Pfleiderer ...«
Sie mußte Besuch bekommen haben. Trixi hörte ein lebhaftes Gemurmel, dann rief Mme. Chaeseli in den Apparat:
»Wir sehen uns bald, Kindchen! Seien Sie in der Zwischenzeit ein bißchen nett zu ihm. Glauben Sie mir, wenn Sie wollen, können Sie schon morgen den schönsten Verlobungsring haben!«
Seufzend begann Trixi, das blanke Parkett zu bohnern. Sie dachte ans Schicksal ihrer Eltern und wie deren Wege im Sand verrieselt waren.
Trixis größter Wunsch war: Beständigkeit. Ihr ganzes Streben ging nach Sicherheit und Ruhe. Sie

wünschte sich nichts so sehr als die Gewißheit, daß sie immer ein Dach überm Kopf hätte und ein paar Blumentöpfe vor dem Fenster.

Mit Klaus wäre die Zukunft friedlich und ein Tag wie der andere. Seine verrückte Schauspieleridee konnte er ja doch nicht verwirklichen. Die Existenz, die Clemens führte, kam ihr vor wie ein Trapezakt, mit dreifachem Salto, hoch oben in der Zirkuskuppel.

Sie liebte den Falschen, das ließ sich im Augenblick nicht ändern, aber vielleicht allmählich vergessen.

Kommt Zeit, kommt Rat, dachte Trixi.

Sie schrieb eine Zusage nach Hamburg, ging einkaufen, warf den Brief in den Postkasten.

Auf dem Rückweg blieb sie einen Moment bei dem Taxistandplatz an der Ecke stehen. Von hier aus war Clemens zum Flugplatz gefahren. Wenn man ihn nicht gefaßt hatte, würde er jetzt bald in London landen.

Trixi ging weiter und hielt plötzlich im Schritt inne. Ein Polizist musterte sie auffällig und kam entschlossen auf sie zu.

Trixi besann sich blitzschnell, daß sie sich nicht verdächtig machen und auf keinen Fall die Flucht ergreifen dürfe. Außerdem konnte sie sich ohnehin nicht rühren. Sie war wie gelähmt.

»Lange nicht gesehen!« sagte der Schutzmann schmunzelnd.

Jetzt erkannte sie ihn, es war der Polizist, mit dem Xaver sie für die Perlona-Reklame fotografiert hatte.

»Ach, Sie sind es !« stammelte sie. »Ich war ganz in

Gedanken. Sie haben mich erschreckt, Herr Wachtmeister.«
»Das hab' ich gemerkt. Sie haben ein Gesicht gemacht, Fräulein, als würden Sie in Ihrem Einkaufsnetz zumindest einen gestohlenen Banktresor abtransportieren!«
Er lachte schallend. Auch Trixi brachte ein dünnes Gelächter fertig. Sie spürte, wie ihr das Blut in den Ohren sauste.
Als sie in die Wohnung zurückkam, war sie noch immer außer sich.
Sie hörte Radio, in den Nachrichten wurde weder etwas über die Juwelen der Miss Gloria noch über eine Verhaftung verlautbart. Es schien, daß Clemens noch einmal davongekommen war.
Trixi wartete ungeduldig, daß es Abend wurde. Sie wusch sich das Haar, nur damit die Zeit verging. Schließlich, um irgend etwas zu tun, holte sie den ledernen Reisekoffer aus dem Schrank und fettete das Leder mit Schuhcreme ein. Sie hatte zwar den Koffer bei ihrer Rückkehr saubergemacht, aber als sie ihn jetzt aufklappte, um auf alle Fälle das Futter zu bürsten, spürte sie die Sandkörnchen, die sich in den Ecken verkrochen hatten.
Sand von Posa, auf der Terrasse hatte er immer unter den Füßen geknirscht, er war an Schuhen und Kleidern hängengeblieben, der Wind hatte ihn ins Zimmer geweht.
Eine Prise Sand, war das alles, was ihr von jenen Tagen verblieben war?
Als um sieben das Telefon zum erstenmal läutete,

war Trixi so aufgeregt, daß ihr der Hörer aus der Hand fiel und beinahe den Apparat zu Boden riß. Eine fremde Frau wollte mit der Ungerer-Apotheke sprechen und war nur schwer zu überzeugen, daß Trixi weder Nachtdienst hatte noch mit Insulin dienen konnte.

Aber eine halbe Stunde später läutete es wieder, und diesmal sagte das Fräulein vom Amt:

»Sie werden aus London verlangt.«

Es rauschte in der Leitung, als wären sämtliche Wellen des Ärmelkanals im Begriff, sich über die bayerischen Alpen zu ergießen, dann folgte das Knattern von einigen atmosphärischen Knallfröschen, und dann sagte Clemens:

»Guten Abend, Liebling. Ich habe schon vor einer Weile versucht, dich zu erreichen, aber deine Nummer war besetzt.«

»Ich weiß«, sagte sie. »Eine Frau wollte unbedingt Insulin.«

»Wer? Was?«

»Insulin!« rief Trixi mit erhobener Stimme. »Du hast doch sicher schon davon gehört. Oder ...« Ihr fiel ein, daß die Telefonminuten viel Geld kosteten. »Bist du gut angekommen?«

»Natürlich. Außer dem Wetter ist alles in Ordnung. Es regnet in Strömen.«

»Hier war es den ganzen Tag schön«, sagte Trixi. Sie warf einen schnellen Blick zum Abendhimmel. »Es ist immer noch schön«, teilte sie Clemens mit.

Die meteorologischen Beobachtungen waren erschöpft. Das Gespräch stockte.

»Liebling, ich muß dir etwas gestehen. Ich kam nach München, um dich zu bitten, meine Freundin zu werden.«
»Da hat sich der Herr aber schwer geirrt.«
»Ich weiß«, sagte er. »Es war ein Irrtum. Sobald ich zurückkomme, heiraten wir.«
Als sie nicht antwortete, fragte er: »Hallo? Bist du noch da?«
»In meinen englischen Kriminalromanen wird immer geheiratet, damit die Frau vor Gericht nicht gegen den Mann aussagen muß. Ist das in Deutschland auch so? Ich weiß mit dem Strafgesetzbuch nicht Bescheid; ich kam bisher nicht in die Lage, mich dafür zu interessieren.«
Er lachte.
»Mein Heiratsantrag hat nichts damit zu tun. Ich denke, wir sollten heiraten, weil wir uns lieben und zusammengehören.«
»Das mußt du dir aus dem Kopf schlagen. Ich kann dich nicht heiraten, es geht nicht.«
»Trixi«, sagte er, »ich habe dich in dem Glauben gelassen, daß ich deine Hilfe brauche. Du weißt nicht, wie glücklich es mich gemacht hat, daß es dich nicht kümmert, wer oder was ich bin, daß du mich trotzdem liebst. Verzeih, daß ich dir nicht schon gestern die Wahrheit gesagt habe, die Versuchung, zu schweigen, war zu groß.«
»Ich verstehe kein einziges Wort.«
»Ich konnte nicht widerstehen, diesen Liebesbeweis von dir anzunehmen; daß du mich so treu und tapfer vor den Verfolgern verborgen hast. Aber ich bin

nicht verfolgt worden; ich mußte mich weder verstecken noch fliehen. Was immer in Posa und im *Bayerischen Hof* geschehen ist, ich habe nichts damit zu tun gehabt. Trixi, ich bin ein simpler Geschäftsmann.«

»Warum schwindelst du mich an?«

»Es ist die Wahrheit.«

»Du führst irgend etwas im Schilde«, sagte sie. »Wenn du ein Geschäftsmann wärst, hättest du es wohl schon früher erwähnt.«

»Du hast zuerst selbst darauf gedrungen, daß wir anonym bleiben sollen. Und später ...«

»Ja«, sagte sie. »Und später?«

»Später«, seine Stimme klang sehr verlegen. »Ich fürchte, ich wollte sicher sein, daß du mich um meiner selbst willen liebst.«

»Aha! Hast du mich deshalb das Abendessen bezahlen lassen?«

»Welches Abendessen?«

»Vorgestern. Im Hotel in Starnberg. Weit über 100 Mark! War das ein Teil der geheimen Prüfung? Ob ich uneigennützig und wirklich deiner wert bin? Das nenne ich eine schöne Liebe! Dem Kellner habe ich bloß eine Mark gegeben, weil ich nicht geübt bin in eleganten Restaurants. Es war ihm zu wenig.«

»Ich hatte keine Ahnung«, stotterte Clemens. »Du hast mich mit deiner Panik wegen Madame Chaeseli überfallen, und dann ging es wegen Bettina los, ich bitte dich, wie kommst du auf den Gedanken, daß ich ...«

Trixi unterbrach ihn.

»Bemüh dich nicht. Du kannst sagen was du willst, ich glaub' dir ja doch nicht. Du hast beschlossen, daß du mit mir zusammenbleiben willst, und weil du weißt, daß ich dieses Leben, das du führst, nicht mitmachen kann, erzählst du mir jetzt Märchen. Auf einmal bist du ein braver kleiner Geschäftsmann, der mich heiraten will.«
»Ich bin kein kleiner Geschäftsmann«, sagte Clemens. »Ich habe ein großes Unternehmen.«
Sie war nicht nur überzeugt, daß er sie anlog; sie kaute noch immer an dem Brocken, daß er sie für ein berechnendes Mädchen gehalten hatte.
»Ich bin verlobt«, sagte Trixi aus einem plötzlichen Entschluß heraus. »Ich habe es nicht notwendig, mir reiche Liebhaber zu angeln.«
»Du bist nicht verlobt!«
»Doch«, sagte sie. »Und daß du es nur weißt, er paßt in jeder Hinsicht besser zu mir als du.«
Sie dachte an Klaus und setzte hinzu:
»Ein reizender Mensch, verdient gut und ist siebenundzwanzig Jahre alt.«
Clemens schwieg. Dann sagte er:
»Ich verstehe. Er ist jung.«
Trixi wartete, daß er weitersprechen würde, aber es blieb still, und dann knackste es kurz im Telefon.
Sie rief ein paarmal zornig: »Hallo!«, doch es kam keine Antwort.
Schließlich begriff sie, daß Clemens den Hörer aufgelegt hatte. Sie war gar nicht unzufrieden mit dieser Reaktion. Es zeigte, daß auch er wütend war.
Trixi holte sich eine Zigarette und ging wieder zum

Telefon zurück. Sie machte einen Zug, der Geschmack war ihr widerwärtig, doch sie rauchte angestrengt weiter, um ihre Nerven zu beruhigen. Sie war überzeugt, daß Clemens in spätestens zehn Minuten wieder anrufen würde.

Doch er rief weder in zehn Minuten an, noch im Verlauf des Abends, noch am nächsten Tag.

Elftes Kapitel

Am Donnerstag ging Trixi zu Xaver, der winterliche Sportausrüstung fotografieren mußte.
Es war drückend heiß, die Schwertlilien im Garten waren schon längst verblüht, aber die verwilderten Rosen dufteten in der Sonne.
Max und Moritz stürmten ihr begeistert entgegen, mit dem festen Entschluß, sie umzuwerfen. Wahrscheinlich hatten sie die Absicht, sie zur Willkommensfeier über den Rasen zu rollen. Trixi mußte sich an einem Baum festhalten, bis sich die Begeisterung ausgetobt hatte, und die beiden zottigen Gesellen wie Herolde zum Atelier zurückgaloppierten.
Auch Xaver schien von dem Freudentaumel angesteckt zu sein. Schon auf der Schwelle umarmte er sie. Der Kuß, schlecht gezielt, landete auf dem Kinn, statt auf ihrem Mund, immerhin, es war ein Kuß.
»Bist du verrückt geworden?« erkundigte sich Trixi.
»Ja«, sagte Xaver. »Die offizielle Benachrichtigung ist noch nicht eingetroffen, aber gestern stand es bereits in der *Frankfurter Allgemeinen.* Gott segne die Rotznasen. Sie haben den ersten Preis dem Foto mit dem Kennwort ›Jugend‹ zugesprochen. Wie fühlst du dich?«

»Im siebenten Himmel«, sagte Trixi unbewegt.
»Was ist los mit dir?«
Sie zuckte die Schultern.
»Nichts. Heute ist der Neunte. Ich bin an ungeraden Tagen nie so enthusiastisch wie an geraden.«
»Dir scheint nicht klar zu sein, daß du jetzt, mit dieser Mordsreklame, ein gemachter Mann bist, Trixi!«
»Doch«, sagte sie. »Von nun an verlange ich zehn Mark mehr Honorar.«
»Plötzlich geldgierig geworden? Oder hat dich die Welt enttäuscht?«
»Beides«, sagte Trixi. »Wollen wir anfangen? Ich möchte nachher noch gern schwimmen gehen.«
»Mit deinem Clemens?«
»Der ist fortgeschwommen. Über den Ärmelkanal. Für immer.«
»Ach so«, sagte Xaver verständnisvoll.
»Gar nicht ach so. Es ist mir sehr recht. Ich hätte nie von allein die Kraft gehabt, mit ihm endgültig Schluß zu machen.«
Xaver war vorsichtig genug, den Mund zu halten.
»Ich bin glücklich, daß es aus ist!« schrie ihn Trixi an.
»So siehst du aus«, sagte Xaver. »Unbeschreiblich glücklich! Aber man kann sich ja auch wieder versöhnen. Warum schreibst du ihm nicht? Oder fährst ihm nach? Die Herrschaften von früher wollten auch alle gen Engelland fahren. Es war ein sehr beliebtes Reiseziel.«
Trixi schüttelte den Kopf.
»Mädchenstolz?« erkundigte sich Xaver.
»Erstens einmal würde ich mich nie so tief erniedri-

gen, daß ich einem Mann nachlaufe. Zweitens ist London groß, und ich weiß nicht, in welchem Hotel er abgestiegen ist. Drittens ist er vielleicht schon wieder abgereist. Viertens hab' ich keine Ahnung, wo er lebt. Fünftens, glaub mir, es ist wirklich das beste für mich, ihn nie wiederzusehn.«

»Schön«, sagte Xaver. »Das sind alles gute Gründe, außer dem ersten. Wirkliche Liebe hat ihre natürliche Würde, die nicht von Äußerlichkeiten abhängt. Es ist unwürdig, sich an Begriffe wie Nachlaufen zu klammern. Würde kann nie engherzig und kleinlich sein. Würde ...«

Er hätte noch weitergesprochen, aber Trixi unterbrach ihn.

»Was soll ich anziehen?« fragte sie.

Sie hatte zuerst eine himmelblaue, flauschige Angorajacke und dunkle, enge Hosen anzuziehen und dann einen wetterfesten Skianzug, und dann eine flotte Pelzkappe und einen fellgefütterten Anorak. Aus dem Garten kam der süße schwere Duft der Rosen ins Atelier.

Für das letzte Foto trug sie eine schicke Wollmütze, mit dazu passenden gestrickten Handschuhen, die ihr fast bis zu den Ellbogen reichten, und einen dikken Schal. Ein Paar Schlittschuhstiefel über die Schulter geworfen, lachte sie in die Kamera, ein Mädchen, dem die Winterkälte nichts anhaben konnte.

Im Augenblick zeigte die Quecksilbersäule zwar dreißig Grad, aber das tat nichts zur Sache, denn die Bilder sollten erst im November erscheinen.

Eine Schauspielerin, die sich auf der Bühne verausgabt hatte, hätte nicht erschöpfter sein können als Trixi. Xaver war diesmal nicht imstande gewesen, sich zu konzentrieren, oder hatte einen schlechten Tag gehabt, jedenfalls hatte er für die Aufnahmen mehr als zwei Stunden gebraucht.

»Tut mir leid, daß ich dich so lange gequält habe in dieser Hitze«, sagte er. »Soll ich dich zur Entschädigung an den Starnberger See fahren? Das ist hübscher als städtisches Schwimmbad. Und die Hunde könnten auch eine Abkühlung vertragen. Übrigens, hast du gemerkt, wie sehr diese beiden Burschen an dir hängen? Ich dachte schon, sie reißen dich in Stükke zur Begrüßung. Die haben dich lieber als mich.«

»Was willst du?« fragte Trixi mißtrauisch. »Soll ich sie bürsten?«

»Das auch«, sagte Xaver. »Aber vor allem möchte ich sie für ein paar Tage bei dir einquartieren, Mignon hat mich endgültig versetzt. Ich möchte nächstens mit dem Wagen nach Kiel hinauf, eine alte Flamme besuchen. Ich fühl' mich einsam. Aber vielleicht laß' ich es auch sein, das Kinderfräulein hat mir seit Weihnachten nicht mehr geschrieben. Nur, falls ich doch fahre, kann ich Max und Moritz nicht brauchen. Ich will zu zweit sein, nicht zu viert, die beiden Kerle belauern einen ja immer. Bei dir sind sie gut aufgehoben, sie werden dich überhaupt nicht stören. Wenn du ausgehen willst, kannst du sie ruhig daheim lassen, das sind sie gewöhnt. Ich muß sie zu dir geben, denn du bist der einzige wirklich verläßliche Mensch, den ich kenne.«

»Erpresser!« sagte Trixi.
In dem verbeulten DKW fuhren sie an den Starnberger See hinaus, und die beiden Neufundländer stürzten ihnen beseligt ins Wasser nach.
Es war merkwürdig, wie das Leben im gewohnten Geleise weiterlief, als hätte sich durch den Bruch mit Clemens nichts geändert. Die Sonne schien wie immer, in einem nahegelegenen Strandcafé saßen Ausflügler unter buntgestreiften Leinenschirmen.
Ein leichter Wind spielte in den dichten Laubwipfeln mit sich selbst Verstecken und blies eine Weile über die Wellen, so daß sie aussahen wie blaue Seidenplissees, aber dann schlief er ein, und der See war wieder glattgeplättet.
»Wirst du deine Wohnung vermieten, wenn du nach Frankfurt gehst?« erkundigte sich Xaver.
»Was soll ich denn in Frankfurt?« sagte Trixi. »Jetzt habe ich gerade angefangen, bei den Couturiers bekannt zu werden, da will ich nicht Haus-Mannequin werden. Noch dazu in einer Strumpf-Firma. Die können nicht groß zahlen für die paar Fotos, die sie im Jahr von mir brauchen. Ich hoffe sie lösen die versprochene Jahresanstellung mit Geld ab, das wäre mir das liebste. Den M.-H.-Werken wahrscheinlich auch. Viel wird dabei sicher nicht herausspringen. War bei dem Preisausschreiben überhaupt erwähnt, wie hoch der garantierte Job dotiert ist?«
Xaver schüttelte den Kopf.
»Na siehst du«, sagte Trixi. »Die brauchen mich für ihre Werbesuppe, die sie zusammenkochen, nur zur Garnierung. Wie Petersilie. Ich schätze, sie werden

mir fünfhundert oder tausend Mark in die Hand drücken, wenn's hoch kommt. Und weißt du, was ich dann tun werde? Ich werde sie nehmen und danke sagen.«

»Du machst dir nichts vor, wenn es ums Geschäft geht.«

»Nein«, sagte Trixi. »Das kann sich ein Mädchen, das allein auf der Welt steht, nicht leisten. Ich mach' mir auch nichts vor, wenn es um mein Privatleben geht. Was hältst du von einem Mann, der einen auf die Probe stellt, ob man an ihm oder seiner Brieftasche interessiert ist?«

»Der hat wahrscheinlich Minderwertigkeitsgefühle.«

»Der hat einen schlechten Charakter! Ein mißtrauischer Egoist. Und sofort beleidigt! Du sagst bloß ein einziges Wort am Telefon, das ihm nicht in den Kram paßt, und schon knallt er dir den Hörer hin. Minderwertigkeitsgefühle? Da bist du auf dem Holzweg. Unentwegt verheiratet, mit einer Frau nach der anderen, dazu Liebschaften rechts und links. Und er lügt, so wie andere atmen. Aber das ist noch nicht alles. Die Polizei ist hinter ihm her.«

»Hör mal ...«, begann Xaver vorsichtig.

»Ja?«

»Warum hast du dir gerade ein solches Monstrum ausgesucht?«

»Ich weiß nicht«, sagte Trixi und begann zu weinen. »Es hat sich zufällig ergeben.«

»Und jetzt ist er nach England ausgerückt?«

Sie wischte sich mit dem Handrücken die Augen ab und nickte.

»Du hast Glück gehabt, daß du ihn los bist.«
»Das sage ich dir doch die ganze Zeit«, erklärte Trixi mit tränenerstickter Stimme.
Da saß sie, sonnengebräunt und schlank, und ihr Gesicht, mit dem windverwehten Haar, den feuchten Wimpern und einer kristallklaren, runden Träne, die an ihrer Wange hängengeblieben war, erinnerten ihn an eine helle Blume, auf der Regentropfen glitzerten.
Xaver betrachtete dieses lieblich verweinte Antlitz und seufzte tief. Gerade heute hatte er seine Leica daheimgelassen.

Als Xaver sie in der Leopoldstraße absetzte, kaufte sich Trixi noch ein Pfund Pfirsiche und die Abendzeitung. Es hatte ihr gutgetan, sich auszuweinen, und der See und die Sonne hatten ihr auch gutgetan, und bevor sie heimfuhren, hatten sie in einer kleinen Wirtschaft Kaffee getrunken und dicke Schinkenbrote verzehrt. Xaver hatte behauptet, eine anständige Mahlzeit wäre das Beste, um das seelische Gleichgewicht wiederzufinden.
Trixi konnte zum erstenmal wieder ruhig an dem Garderobehaken in der Diele vorbeigehen, an dem eine Nacht lang Clemens' Mantel gehangen hatte. Das war bereits ein Fortschritt. Vielleicht würde sie später auch das Kopfkissen ohne Schmerz und Trauer anblicken können.
Einstweilen setzte sie sich aufs Fensterbrett und begann, die Abendzeitung zu lesen.
Der Name Gloria Mayne sprang ihr sofort ins Auge.

Trixi raste durch die Zeilen, und als sie zu Ende gelesen hatte, fing sie noch einmal zu lesen an. Aber es stimmte, es stand schwarz auf weiß da, daß das Saffianköfferchen nie gestohlen worden war. Es war die ganze Zeit in der Wohnung einer amerikanischen Freundin gewesen, die in Bogenhausen wohnte, aber Miss Gloria hatte es vergessen gehabt und irrtümlicherweise geglaubt, ihr Schmuckköfferchen mit ins Hotel genommen zu haben. Juwelendiebstahl. Der älteste aller Reklametricks. Die Münchener Polizei war nicht darauf hereingefallen. Auch hatte sich Miss Gloria von Anfang an gesträubt, den Verlust bei ihrer Versicherungsgesellschaft anzumelden.
Der Reporter berichtete, daß die amerikanische Freundin bereits Sonntag abend über Land gefahren war, angeblich keine Zeitung zu Gesicht bekommen hatte und erst Donnerstag morgen, bei ihrer Rückkehr, durch Miss Gloria von dem Diebstahl erfuhr, worauf sich alles aufgeklärt habe. Das Ganze war eine plump ausgeklügelte Sache. Die bisher unbeachtete Existenz des amerikanischen Starlets war allen Zeitungslesern und vor allem den Filmproduzenten bekannt geworden.
Trixi ließ die Zeitung zu Boden flattern und preßte die schmalen Fäuste gegen die Augen. Sie krümmte sich zusammen, bis ihr Kopf auf den Knien lag, aber es half nichts, sich klein zu machen vor lauter Scham und Reue.
Schließlich ließ sie die Hände sinken und versuchte, zu überlegen. Aber alles, was sie denken konnte, war: Ich muß sofort mit Clemens sprechen. Ich hab'

ihm Unrecht getan. Ich muß ihn um Verzeihung bitten.
Das Fräulein, das sich meldete, als Trixi fiebrig die Aufsichtsstelle anrief, war sehr geduldig und erklärte ihr immer wieder, daß sie nicht feststellen konnte, von welcher Londoner Nummer am Dienstag angerufen worden war.
»Wir führen keine Listen über einlaufende Auslandsgespräche. Wenn Sie sofort nach dem Gespräch eine Auskunft verlangt hätten, wäre es vielleicht möglich gewesen. Oder wenn der Anruf aus Italien gekommen wäre. Ich kann Ihnen leider nicht behilflich sein.«
»Es ist lebenswichtig! Ich muß es herausfinden. Ich ... Was soll ich denn jetzt anfangen?«
Das Fräulein von der Aufsichtsstelle sagte mitleidig: »Da weiß ich halt auch keinen Rat!« und setzte dienstlich hinzu: »Auf Wiederhören!«
Aber Trixi gab sich noch nicht geschlagen. Sie rief das *Hotel Al Mare* in Posa an, auf dem polizeilichen Anmeldeschein hatte Clemens sicher sein ständiges Domizil angegeben. Nach umständlichem Hin und Her und »Da muß ich erst nachsehen«, und »Vorhin hatte ich das Gästebuch noch bei der Hand«, fand der Portier Carlo schließlich heraus, daß die vorhergehende und einzige Adresse von Signor Müller das *Hotel Quirinale* in Rom gewesen war.
Trixi hatte keine Ahnung, wovon sie im nächsten Monat die Telefonrechnung bezahlen sollte, trotzdem ließ sie sich die Nummer des *Hotel Quirinale* heraussuchen. Das zweite Gespräch war bedeutend

kürzer, denn das *Quirinale* lehnte ab, irgendwelche Auskünfte zu geben.

Schließlich, in einem Rausch der Verzweiflung, ließ sich Trixi mit dem Londoner Fernamt verbinden, und obgleich ihr kleiner Vokabelschatz vor Aufregung Purzelbäume schlug, gelang es ihr, sich verständlich zu machen.

Der Londoner Telefonbeamte war die Liebenswürdigkeit selbst. Er schien direkt entzückt, daß Trixi die Monotonie seiner üblichen Aufgaben unterbrach und ihm diese harte Nuß zu knacken gab. Sein sportlicher Ehrgeiz war entflammt. Trixi sollte sofort eine schriftliche Eingabe machen. Natürlich war es keine Kleinigkeit, alle Gespräche nachzuprüfen, die am Dienstag, dem 8. Juli, zwischen London und München geführt worden waren, aber nachgeprüft würden sie werden, auch wenn es Wochen und Monate dauern sollte!

Trixi legte den Hörer endgültig auf und sank in den nächsten Sessel. Dort blieb sie sitzen, unbeweglich, bis es finster wurde, und dachte über das Leben nach. Es gab vielleicht zweitausendsiebenhundertfünfzig Millionen Menschen auf dieser Welt, aber der einzige, mit dem sie wahrhaft glücklich geworden wäre, war Herr Müller.

Wie geheimnisvoll, wie genau hatten sich die Linien des Schicksals verknüpfen und treffen müssen, damit sie ihm begegnet war.

Es hätte ja auch vor Jahrhunderten, als sie noch nicht existierte, ein Clemens Müller zur Welt kommen können, der als Kreuzritter ins Heilige Land zog, ohne zu ahnen, daß es jemals weiße Cadillacs und junge Mannequins geben würde, die ihn beglückt hätten. Oder sie selbst wäre erst jetzt geboren worden, dann wäre er um vierundvierzig Jahre älter gewesen als sie und sie hätten einander nichts bedeutet. Weitere Möglichkeiten, wie daß sie auf der Erde und Clemens auf dem Mars lebte, wollte sie gar nicht in Betracht ziehen. Es war und blieb ein unbegreifliches Wunder, daß sie in Zeit und Raum einander gefunden hatten.

Anstatt sich dankbar zu zeigen, anstatt die Vorsehung zu preisen, hatte sie in aller Eile ihr Lebensglück zerstört.

Trixi saß schweigend in dem Sessel und erforschte ihr Gewissen.

»Es ist meine eigene Schuld«, dachte sie. »Ich hätte ihm glauben müssen, und wenn ich ihm schon nicht glaubte, hätte ich ihn wenigstens nach seiner Adresse fragen sollen.«

In dieser Nacht blieb Trixi lange wach. Daß Clemens, der mit dem verschwundenen Schmuckköfferchen von Miss Mayne nichts zu tun gehabt hatte, die Wahrheit gesprochen und auch in Posa seine Hand nicht im Spiel gehabt hatte, war ihr klar. Sie erwog ohne großes Interesse, wer als Täter in Betracht kam. Es konnte der tattrige General gewesen sein, der sich älter und tapsiger gestellt haben mochte, als er in Wirklichkeit war, weil auf einen Mummelgreis kein Verdacht fiel. Aber dann erinnerte sie sich, daß er ein langjähriger Stammgast des *Al Mare* war. Vielleicht hatte sein Sekretär den Schmuck entwendet, doch wie hätte der wissen sollen, wo die Damen abends ihre Juwelen hinzulegen pflegten. Da wußte das Stubenmädchen Benedetta viel besser Bescheid. Oder Lady Hester war eine Kleptomanin, eine diebische Elster, die alles an sich raffen mußte, was glitzerte.

Trixi war es ziemlich gleichgültig, wer damals den erfolgreichen Fischzug durchgeführt hatte. Sie war zu sehr mit ihren eigenen Problemen beschäftigt. Sie hatte sich an die Nummer des Cadillacs erinnert, und daß er in Rom registriert war. Um Mitternacht war sie entschlossen, sich an die römische Behörde zu wenden, um durch die Autonummer das Domizil von Clemens herauszufinden.

Und wenn sie seine Adresse hatte, was dann? Ihm einen reuigen Brief schreiben? Vielleicht wollte er nichts mehr von ihr wissen.

Als es zu dämmern anfing, war sie mit sich im Reinen. Sie sagte sich, daß sie ihm weder nachspionieren noch ihn belästigen dürfte. Sie mußte abwarten, ob er sich von selbst wieder meldete. Aber sie konnte sich nicht vorstellen, daß er nach all dem, was sie ihm angetan, je wieder von sich hören ließ. Es hatte keinen Sinn, sich etwas vorzumachen. Es war aus.

Als Trixi am nächsten Morgen aufstand, hatte sie das Gefühl, daß sie in den letzten zwölf Stunden erwachsen geworden war. Es war kein angenehmer Zustand, aber sie nahm an, daß sie sich daran gewöhnen würde.

Sie verbrachte einen sehr einsamen Tag.

Gegen abend klingelte Klaus und hielt ihr, als sie die Tür öffnete, einen riesigen Strauß Margeriten unter die Nase.
»Was ist denn los, Kläuschen?«
»Gar nichts. Warum soll ich Ihnen nicht ein paar Blumen bringen. Ich hab' Sie lieb, Sie dummes Geschöpf!«
Trixi holte stumm eine Vase und stellte die Margeriten auf die Kommode. Sollte Mme. Chaeseli doch recht gehabt haben mit ihrer Diagnose?
»Danke für die Blumen und besonders für das Liebhaben«, sagte Trixi. »Sie haben sich den richtigen Moment ausgesucht. Ich brauche ein bißchen Freundlichkeit wie einen Bissen Brot. Alle Welt ist bös mit mir, und ich selbst mag mich auch nicht.«
»Was haben Sie denn angestellt?«
»Das ist eine lange Geschichte, vielleicht erzähle ich sie Ihnen einmal. Zigarette?«
»Ja gern«, sagte Klaus und machte es sich in dem Fauteuil bequem.
Sie betrachtete ihn, ganz sachlich. Sein frisches, nettes Gesicht, die treuherzigen Augen. Das Schicksal schien einem, aus lauter Bosheit, manchmal genau das zu geben, was man gewünscht hatte. Hier saß er, der solide junge Mann mit dem Opel Rekord. Vielleicht würde sie sich eines Tages doch mit dem Lebensplan abfinden, den sie noch vor ein paar Wochen für richtig gehalten hatte.
»Drücken Sie morgen die Daumen für mich, Trixi. Ich fahre in aller Herrgottsfrühe fort und habe eine wichtige Unterredung. Ich sehe Sie dann um sechs oder

halb sieben bei Mme. Chaeseli. Früher werde ich es wohl nicht schaffen. Sie hat mir aufgetragen, Sie einzuladen. Sie erwartet uns zum Cocktail. Erwähnen Sie aber nicht, daß ich weggewesen bin!« Er rieb sich das Knie mit der Hand, als habe er Schmerzen.

»Gut«, sagte Trixi. »Ich habe Zeit, sowohl zum Daumenhalten als auch für Cocktails. Tut Ihnen das Bein weh?«

»Ja«, sagte er. »Ich bin auf der Straße der Länge nach hingefallen. Das kommt von diesen blöden Stiefeln!«

»Das kommt vom Stolpern! Die Schuhe sind doch dazu da, Ihnen das Gehen zu erleichtern. Wie ist Ihnen eigentlich das Ganze passiert, Klaus? Haben Sie als Kind einen Unfall gehabt?«

»Das erzähl' ich Ihnen ein andermal«, sagte Klaus. »Es ist, falls ich Sie zitieren darf, eine lange Geschichte. Aber um auf Mme. Chaeseli zurückzukommen, Sie könnten mir noch einen anderen großen Dienst erweisen. Richten Sie es doch bitte ein, daß Sie morgen früher bei ihr sind als ich; und wenn sich die Gelegenheit ergibt, machen Sie ihr klar, daß wir beide nicht ineinander verliebt sind. Sonst schleppt sie uns noch mit Gewalt zum Standesamt.«

Trixi hatte sich zwar gegen die Vorstellung gewehrt, Klaus zu heiraten, aber trotz allem war der Gedanke eine gewisse Beruhigung gewesen. Wie die Dose Ravioli, die sie immer im Schrank hatte, für unvorhergesehene Zwischenfälle. Klipp und klar zu hören, daß er sie nicht wollte, war eine Enttäuschung.

»Erstaunlich, wie viele Männer mich in der letzten Zeit sitzenlassen«, sagte sie düster.

»Aber ich hab' Sie doch gar nicht sitzenlassen«, verteidigte sich Klaus. »Wir sind ja gute Freunde.«
»Wenn das so weitergeht«, fuhr Trixi unbeirrt fort, »werde ich mich eines Tages in ein Stift für alte adelige Fräuleins einkaufen müssen.«
»Und Herr Müller?«
»Herr Müller?« wiederholte Trixi, um Zeit zu gewinnen.
»Ich dachte, es wäre von beiden Seiten die große Liebe.«
»Herr Müller hat sich in mir geirrt«, erklärte Trixi, es war ein Satz, der viele Schlüsse zuließ.
»Schade«, meinte Klaus.
»Wieso kommen Sie aber gerade auf ihn? Hat man im *Al Mare* über uns geklatscht?«
»Nein, denn ich hab' natürlich für mich behalten, was ich wußte. Vielleicht hat Donna Anna das eine oder andere vermutet, aber ansonsten ... Haben Sie noch nicht bemerkt, wie instinktlos die meisten Menschen sind?«
»An mir selbst habe ich es bemerkt«, sagte Trixi mit einer betrübten Kleinmädchenstimme.
Klaus lachte, drückte die Zigarette aus und humpelte zur Tür. Als er fort war, fiel Trixi auf, daß er gesagt hatte: »... ich hab' natürlich für mich behalten, was ich wußte.«
Sie starrte in die Luft und überlegte lange, aber erfolglos, was Klaus wissen konnte ...

Der Brief von Monika trug eine dänische Marke, und der Eilbote stellte ihn um halb neun Uhr morgens zu, gerade als Trixi unter der Brause stand. Ins Badetuch eingewickelt wie in einen Sari, nahm sie den Brief in Empfang und dachte zuerst, daß ihre nassen Finger einzelne Buchstaben der Adresse verwischt hätten.

Aber während sie das Kuvert noch ansah, merkte sie, daß die Tropfenspuren vollständig trocken waren. Monika mußte den Brief im Regen aufgegeben haben.

Liebe Trixi, Jussuf ist ausgerückt, es wird mir eine Lehre für die Zukunft sein. Ich bin ab Sonntagabend im Bahnhofshotel Flensburg, eine Kellnerin aus Aarhus, die dort zu tun hat, nimmt mich auf dem Moped mit. Sie hat die Rechnung für mich und Jussuf ausgelegt, sonst würde man meinen Koffer behalten und mich außerdem wegen Zechprellerei angezeigt haben. Sie hat selber nichts, es waren ihre Ersparnisse. Ich brauche dringend 850 Mark, zum Zurückzahlen und dazu die Fahrkarte nach München. Trixi, ich beschwöre Dich, hilf mir bitte! In der Diele, oben auf dem Wandschrank liegt eine leere Aktenmappe mit meiner eisernen Reserve. Greif ins Seitenfach, dort ist eine goldene Uhr. Der Pfandleiher, Ecke Teng- und Agnesstraße, hat mir jedesmal fünfzig Mark dafür gegeben. Wo der Rest herkommen soll, weiß ich nicht, aber ich muß ihn haben. Das ist ein SOS!!

Bis bald, liebe Grüße
Monika

Auch auf dem linierten Briefbogen war die Tinte von vielen Klecksen verschmiert. Monika hatte das Kuvert nicht im Regen zur Post getragen, sie hatte beim Schreiben geweint.

Trixi hatte noch etwas auf ihrem Bankkonto und vielleicht fünfzehn Mark in der Geldbörse, davon konnte sie etwas abgeben. Mit den zwei Wochen Miete, die Klaus bereits gezahlt hatte, und der goldenen Armbanduhr kam die Summe sicher zusammen.

Vielleicht konnte sie auch von Klaus leihen. Außerdem mußte sie ihm sagen, daß Monika zurückkommen würde und er ein neues Quartier suchen mußte.

Sie zog sich in fliegender Hast an, lief zur Nachbartür und läutete Sturm. Aber es rührte sich nichts. Er war schon fort.

Während sie auf alle Fälle nochmals klingelte, hörte sie in ihrer eigenen Wohnung das Telefon schrillen. Sie stürzte wieder zurück.

Es war Xaver.

»Trixi«, sagte er. »Ich hab' es mir überlegt, ich nehme Max und Moritz doch mit. Dann habe ich eine Ansprache auf dem Heimweg, wenn es in Kiel schiefgeht.«

»Wann fährst du?« fragte sie atemlos.

»Heute mittag. So gegen zwölf.«

»Xaver, du mußt etwas für mich tun! Kiel ist doch ganz nahe bei Flensburg. Kannst du dort ins *Bahnhofshotel* gehen und einem sehr netten Mädchen einen Brief von mir geben und sie mit nach München zurücknehmen? Und kannst du mir auf künftige Fotos hundert Mark vorschießen?«

»Bist du sicher, du verwechselst mich nicht mit der Heilsarmee?«

»Xaver!«

»Ist schon in Ordnung«, erklärte er. »Wird gemacht. Ich komm' um zwölf bei dir vorbei. Ist sie hübsch?«
»Sie ist ein lieber Mensch, sehr hübsch und ein armer Teufel, deshalb hat sie immer Pech mit euch Männern.«
»Genau wie ich«, sagte Xaver. »Mich legen auch alle Mädchen herein. Nur weil ich zu gutherzig bin.«
»Also!« sagte Trixi und knallte den Hörer hin.
Monika hatte ihr zwei Wohnungsschlüssel dagelassen, den einen hatte Trixi Klaus gegeben, den anderen nahm sie nun aus der Kommode, um die Uhr zu holen.
Das Apartment nebenan war aufgeräumt und in schönster Ordnung. Trixi trug einen Stuhl in die Diele, um zum Schrank hinaufreichen zu können. Sie hatte erwartet, daß sie in Staub und Fusseln greifen würde, aber es war alles blank und sauber. Klaus war wirklich ein häuslicher Mensch.
Die Aktenmappe in der Hand, sprang Trixi zu Boden. Auch die Mappe war abgestaubt. Sie machte sie auf, aber sie war nicht leer, wie Monika geschrieben hatte, ein Paar schwarze flache Leinenschuhe mit dünnen Gummisohlen lagen darin.
Männerschuhe. Trixi sah sie verblüfft an. Monika hatte doch ausdrücklich geschrieben, daß die Aktenmappe leer sei.
Als die Schuhe beiseite schob, um an das Seitenfach zu gelangen, rieselte ihr ein wenig Sand über die Finger.
Sand von Posa, dachte sie, denn sie erinnerte sich an ihren Koffer.

Im nächsten Moment blieb ihr der Mund offen.
Sand, der vom Wind ins Zimmer geweht worden war und auf der Terrasse unter den Füßen geknirscht hatte.
Schwarze, flache Leinenschuhe, federleicht, mit dünnen Gummisohlen, auf denen man unhörbar ging.
Es war nicht möglich. Das konnte nicht sein!
Trixi fühlte sich plötzlich so schwach, daß sie sich auf den Stuhl setzen wollte, aber statt dessen rannte sie ins Zimmer hinein und riß den Kleiderschrank auf.
Anzüge, ein Mantel, ein Paar braune orthopädische Stiefel, aber ganz hinten in der Ecke, nicht direkt versteckt, aber doch verborgen, ein Paar Hausschuhe aus Wildleder und daneben ein Paar elegante, ganz normale Mokassins.
Alle, auch die leichten schwarzen Leinenschuhe, hatten die gleiche Größe.
Trixi begann fieberhaft zu suchen. Sie griff in die Jackettaschen, schüttelte die Wäsche aus, aber sie fand nichts.
Sie durchstöberte die ganze Wohnung, öffnete jedes Schubfach. Wo? Wo?
Eine karierte Reisetasche, ein Koffer – beide leer.
Dann sah sie unter der breiten, mit dem getigerten Plüsch bezogenen Couch den abgewetzten Koffer, in dem Klaus seine Musterkollektion mit sich führte.
Er war nicht versperrt. Obenauf lagen mit Samt bezogene Platten, auf denen säuberlich billige Talmiklipse, Straßknöpfe und Schnallen befestigt waren.
Unter ihnen war der Koffer in zwei Fächer eingeteilt, die bis zum Rand angefüllt waren und in denen Hals-

ketten, Armbänder, Broschen wahllos durcheinander lagen. Trixi wühlte darin herum, schob mit Flitter besetzte Kugeln beiseite, die als Ohrringe gedacht waren, knallrote Plastikblümchen mit goldenen Blättern, imitierten Barockschmuck aus leichtem Metall und buntem Glas. Als sie das beträchtliche Gewicht fühlte, das ein Armband hatte, das ihr in die Finger geriet, schrie sie auf.
Sie zog es aus dem glitzernden Wust hervor. Ein breites Platinband, mit Brillanten besetzt. Trixi konnte sich nicht erinnern, wem es gehört hatte, aber das Armband war echt.
Alles fügte sich plötzlich lückenlos aneinander. Von der großmütigen Lüge, daß er die Nacht in ihrem Zimmer verbracht hatte, womit Klaus sich ein Alibi verschaffte, bis zu dem Zank in Bozen, als sie ein paar Flaschen Wein über die Grenze nehmen wollte. Er konnte sich nicht leisten, die Aufmerksamkeit der Zöllner zu erregen. Wahrscheinlich hatte die Aufforderung, mit ihm im Wagen zurückzufahren, auch nur den Zweck gehabt, ihn harmloser erscheinen zu lassen, als er war. Zwei junge Leute, die von der Urlaubsreise zurückkamen.
Trixi fiel die Nacht ein, in der sie aus der Nachbarwohnung feste, regelmäßige Schritte, aber keine Stimmen gehört hatte und der Meinung gewesen war, daß Klaus schweigend mit einem Gast zechte. Damals hatte er geglaubt, daß sie ein Schlafmittel genommen hätte und nicht gewahr würde, daß er nebenan auf und ab marschierte.
Dieser kluge Bursche, mit seinem Hinkebeinchen!

Wer hätte gedacht, daß jemand, der sich nur stampfend und schlürfend fortbewegen konnte, auf leisen Sohlen nachts in fremde Zimmer schlich.
Mit beiden Händen schöpfte Trixi den glitzernden Bijouterie-Kram heraus und warf ihn einfach auf den Teppich.
Zwischen Ketten aus pastellfarbenen Glaskugeln und gestanzten Broschen lagen Lady Hesters Perlen und ein halbes Dutzend schwerer, juwelenbesetzter Ringe. Sie erkannte Mrs. Parkers Armband, an dem die kleinen Amulette baumelten, Kreuz und Anker und ein winziger, herzförmiger Rubin. Trixi kniete auf dem Boden, es sah aus, als wäre rings um sie ein Regen von blitzenden Edelsteinen und ordinärem Talmi-Zierat niedergegangen. Sie konnte nirgends Mme. Chaeselis goldene Spieldose entdecken, er mußte sie woanders versteckt haben. Was jetzt? Die Polizei verständigen oder Klaus zwingen, den Schmuck sofort an die Eigentümer zurückzustellen? Trixi wußte sich keinen Rat. Außerdem war es spät geworden. Sie ließ alles liegen, wie es lag, Klaus kam ja doch nicht vor abends zurück, bis dahin würde sie den richtigen Weg gefunden haben. Sie lief in die Diele zurück und entdeckte im Seitenfach von Monikas Aktenmappe die goldene Uhr. Vor allem mußte sie jetzt erst zum Leihhaus, dann Geld abheben und Monika telegrafisch verständigen, daß nicht nur die verlangte Summe, sondern auch ein Retter unterwegs war, um sie nach München zurückzubringen.
Punkt halb sechs trat Trixi bei Mme. Chaeseli ein.

Sie hatte am Nachmittag alles, was sie an echtem Schmuck gefunden hatte, in ein seidenes Kopftuch eingebunden und in ihrer Kommode versperrt. Den Schlüssel trug sie bei sich.

Um Mme. Chaeseli, die soviel von Klaus hielt, schonungsvoll die fürchterliche Neuigkeit beizubringen, hatte sich Trixi eine kleine Rede zurechtgelegt. »Klaus hat unser Vertrauen mißbraucht«, damit wollte sie beginnen.

Aber nun war sie so aufgeregt, daß ihr der Kopf schwirrte. Sie hielt Mme. Chaeseli stumm das halbe Dutzend Anemonen entgegen, das sie ihr mitgebracht hatte, für drei Mark fünfzig, zu mehr hatte es nicht gelangt.

Das Sträußchen war von Anfang an schmächtig gewesen, aber in diesem schönen Zimmer, das voll war von Blumen, nahmen sich die sechs Anemonen aus wie arme Verwandte, die zu Besuch kamen. In einer hohen, breiten Kristallvase, die kaum die üppige Fülle fassen konnte, standen langstielige Nelken, weiß und schwefelgelb, ihr Duft schwebte süß in der Luft. Auf dem Schreibtisch war ein Kupfereimerchen, angefüllt mit dunklen, vollerblühten Gartenrosen, und ein niedriger Schemel trug einen milchweiß glasierten Krug, aus dem blaßblaue Hortensien aufstiegen.

»Ganz entzückend von Ihnen! Sie gutes Kind! Ich liebe alle Blumen, aber besonders Anemonen.« Mme. Chaeseli küßte Trixi auf die Wange. »Und wie es mich freut, etwas geschenkt zu bekommen. Seit Jahren muß ich mir alle meine Blumen selbst kaufen.«

Trixi war an der Schwelle stehengeblieben, jetzt ging sie über den dicken, weichen Teppich und nahm in einem weichen Polstersessel Platz.
Sie warf einen schnellen Blick auf die Damastvorhänge, auf das elegante Sofa. Hier war alles weich und reich, das Zimmer lud zu Ruhe und Lässigkeit ein.
»Einen Whisky, Kindchen? Oder lieber ein Glas Sherry? Wo steckt denn Klaus? Versucht er, den Wagen zu parken?«
»Ich bin allein gekommen, er kann erst gegen sechs oder halb sieben hier sein«, sagte Trixi mechanisch und memorierte in Gedanken nochmals den Beginn ihrer Rede: Klaus hat unser Vertrauen mißbraucht. Mme. Chaeseli mußte eingeweiht werden, nicht nur weil sie zu den Betroffenen gehörte, sondern weil sie eine erfahrene Frau war und wissen würde, was zu geschehen hatte.
Der Schmuck war zunächst sichergestellt, die Einbrecherschuhe lagen wieder in der Aktenmappe und der Musterkoffer stand unter der Couch. Falls Klaus nicht aus irgendeinem Grund seine Beute überprüfen wollte, würde er nicht ahnen, daß irgend jemand in der Wohnung gewesen war.
»Nun?« fragte Mme. Chaeseli.
»Wie bitte?« entgegnete Trixi verwirrt.
»Was Sie trinken wollen.«
»Wenn es möglich ist, Tomatensaft.«
Daß Mme. Chaeseli sich bei ihren Gästen nach deren Wünschen erkundigte, war nur eine Höflichkeitsformel.

»Schön«, sagte sie, »Tomatensaft«, und bestellte telefonisch eine halbe Flasche Johnny Walker, Sodawasser, Eis und Chips.

»Und das Stubenmädchen soll mir eine kleine Vase bringen!«

Bis die Anemonen versorgt waren und die Kellner mit dem großen Tablett erschienen war, die Whiskyflasche entkorkt und alles serviert hatte, zog sich das Gespräch etwas mühsam hin. Aber kaum hatte der Kellner lautlos die Tür hinter sich geschlossen, hob Mme. Chaeseli ihr Glas und blinzelte Trixi vergnügt zu.

»Auf die Zukunft! Auf die baldige Hochzeit. Auf ein kleines Töchterchen!«

»Erschrecken Sie nicht«, sagte Trixi und ließ den Whisky unberührt. »Klaus hat mich mißbraucht.«

Mme. Chaeseli starrte Trixi verblüfft an.

»Sie müssen doch einverstanden gewesen sein, daß er in Posa die Nacht mit Ihnen verbrachte. Reden Sie jetzt keinen Unsinn, liebes Kind. Erwarten Sie ein Baby?«

»Möglich wär' es schon«, sagte Trixi. »Ich weiß es nicht. Aber Klaus hat nie eine Nacht mit mir verbracht. Ich hab' mich vorhin bloß versprochen. Er hat unser Vertrauen mißbraucht. Klaus ist ein Dieb. Das habe ich heute vormittag entdeckt!«

Trixi erzählte von Monika, von den Schuhen in der Aktenmappe, von dem gefundenen Schmuck. Mme. Chaeseli war ein Wunder an Selbstbeherrschung. Sie leerte ihr Whiskyglas auf einen Zug, aber das war auch alles, was ihren Schock verriet.

»Ihre goldene Spieldose war nicht dabei, die hat er wahrscheinlich schon zu Geld gemacht. Ich habe alles, was ich gefunden habe, genommen und in meine Wohnung gebracht. Was soll jetzt weiter geschehen?«
Mme. Chaeseli hatte zugehört, ohne Trixi auch nur mit einem einzigen Wort zu unterbrechen.
Jetzt öffnete sie den Mund.
»Haben Sie auch das Kettchen mit den Amuletten?« fragte sie. »Ist der bezaubernde herzförmige Rubin dabei?«
»Ja«, sagte Trixi. Sie war erstaunt, dieses kleine Armband war beinahe wertlos, verglichen mit den Perlen der Lady Hester oder der Saphirhalskette von Mrs. Parker.
»Ich muß überlegen«, sagte Mme. Chaeseli. »Das Ganze ist natürlich ein unerwarteter Schlag. Ich bin entsetzt. Was für eine idiotische Idee, die Schuhe in der Aktenmappe zu verstecken!«
»Aber seine Ungeschicklichkeit ist uns zunutze gekommen!« rief Trixi.
»Genau das hab' ich damit gemeint«, versicherte Mme. Chaeseli eifrig. »Die Ungeschicktheit eines Anfängers. Ich bin überzeugt, daß es ein erster Versuch war.«
»Das glaub' ich nicht, das war alles viel zu schlau ausgedacht. Ein Neuling kommt nicht auf den eleganten Einfall mit dem Hinkebeinchen.«
»Ja«, sagte Mme. Chaeseli und lächelte Trixi zu. »Sie haben recht, mein liebes Kind, es war wirklich ein schlauer Einfall.«

Trixi verstand nicht, wie Mme. Chaeseli, die ihre geliebte Spieldose wahrscheinlich nie wiedersehen würde, diese Objektivität aufbrachte. Ihre Haltung in der ganzen Angelegenheit war einfach bewundernswert.

»Es ist keine Premiere für Klaus gewesen«, fuhr Trixi fort und versuchte auch ihrerseits, gelassen zu sein. »Aber mir scheint, daß er die Absicht hat, damit Schluß zu machen. Er hat mir erzählt, daß sein Bein wiederhergestellt werden kann, das war sicher eine Vorbereitung, die Verkleidung loszuwerden. Wenn er weiter Hoteldiebstähle begehen wollte, würde er doch die Tarnung beibehalten. Meinen Sie nicht auch? Aber trotzdem«, sagte Trixi und hatte sich bereits wieder in Hitze geredet, »es geht nicht, daß jemand stiehlt und andere, grundehrliche Menschen in den schlimmsten Verdacht bringt ... Sie selbst, Mme. Chaeseli, haben damals gedacht, daß Herr Müller mit dem Schmuck geflohen wäre.«

»Hab' ich?« sagte Mme. Chaeseli erstaunt.

»Man muß die Polizei verständigen«, erklärte Trixi entschlossen.

Madame schwieg. »Ach«, sagte sie nach einer Weile, »wozu die Polizei. Nur keine überstürzten Aktionen, die niemandem nützen. Man muß die Sache von allen Gesichtspunkten aus betrachten. Wenn der Junge einer armen Frau die Geldbörse abgenommen hätte, das wäre niedrig und häßlich gewesen. Aber die Leute im *Al Mare* waren doch alle versichert und sind, das müssen Sie zugeben, liebe Trixi, eigentlich nicht geschädigt worden. Und was die Versicherungsgesellschaften anbetrifft, so leben sie ja davon, daß sie Entschädigungsgelder zahlen. Lassen Sie mich ausreden, Kindchen, es ist vollkommen logisch, die Versicherungsgesellschaften haben vorher jahrelang hohe Prämien einkassiert, so daß auch sie keinen Verlust haben. Niemand ist zu kurz gekommen – auch Kläuschen nicht, denn er hat die Juwelen. Warum also die Polizei rufen, wenn keiner ihre Hilfe braucht!«

Mme. Chaeseli lächelte gewinnend.

»Wären Sie doch heute vormittag gleich zu mir gekommen, dann hätten Sie sich die ganze Ungewißheit erspart!«

Trixi fand im ersten Moment keine Worte. Sie hatte zwar selbst schon überlegt, ob man nicht Klaus die Chance geben sollte, die Juwelen zu retournieren, aber das Ganze hinzustellen, als wäre nichts geschehen, und sich beinahe wohlwollend darüber zu äußern, ging wirklich zu weit. Auch wenn Mme. Chaeseli, wie es schien, auf ihre alten Tage einen Narren an dem Jungen gefressen hatte.

»Worüber denken Sie so angestrengt nach, Liebchen? Leuchtet Ihnen nicht ein, was ich gesagt habe? Sie dürfen den armen Klaus nicht zu streng beurteilen. Er wird es sicher nicht wieder tun. Einmal ist keinmal.«

Mme. Chaeseli beugte sich vor und sagte beschwichtigend:

»Am besten ist, Sie vergessen die ganze Sache. Zerbrechen Sie sich nicht Ihr hübsches Köpfchen mit diesen Dingen!«

»Aber er kann doch den gestohlenen Schmuck nicht behalten!« rief Trixi empört.
»Nein, das geht nicht mehr«, sagte Mme. Chaeseli nachdenklich. »Bringen Sie den ganzen Glitzerkram zu mir, ich werde die Geschichte schon ordnen, ich werde ...«
Es klopfte an der Tür. Bevor Mme. Chaeseli noch »Herein!« sagen konnte, kam Klaus ins Zimmer gehinkt.
»Guten Abend, meine Damen!«
Er sah ungemein fröhlich aus. Die geschäftliche Unterredung mußte zu seiner Zufriedenheit verlaufen sein. Sein Gesicht strahlte. Er hatte keine Ahnung, was ihm bevorstand.
»Whisky!« sagte er und trat an den Tisch heran. »Genau das, wovon ich seit einer Stunde geträumt habe.«
Niemand antwortete.
Klaus zog die Brauen hoch und warf Trixi einen Blick zu, der Auskunft zu verlangen schien, aber dabei höchst unbekümmert war. Man hätte annehmen können, daß er das reinste Gewissen der Welt hatte.
»Mein lieber Junge«, sagte Madame plötzlich, und in ihre Stimme, die bis dahin einen herzlichen Plauderton gehabt hatte, mischte sich jetzt ein Klang von Nervosität. »Es haben sich unvorhergesehene Dinge ereignet. Unsere scharfsinnige und übereifrige Trixi hat entdeckt, daß ...«
Der Satz blieb unvollendet, denn es pochte wieder an die Tür, und obwohl Mme. Chaeseli unliebenswürdig »Nein!« rief, wurde die Klinke niedergedrückt.

Die unförmige Dame trat ein, die Trixi bei der Modenschau im *Hotel Kaiserin Elisabeth* am Tisch von Frau Chaeseli gesehen hatte.
»Habe Sie nein oder habe Sie herein gesagt?« erkundigte sich die Dicke. Sie hatte sich in ein schwarzes Cocktailkleid gezwängt und trug am schwellenden Dekolleté einen Stern aus Smaragden und Rubinen. Sie starrte Trixi und Klaus neugierig an.
Mme. Chaeseli stellte mit einer müden Handbewegung vor. Die Dame hieß Frau Pfleiderer.
Die Dicke lächelte freundlich nach allen Seiten und erwartete wohl, daß sie aufgefordert würde, Platz zu nehmen. Doch Mme. Chaeseli schwieg.
»Ich hab' net störe wolle«, sagte Frau Pfleiderer, »aber wir sehet uns doch heut abend nimmer, weil mich der Herr von der Mercedes-Vertretung ausführt, damit wir in Ruh' über den neue Wage schwätze könne, den ich Vaterle als Überraschung mitbringe möcht' – und da wollt' ich noch von Ihne des gute Schlafmittele habe.«
Zu Klaus gewendet, erklärte Frau Pfleiderer vertrauensvoll:
»Bei so was wird immer e bissele getrunke, und nach anderthalb Fläschle plagt mich mei Blutdruck, und da kann ich kein Aug mehr zumache.«
Mme. Chaeseli holte ihre Handtasche, fischte ein silbernes Döschen heraus und gab Frau Pfleiderer zwei kleine rosa Pillen.
Frau Pfleiderer nahm sie dankend in Empfang, wünschte »Guate Unterhaltung allerseits« und entfernte sich.

Als sich die Tür hinter ihr geschlossen hatte, sagte Klaus erbittert:
»Das muß ein Ende nehmen! Kann ich sofort die Dose mit diesen Pillen haben?«
»Schweigen Sie!« rief Madame. »Diese Pillen sind vollständig harmlos. Wir wollen lieber von Ihnen und Trixi sprechen. Es ist wirklich höchste Zeit, daß ihr beide heiratet.«
Trixi hatte plötzlich das Gefühl, daß sie das Ganze nur träumte. Aber der Duft der weißen und schwefelgelben Nelken war wirklich, auch der weiche, geräumige Polstersessel, in dem sie saß, war ganz gegenständlich, und auf dem Tisch stand eine höchst reale Whiskyflasche. Mme. Chaeseli lehnte beleidigt in der Sofaecke, und neben ihr lag die große Handtasche, aus der sie das Silberdöschen mit den Pillen geholt hatte. Ein Traum wäre verschwommen gewesen, doch sie sah alles deutlich und genau.
»Wir sind weder ineinander verliebt, noch wollen wir heiraten«, erklärte Klaus. »Stimmt es, Trixi?«
Er wagte, sie anzureden! Er, der schuld war, daß sie Clemens für einen Verbrecher gehalten hatte.
Es war schwer, sich in dem tiefen Polstersessel würdig aufzurichten, aber Trixi brachte es fertig. Sie hatte trainierte Muskeln.
»Hoteldieb!« sagte sie und sah Klaus aus zürnenden Amazonenaugen an.
»Sie wissen es?« erkundigte sich Klaus. »Dann ist ja alles in Ordnung.«
Trixi hatte alles andere erwartet, nur nicht diese freundliche Zustimmung.

Sie griff fassungslos nach dem Whisky, den sie bis jetzt nicht angerührt hatte, und nahm einen herzhaften Schluck.

»Eine gute Idee!« sagte Klaus und goß sich auch einen Drink ein. »Seit wann wissen Sie Bescheid, Trixi?«

»Heut' vormittag hab' ich den Schmuck gefunden. Mme. Chaeseli ist der Meinung, daß es Ihr erster Diebstahl war. Ich bin zwar anderer Ansicht, aber dafür vermute ich, es könnte Ihr letzter gewesen sein.«

»Ihr habt beide recht«, sagte Klaus.

»Können Sie schwören, daß Sie nie wieder stehlen werden?«

»Selbstverständlich«, antwortete Klaus ohne die geringste Feierlichkeit.

Trixi erklärte um so ernsthafter: »Wenn Sie von nun an die Hand von fremden Juwelen lassen, werde ich keine Anzeige machen. Ich werde Mme. Chaeseli den Schmuck bringen, und sie wird einen Weg finden, ihn den Eigentümern zurückzustellen.«

»Den Weg hab' ich schon vorbereitet und heute gefunden«, sagte Klaus. »Madame bleibt besser aus dem Spiel. Sie ist nicht die geeignete Person dafür.«

»Genug!« rief Mme. Chaeseli verzweifelt. »Ihr seid beide höchst töricht. Meine Nerven halten derartige Szenen nicht aus.«

In ihren Augen standen Tränen.

Sie griff nach ihrer großen Handtasche und tastete darin herum, wahrscheinlich suchte sie ein Taschentuch.

Aber während sie hastig herumwühlte, ertönten

plötzlich aus der Handtasche zart und gläsern die ersten Takte von Kreislers *Liebesleid*.

Die Spieldose.

Mme. Chaeseli erstarrte. Die Finger noch immer in der offenen Handtasche, saß sie da wie versteinert. Die Melodie klang hell und anmutig weiter.

Trixi sprang auf und riß die Tasche an sich. Sie leerte mit Schwung den Inhalt auf die Tischplatte aus. Zwischen Taschentuch, Notizbuch, Lippenstift und anderem zierlichem Kram lag die goldene Spieldose und schnurrte unbekümmert ihr kleines Lied zu Ende.

»Das kommt davon!« sagte Klaus tadelnd zu Mme. Chaeseli. »Du wolltest sie doch schon längst reparieren lassen.«

Er wandte sich zu Trixi und erklärte seelenruhig:

»In Posa muß Sand hineingeraten sein oder eine Feder hat sich gelockert. Manchmal kommt man nur ganz leicht an den Knopf, und schon setzt sich das Uhrwerk in Bewegung.«

Trixi sah mit weit aufgerissenen Augen von Klaus zu Madame Chaeseli und wieder zurück zu Klaus. Der sagte:

»Darf ich Sie mit meiner Mutter bekannt machen? Mit der verwitweten Mme. Chaeseli, geschiedenen Mrs. Hope-Johnson, verwitweten Frau Hofer, geschiedenen Señora Cirica, geborenem Fräulein Isolde Krause. Geht Ihnen jetzt ein Licht auf?«

»Nein«, sagte Trixi. Dann fiel der Groschen. Sie rief bestürzt: »Du lieber Himmel!«

»Aber das ist noch nicht alles«, erläuterte Klaus. »Meine Mutter wird schwach, wenn sie Juwelen sieht. Das ärgerliche daran ist, daß sie es nicht für eine Krankheit, sondern für eine geheiligte Tradition hält!«

»Ich verstehe überhaupt nicht mehr, wovon Sie sprechen«, sagte Trixi. »Soll das heißen, daß auch Ihre Mutter stiehlt?«

»Trixi«, sagte Klaus, »Sie werden gleich im Bilde sein. Ich stamme aus einer alten, aber berüchtigten Familie, in der es seit Generationen immer nur Töchter gegeben hat. Diese Mädchen hatten alle ein besonderes Talent. Sie zeichneten sich durch eine angeborene unübertreffliche Fingerfertigkeit aus. Eine meiner Ahnen soll schon als Säugling ihrer Amme den Ehering wegpraktiziert und ihn im Steckkissen verborgen haben. Ein deutlicher Beweis, daß sie nicht aus Gewinnsucht geklaut hat, denn wozu braucht ein Kind, das noch in den Windeln liegt, einen Ehering. Ich könnte Ihnen viele Geschichten erzählen, aber ich will mich kurz fassen: Bereits meine Ur-Ur-Urgroßmutter war eine Virtuosin in ihrem Fach. Von ihr hat dann das Töchterchen das Handwerk übernommen und es wiederum dem eigenen Sprößling beigebracht – lange bevor es eine Frauenemanzipation gab, sind diese Damen berufstätig gewesen, jede von ihnen hat Juwelen gestohlen!«

»Ich dulde nicht, daß du unsere Vorfahren verächtlich machst«, erklärte Mme. Chaeseli empört. »Zweihundert Jahre lang hat die Familie Bach nichts im Kopf gehabt als den Kontrapunkt, und niemals hat ihnen jemand einen Vorwurf daraus gemacht, daß sie alle, auch der Johann Sebastian, Musiker gewesen sind. Wir sind eben auf andere Weise begabt, aber Tradition bleibt Tradition!«

»Die Frauen meiner Familie wollten einfach ihr Talent nicht brachliegen lassen«, sagte Klaus seufzend. »Das scheint mir die einzige Erklärung zu sein, denn sie haben nie etwas genommen, um es zu Geld zu machen. Sie haben sich auch nie mit den Juwelen behängt – sie wollten sie bloß haben! Aber was geglitzert und geglänzt hat, war nie vor ihnen sicher. Nehmen Sie meine Mutter, sie sammelt fremden Schmuck ein wie andere Menschen Heidelbeeren.«

»Und da wollten Sie selbst es auch einmal versuchen?« erkundigte sich Trixi atemlos bei Klaus.

»Nein«, sagte er, »ich wollte gar nichts versuchen, ich bin bloß eingesprungen.«

Mme. Chaeseli hatte bereits als Fräulein Isolde Krause mit großem Enthusiasmus Armbänder, Broschen und Halsketten zusammengetragen. In späteren Jahren allerdings hatte sie diese Tätigkeit nur in den Zeiten, die zwischen ihren diversen Ehen lagen, ausgeübt. Es gab lange Pausen, in denen sie sich mit dem Schmuck begnügte, den ihr jeweils Mr. Hope-Johnson, Herr Hofer, Señor Cirica und weiland Wilhelm Chaeseli schenkten. Doch nach dem Tod ihres vierten Gatten nahm sie, um sich von ihrem Kummer abzulenken, das vernachlässigte Hobby mit vollem Eifer wieder auf.

Daß sie in einem österreichischen Kurort erwischt wurde, als sie einen läppischen Aquamarinring nahm, und der Skandal nur mit Mühe und so viel

Geld vertuscht werden konnte, wie zehn solcher Ringe gekostet hätten, brachte sie nicht zur Vernunft. Sie bestand darauf, sich noch einmal, ein einziges, ein allerletztes Mal an fremdem Eigentum zu vergreifen – als Abschiedsvorstellung sozusagen.
»Sehen Sie sich ihre Finger an«, sagte Klaus. »Sie hätte damit nicht einmal einen Apfel unbemerkt einstecken können. Rheuma! Angeschwollene, steife Gelenke. Eine Art Künstlerpech! Und da ich nicht wollte, daß sie auf ihre alten Tage ins Gefängnis kommt, habe ich mich von ihr überreden lassen, die manuelle Arbeit an ihrer Stelle auszuführen. Das war die Alternative, vor die sie mich gestellt hat: entweder sie stiehlt selbst, oder ich tu es für sie.«
»Ich hab' dich unter meinem Herzen getragen und mit Schmerzen geboren«, sagte Mme. Chaeseli. »Das war wohl das geringste, was du für deine Mutter tun konntest. Ich verstehe nicht, warum du soviel Aufhebens davon machst!«
Klaus leerte stumm sein Whiskyglas, dann sagte er: »Ich war heute bei meinem alten Monsignore in Lindau. Ich hab' mich ihm anvertraut. Er hat sich einverstanden erklärt, das ganze Zeug zu übernehmen und zur Polizei zu bringen. Als Priester ist er nicht gezwungen, nähere Enthüllungen zu machen.«
Diesmal begriff Trixi blitzschnell. »Das war von Anfang an Ihr Plan?« fragte sie.
»Natürlich. Deshalb hab' ich den Schmuck nicht aus der Hand gegeben. Ich hab' Mamachen ihren Willen getan und dadurch verhindert, daß sie selber irgendwelche Dummheiten begeht. Doch daß ich dann zu

meinem guten Monsignore nach Lindau fahre, stand von Anfang an bei mir fest. Aber ich will mich nicht besser machen, als ich bin. Es hat noch einen zweiten Grund gegeben, weshalb ich meiner Mutter nachgegeben habe. Das Hinkebeinchen!«

»Das war ein Grund?« fragte Trixi verständnislos.

»Ja«, sagte Klaus. »Sogar ein sehr wichtiger. Zumindest für einen angehenden Schauspieler. Ich konnte endlich eine Rolle spielen. Ich konnte einen hinkenden Jungen spielen. War ich nicht gut?«

»Besser als gut! Brillant!« sagte Trixi. »Ich wäre nie auf die Idee gekommen, daß Sie zwei ganz normale Beine haben.«

»Ich bin eben wirklich begabt«, sagte Klaus. »Sie wollten es nur nicht glauben. Und falls Sie noch andere Zweifel haben sollten, fahren Sie morgen mit mir nach Lindau, damit Sie sehen, daß ich wirklich alles dem Monsignore ausliefere. Was meiner Mutter gehört, die Spieldose und zwei Ringe, habe ich ihr schon zurückgegeben, als sie mich durch Ihre Hilfe aufgespürt hatte.«

»Da war nicht viel aufzuspüren«, sagte Mme. Chaeseli herablassend. »Ihr seid zusammen abgereist, und Trixis Adresse erfuhr ich vom Portier im *Al Mare*. Es ist natürlich ewig schade um den schönen Schmuck, aber wenn es dich glücklich macht, Klaus, dann erlaube ich dir, daß du ihn nach Lindau bringst. Ich werde mir vorher ein kleines Andenken auswählen. Ich werde den herzförmigen Rubin behalten, genau das Richtige, winzig aber exquisit. Außerdem erinnert er mich an mein Debut. Der Rubin damals war

bedeutend größer, ein wahres Prachtstück, aber ich bin eben sentimental, mir kommt es nicht auf den Karatwert an! Meine Karriere wird mit dem gleichen Edelstein abschließen, mit dem sie begonnen hat.«
»Ausgeschlossen!« erklärte Klaus. »Du wirst dir auch nicht das geringste zurückbehalten. Deine sentimentalen Gefühle in Ehren, aber ich kann darauf keine Rücksicht nehmen.«
»Ich bitte dich, das Rubinchen ist wirklich eine Lappalie! Ich bestehe auf einer kleinen Abfindung!«
»Nein«, sagte Klaus. »Strafe muß sein. Du hast dein Wort gebrochen. Es war ausgemacht, daß die Sache im *Al Mare* der Schlußpunkt sein soll. Aber was hast du mit Frau Pfleiderer vor? Deine kleinen rosa Pillen hast du schon in Gastein verwendet, in Posa hast du sie auch nach allen Seiten verteilt, und jetzt ist offensichtlich Frau Pfleiderer an der Reihe. Wenn man so ungeschickt ist, daß man seinen Opfern Schlafmittel geben muß, um sie bestehlen zu können, soll man den Beruf aufgeben. Du bist fünfundfünfzig Jahre. In diesem Alten gehen Menschen, die es nicht nötig haben zu arbeiten, in Pension.«
»Das würde ich gern tun, wenn du Trixi heiratest. Sie hat die biegsamsten Finger, die mir je untergekommen sind. Nie wieder findest du eine solche Frau! Knochen, leicht wie ein Vögelchen. Für sie selbst ist es zwar zu spät, aber ihre Töchter ...«
Mme. Chaeseli rief beschwörend:
»Ich hätte noch eine kleine Enkeltochter aufziehen und unterrichten können! Raubt mir nicht diese letzte Freude!«

»Mama«, sagte Klaus, »liebe Mama, du mußt dich endlich mit den Tatsachen abfinden. Es ist Zeit, daß du dich zur Ruhe setzt und in Zürich Rosen züchtest.«

Zwölftes Kapitel

Max und Moritz sahen aufmerksam zu, wie Xaver den letzten Porzellan-Dackel in Watte wickelte, dann vorsichtig in Seidenpapier einrollte und in die Holzkiste legte.
Die Dackel-Sammlung und eine große, rotgepunktete Kaffeetasse, von der sie sich nicht trennen wollte, das war die Aussteuer, die Monika in die Ehe mitbrachte. Aber dazu kam ein Vermögen von baren fünftausend Mark, denn sie hatte das Apartment, einschließlich der abenteuerlichen Vorhänge aus Leopardenplüsch einem Kolonialwarenhändler überlassen, der von dem Mobiliar tief beeindruckt gewesen war. Sie selbst war zu Xaver übergesiedelt.
Monika konnte noch immer nicht fassen, daß sie einen Ehemann und ein neues Heim hatte.
Als Xaver von seinem Besuch bei der Dame in Kiel, die ihm die Tür vor der Nase zugeschlagen hatte, nach Flensburg gekommen war, um Monika abzuholen, hatte er eine Schicksalsgefährtin entdeckt, die noch schlimmer dran war als er.
Auf der langen Heimfahrt hatten sie sich ausgesprochen und Vergleiche gezogen zwischen der treulosen Kielerin und dem verschwundenen Jussuf. Da-

mit hatte es begonnen. Nach hundert Kilometern waren sie bereits ineinander verliebt, bei der Ankunft in München so gut wie verlobt und zwei Wochen später zu ihrem eigenen, verschämten Erstaunen auf dem Standesamt.

»Fertig!« verkündete Xaver und legte den Deckel auf die Holzkiste.

Monika trat ans Fenster, um noch einmal die Aussicht zu betrachten. Der Augusthimmel schwelte über den Dächern.

»Wollen wir noch Trixi Adieu sagen?«

Monika klopfte an die Wand, aber es kam keine Antwort. Als sie weggingen, läutete sie noch an der Tür, doch niemand öffnete.

»Sie wird schwimmen gegangen sein«, meinte Monika, »und im Bikini in der Sonne liegen.«

Monika hatte falsch geraten. Von Bikini konnte keine Rede sein. Trixi saß im Zug nach Frankfurt und hatte ihr schickstes Kostüm an.

Sie fuhr erster Klasse, das Reisebillett stammte vom Werbeleiter der *M.H.-Strumpfwerke,* der sie brieflich zu einer Besprechung eingeladen hatte.

Für Trixi war dieser Besuch ein Wink des Schicksals gewesen. München war ihr unerträglich geworden. Sie konnte nicht am *Bayerischen Hof* und nicht am Taxistandplatz neben ihrem Haus vorbeigehen, ohne an Clemens zu denken. Wenn sie im Lift hinauffuhr oder die wasserverschleierten Brunnen vor der Universität sah, fiel er ihr ein. Ihr Zimmer sprach unentwegt von den Stunden, die er darin mit ihr verbracht hatte.

Seit seinem Telefonanruf aus London waren fünf Wochen vergangen. Sie hatte die Hoffnung aufgegeben, je wieder von ihm zu hören. Wenn sie die Jahresanstellung annahm, die ihr das Preisausschreiben einbrachte, konnte sie vor den Erinnerungen fliehen. Frankfurt war eine neue Stadt, dort würde es ihr leichter fallen, ein neues Leben zu beginnen.
Trixi dachte resigniert, daß sie allmählich Übung darin bekam, sich einer fremden Umgebung anzupassen. Nach Ulm hatte sie sich in München zurechtfinden müssen, nach den Mißerfolgen als Sprechstundenhilfe war die Modebranche an die Reihe gekommen, und nun würde sie eben nochmals weiterwandern und versuchen, sich an Frankfurt zu gewöhnen. Es war gleich, wo sie sich niederließ. Wirklich zu Hause hatte sie sich nur bei Herrn Müller gefühlt.
Trixi weinte ein wenig auf dieser Fahrt, aber als der Zug in die Bahnhofshalle hineinglitt, war der Schaden, den die Tränen angerichtet hatten, bereits mit Puder und Wimperntusche repariert, und sie machte ein fröhliches Gesicht, denn auch darin hatte sie schließlich Übung.
Auf dem Bahnsteig stand ein Chauffeur und sagte: »Fräulein von Zinnewitz?«
Sie wunderte sich, wieso er sie erkannt hatte, aber als sie in dem Borgward durch die Stadt fuhren, löste sich das Rätsel: Von allen Litfaßsäulen und Mauern sprangen ihr Plakate mit ihrem Bild entgegen.
In Lebensgröße stand sie da, in der Pose eines lachenden Gassenjungen, Beine gegrätscht, Arme in die

Hüften gestemmt, den Kopf im Nacken. »Die Jugend trägt *M.H.*-Strümpfe.«
»Seit gestern kleben Sie in ganz Frankfurt«, teilte ihr der Chauffeur mit. »Die anderen Städte sollen nächste Woche drankommen. Macht Spaß, nicht?«
Sie hielten vor einem imponierend modernen Gebäude.
Trixi stieg breite Stufen zu einer gläsernen Tür hinauf, die als Klinke ein chromblitzendes *M.H.* trug.
Von dem Moment an, wo der Chauffeur sie mit einem genießerischen Schmunzeln und dem Satz »Da ist sie, in prima Originalausfertigung« beim Portier ablieferte, schien Trixi auf ein Fließband geraten zu sein, auf dem sie in Windeseile weitergeschleust wurde.
Der Portier übergab sie dem Liftjungen, der sie zum zweiten Stock hinauffuhr und dort einen Diener herbeiwinkte, der sie im Sturmschritt zur Vorzimmerdame des Werbeleiters führte. Die wiederum brachte sie sofort zum Werbeleiter, der sie kurz begrüßte und erklärte:
»Der Herr Direktor möchte Sie gern persönlich sprechen.«
Worauf die Vorzimmerdame mit ihr eine kühn geschnittene freischwebende Treppe hinuntereilte, um Trixi ins erste Stockwerk, zur Chefsekretärin zu bringen.
Trixi war bereits leicht schwindlig geworden. Das frische, strahlende Lächeln, das sie vorsorglich aufgesetzt hatte, als sie aus dem Auto gestiegen war, hatte bei jeder Begegnung ein wenig von seinem

Glanz verloren, sich an Portier, Liftjungen, Diener, Vorzimmerdame, Werbeleiter erschöpft.
Trixi holte tief Atem und zauberte ein neues Lächeln hervor, das sehr hübsch wirkte, falls man das erste Meisterwerk nicht gekannt hatte.
Soviel sie bis jetzt von dem Gebäude gesehen hatte, schien es hauptsächlich aus Glas und grünen Blattpflanzen zu bestehen, zu denen ein wenig hellgetünchtes Mauerwerk dazukam, kieselgraue Teppiche, blaßgelbe Jalousien und sehr viel blankes Chrom.
Von der Chefsekretärin, einer Frau Wegerich, wurde Trixi mit leutseligem Kopfnicken empfangen.
»Herr von Joost erwartet Sie bereits.«
Es ging wieder auf den lichtdurchfluteten Korridor hinaus und in die übernächste Tür hinein.
Nun war es soweit!
Trixi betrat das Allerheiligste, das sich von den anderen Zimmern durch seine Größe und eine Klubgarnitur auszeichnete.
Herr von Joost war eine stattliche Erscheinung, wohlgenährt, rosig und um die Vierzig herum.
Trixi überlegte, ob sie zur Begrüßung eine Bemerkung über die flotten Plakate machen sollte, aber dann fand sie es richtiger, bescheiden zu sein und den Mund zu halten.
»Darf ich Sie bitten, einen Moment Platz zu nehmen?«
Trixi nahm Platz, so daß die schönen, langen Beine auch richig zur Geltung kamen, der Chef sollte sehen, welche Werte sie in die Firma einbrachte.

Herr von Joost hob den Telefonhörer ab und murmelte:
»Die Dame ist hier.«
Dann kam er auf Trixi zu und sagte:
»Entschuldigen Sie, ich habe vergessen, mich vorzustellen. Ich bin der Privatsekretär. Der Herr Direktor läßt bitten!«
Trixi, die geglaubt hatte, bereits beim Gottöbersten angelangt zu sein, erhob sich also nochmals. Wenn das Gehalt eines Haus-Mannequins dem märchenhaften Stil entsprach, der hier herrschte, war von der Zukunft allerhand zu erwarten.
Herr von Joost komplimentierte sie zur Tür, die ins Nebenzimmer führte und drückte eigenhändig die Klinke herab.
»Guten Tag!« sagte Trixi so fröhlich wie möglich und schritt beschwingt über die Schwelle.
»Guten Tag, Baronesse«, antwortete Clemens, ohne aufzusehen.
Er saß hinter einem großen Schreibtisch. »Ich habe noch ein paar Briefe zu unterschreiben, die wegmüssen. Setzen Sie sich doch, bitte.«
Trixi setzte sich. Sie gab nicht acht, ob die Beine zur Geltung kamen. Sie hielt sich mit beiden Händen an den Seitenlehnen des Stuhls fest.
Clemens unterzeichnete einige Briefbogen, dann schlug er die Mappe zu und drückte auf einen Knopf.
Trixi war durch die linke Tür eingetreten, durch die Tür von rechts kam nun Frau Wegerich angesaust. Sie griff nach der Mappe und fragte:

»Ist sonst noch etwas zu erledigen, bevor die Post hinausgeht, Herr Müller-Herwegh?«
Er schüttelte den Kopf, und die Sekretärin verschwand.
Müller-Herwegh. *M.H.-Strumpfwerke.*
Schon einmal, im *Hotel Kaiserin Elisabeth*, als ihr Mme. Chaeseli begegnet war, hatte Trixi gewünscht, daß sich der Boden auftun solle, um sie für alle Ewigkeit zu verschlingen. Unbelehrbar, wie sie war, hoffte sie auch jetzt auf ein Wunder. Aber es blieb genauso aus wie damals.
»Die Jury der jungen Leute hat Ihrem Foto, liebe Baronesse, den Ersten Preis zuerkannt«, sagte Herr Müller-Herwegh und blickte sie über den Schreibtisch hinweg an. »Ich bin damals gerade in London gewesen. Es war eine merkwürdige Überraschung, als mir bei meiner Rückkehr Ihr Bild vorgelegt wurde. Aber bevor wir uns über geschäftliche Dinge unterhalten, möchte ich noch eine private Angelegenheit in Ordnung bringen. Ich bin in Ihrer Schuld.«
Trixis Gedanken arbeiteten schnell und scharf. Daß er Sie zu ihr sagte, war schlecht. Daß er davon sprach, in ihrer Schuld zu sein, war gut.
»Es ist alles gern geschehen«, sagte sie wohlerzogen, aber ihre Augen gaben ihm dabei einen kleinen leichtsinnigen Blick, der gewisse Schlüsse zuließ.
Herr Müller-Herwegh verzog keine Miene.
Hatte er sie vielleicht nur herkommen lassen, um ihr zu zeigen, was sie an ihm verloren hatte, vom Cadillac angefangen bis zu der freischwebenden Treppe in einem Gebäude aus Glas und Chrom?

»Sie müssen verzeihen, daß ich nicht früher von mir hören ließ«, sagte er und wies mit energischer Handbewegung auf den Schreibtisch. »Mit Geschäften überhäuft ...«
Die riesige Fläche der Schreibtischplatte hätte nicht leerer sein können. Außer dem Telefonapparat, an dem ein kleines Schaltbrett angebracht war, befand sich nichts darauf als ein einsamer Aschenbecher und die Füllfeder, die in einer länglichen Schale ruhte.
Auch Herr Müller schien bemerkt zu haben, daß seine Geste nicht sehr beweiskräftig war.
»Ganze Berge von statistischen Aufstellungen waren zu überprüfen. Ich habe in den vergangenen Wochen mit einer römischen Spinnerei und einem großen Londoner Warenhaus langfristige Verträge abgeschlossen. Wieviel macht es aus?«
»Was?« sagte Trixi.
»Meine Schuld. Die Rechnung für das Abendessen in dem Hotel am Starnberger See? Über 100 Mark und ..., ich habe den Betrag leider vergessen.«
»Sie können ihn auch weiter vergessen«, sagte Trixi leichthin. Sie spürte die salzige Nässe hinter ihren Lidern und machte die Augen ganz weit auf, das war ein alter Trick aus der Kindheit, um die Tränen zurückzudrängen. »Betrachten Sie sich nachträglich als eingeladen.«
»Das ist sehr liebenswürdig von Ihnen, aber ich möchte es nicht gern annehmen.«
Eine Spur von Sandelholzgeruch lag in der Luft und machte Trixi rasend.

»Warum stört Sie eine Abendbroteinladung? Sie haben schließlich mehr von mir angenommen, Frühstück zum Beispiel.«
»Ja«, sagte Herr Müller, als wäre ihm diese Tatsache total entfallen. »Natürlich! Frühstück. Der Kaffee war ausgezeichnet.«
»Und das Kopfkissen mit Daunen gefüllt, und, Gott sei Dank, frisch überzogen, weil es Montag war! Falls ich mir vielmals gestatten darf, Ihrem schlechten Gedächtnis zu Hilfe zu kommen.«
»Manche Dinge merke ich mir. Sie haben mir zum Beispiel einmal erzählt, Sie wären verlobt.«
Trixi holte Atem und sagte:
»Ich erzähl' viel, wenn der Tag lang ist. Das war bloß so hingeredet.«
»Hingeredet?«
»Also gelogen!« rief Trixi empört. »Wenn du es ganz genau wissen willst, der Bräutigam war aus der Luft geholt.«
»Es geht nicht, daß Sie mich duzen«, sagte Clemens, nicht direkt ungehalten, aber doch mit kühlem Tadel. »Das würde das Arbeitsklima in der Firma stören.«
Da saß er, sonnengebräunt, überlegen und das Haar, das an den Schläfen silbrig schimmerte, glatt zurückgebürstet. Aber sie kannte sein Gesicht, wenn er mit geschlossenen Augen ihren Mund suchte, und sie kannte ihn, wenn er sich vor dem Spiegel die Krawatte band und keinen überlegenen Eindruck machte.
»Hier als Mannequin eintreten? Ich? Deine Strümpfe

vorführen? Dazu muß sich der Herr eine andere suchen.«
»Na schön«, sagte Clemens. »Dann nicht. Es ist mir auch lieber, ein fremdes Mannequin zu engagieren. Damit wäre eigentlich alles erledigt.«
Er schob den Stuhl zurück und erhob sich.
Trixi wußte, daß er sie nun verabschieden wollte, aber sie blieb sitzen. Die Zinnewitz waren immer Kämpfer gewesen. Noch war die Schlacht nicht verloren.
»Netter Arbeitsraum«, sagte sie atemlos, »vor allem der Schreibtisch ist imposant, ich glaube, man könnte darauf bequem einen Volkswagen parken. Die kieselgrauen Teppiche sind ein Traum, ich gratuliere, es ist wirklich ein elegantes Gebäude, und wenn man bedenkt, daß das alles von uns Frauen finanziert wird, bloß weil wir nicht mit nackten Beinen herumlaufen – erstaunlich, was? Ich hoffe, ich störe nicht. Ich muß mich noch einen Moment erholen von dem unverhofften Wiedersehen. Ich wäre für mein Leben gern dabeigewesen, als man Euer Liebden mein Foto überreicht hat. Höchstselbiger haben sich wohl über alle Maßen erschreckt, aus heiterem Himmel mit einem Kapitel der Vergangenheit konfrontiert zu werden. Da hat uns also der Zufall wieder zusammengebracht. Oder könnte es die Vorsehung gewesen sein?«
Sie blickte ihn flehend an, doch es war vergebens. Herr Müller enthielt sich der Meinungsäußerung. Er schien mit Geduld und Würde darauf zu warten, daß sie endlich ging.

Es war still im Zimmer. Durch die blaßgelben Jalousien fiel gedämpft das sommerliche Licht.
»Clemens«, sagte Trixi, »ich hab' dir Unrecht getan. Mit dem Schmuckköfferchen aus dem *Bayerischen Hof* und mit dem Diebstal in Posa. Miss Mayne wollte ein bißchen Reklame haben, das hast du vielleicht aus den Zeitungen erfahren. Aber wer die Juwelen im *Al Mare* genommen hat, das hab' ich selber entdeckt, ganz allein. Ein paar Tage nach deinem Anruf aus London habe ich herausbekommen, wer den Schmuck gestohlen hat.«
»Was Sie nicht sagen«, erklärte Herr Müller mit gleichgültiger Stimme und kam hinter dem Schreibtisch hervor.
»Willst du wissen, wer es gewesen ist?«
»Nein«, sagte er. »Es interessiert mich wirklich nicht.«
»Es war Mme. Chaeseli und ihr Sohn. Sie ist jetzt im Tessin in einem Sanatorium, dort soll sie ihren Komplex loswerden.«
Trixi schluckte. Ihre Mundwinkel begannen zu zittern.
»Natürlich hätte ich dich um Verzeihung gebeten, aber ich wußte doch nicht, wo ich dich suchen sollte.«
Herr Müller-Herwegh, der einmal ihr Liebster gewesen war, hörte höflich zu, das war auch alles. Sie gab sich keinen Hoffnungen mehr hin, der Traum vom Glück war ausgeträumt. Aber wie eine Fremde verabschiedet zu werden, nein, das ließ sie sich nicht gefallen.
»Klaus Hofer hat überhaupt nicht gehinkt«, sagte Trixi verzweifelt. »Kann ich eine Zigarette haben? Er

wollte nur nicht, daß seine Mutter ins Kittchen kommt.«

»Eine ziemlich unklare Geschichte«, sagte Clemens. Er kam einen Schritt näher und hielt ihr die aufgeklappte Tabatiere hin.

Trixi hatte die Zigarette verlangt, um Zeit zu gewinnen, um weitersprechen zu dürfen, um diesen Stein von einem Mann wenigstens dahin zu bringen, ihr freundlich Adieu zu sagen, wenn er ihr schon nicht verzeihen wollte.

Aber in der nächsten Sekunde wurde ihr klar, daß alles gut war. Sie hielt die Zigarette zwischen den kraftlosen Fingern und stieß einen tiefen, erlösten Seufzer aus.

In der Ecke des Etuis hatte ein winziges Korallenästchen gelegen, nicht größer als drei rosig angehauchte Tannennadeln.

Clemens mußte sehr vorsichtig damit umgegangen sein und es seit Wochen behütet haben, um es nicht zu verlieren.

Jetzt stand er dicht neben ihr und wollte ihr Feuer geben. Sie ließ die Zigarette zu Boden fallen.

»Du hast mir aber eine tüchtige Angst eingejagt«, stammelte sie. »Ich hab' wirklich geglaubt, du willst nichts mehr von mir wissen.«

Sie war blaß geworden. Sie flüsterte:

»Clemens, du hast mich ja noch immer lieb!«

Herr Müller vergaß, sie zu fragen, wieso sie ihn durchschaut hatte. Es hatte ihn ohnehin genug Anstrengung gekostet, sich so lange zu verstellen. Aber er hatte Gewißheit haben wollen, ob sie ihn mit einem Achselzucken verlassen würde, oder ob sie bereit war, um ihn zu kämpfen.

Jetzt griff er nach seinem Mädchen, zog es an sich und hielt es fest. Der junge Mund, nach dem er sich Tag und Nacht gesehnt hatte, war ganz nahe. Trotzdem nahm sich Clemens zusammen und sagte:

»Bist du sicher, daß du das ganze Leben mit mir zusammen sein willst?«

Trixi konnte nicht sprechen. Sie nickte. Plötzlich liefen ihr die hellen Tränen übers Gesicht.

Clemens starrte sie fassungslos an.

»Warum staunst du?« erkundigte sich Trixi schluchzend. Sie warf die schönen Arme ungestüm um seinen Nacken. »Man wird doch noch weinen dürfen, wenn man glücklich ist!«

Bitte beachten Sie
die folgenden Seiten

Joe Lederer

Von der Freundlichkeit der Menschen / Ich liebe dich
Ullstein Buch 22625

Unter den Apfelbäumen
Ullstein Buch 40141

Blumen für Cornelia
Ullstein Buch 22922

Ullstein

Vicki Baum

Menschen im Hotel

Roman

Ullstein Buch 22599
Ullstein Buch 40016
(Großdruck)

Ullstein

Vicki Baums berühmter Roman, mit Greta Garbo und später mit Heinz Rühmann und Sonja Ziemann verfilmt, erzählt, was zwischen Ankunft und Abreise in den luxuriösen Zimmern und Appartements des »Grand Hotel« erlebt, geträumt und gelitten wird. Menschen kommen und gehen, für ein paar Tage verknüpfen sich ihre Schicksale in den eleganten Fluchten eines Hotels...

Barbara Noack

Italienreise – Liebe inbegriffen

Roman

Ullstein Buch 20046

Ullstein

Die fröhliche Reisegeschichte vom Mannequin Jou und vom Tierarzt Hans, die in Italien in die Fallstricke der Liebe geraten.

»Die große, ja großartige Wirkung besteht darin, daß es der Autorin gelingt, Erlebnisse so bezaubernd, humorvoll und lebendig zu schildern.« (ORF, Wien)